深不可测帝王师

张良

斗数——著

中国华侨出版社

北 京

图书在版编目（CIP）数据

深不可测帝王师——张良 / 斗数著 . -- 北京：中
国华侨出版社，2020.12
ISBN 978-7-5113-8143-9

Ⅰ . ①深… Ⅱ . ①斗… Ⅲ . ①传记文学 – 中国 – 当代
Ⅳ . ① I25

中国版本图书馆 CIP 数据核字（2020）第 006103 号

深不可测帝王师——张良

著　　者：斗　数
责任编辑：刘雪涛
封面设计：韩　立
文字编辑：李翠香　黎　娜
美术编辑：吴秀侠
经　　销：新华书店
开　　本：880mm×1230mm　1/32　印张：10　字数：288 千字
印　　刷：北京德富泰印务有限公司
版　　次：2020 年 12 月第 1 版　　2020 年 12 月第 1 次印刷
书　　号：ISBN 978-7-5113-8143-9
定　　价：38.00 元

中国华侨出版社　北京市朝阳区西坝河东里 77 号楼底商 5 号　邮编：100028
法律顾问：陈鹰律师事务所
发 行 部：（010）58815874　　传　　真：（010）58815857
网　　址：www.oveaschin.com　　E - m a i l：oveaschin@sina.com

如果发现印装质量问题，影响阅读，请与印刷厂联系调换。

前言

人生的路，很多时候是无法选择的。

即使对于以"谋圣"大名而著称的张良来说，也同样如此。

最开始，他白衣胜雪，弱不禁风，貌若少女，言语轻微。

那时候的张良，是韩国贵公子，贵族家庭传承的荣耀，让其未来注定或庙堂之高，或荣华富贵。而那座叫新郑的都城，俨然是他未来青春足迹延伸的目标。

但幸福宛若泡沫，总是易于消散，当故国陷落在外敌的铁蹄之下，纵然是出身百年世家、华胄豪门的他，也必须直面命运中的重大转折。

是在敌军的威压下忍辱偷生，还是从此隐姓埋名、江湖飘零？

他选择了后者。

血气方刚时，谁不曾梦想过江湖？从他踏入江湖开始，就不断地成熟积淀。直到风度翩翩的姬公子成为昔日云烟，直到博浪沙沼泽地中隐伏的他，成为真正的江湖豪客。

这样的改变，化为博浪沙近乎致命的一次抛掷，让嬴政主导的时代险些随之终结。

那是带着仇恨的一次抛掷，更是象征着张良灵魂蜕变的一次抛掷。

从此之后，贵族的记忆融入血液，深深隐藏，而乱世的舞台大幕徐徐拉开，新的天地展现在他的面前。

从那时起，他改名叫张良。

博浪沙后，张良谈笑自若，决胜千里。他知道，自己可以改变他人，更可以改变时代。

沛县人刘邦，原本只是乡间小吏，拉起的一支义军屡战屡败，始终无法跻身诸侯行列。在偶然的相遇之后，张良看到刘邦身上那在时代中不可多得的优点，于风云变幻中坚决地选择他加以追随。

于是，才有了刘邦一路向西，以亭长身份叩响帝国都城大门的传奇；

于是，才有了鸿门宴上，那响彻千古的酒盏和铜剑撞击的声音；

于是，才有了中原对峙后，以鸿沟划分楚河汉界的那幅地图；

于是，才有了乌江畔凄苦的西风中，楚霸王项羽脖颈中喷洒出的不甘热血……

在如此跌宕起伏的大剧中，张良始终扮演着刘邦身边的师长和朋友，也扮演着汉军战略的策划者角色。他为此而苦心孤诣，为此而彻夜不眠，为此而乐在其中。

张良之所以快乐，是因为他知道，自己并非在为刘邦策划，他在为天下策划未来。

天下，不是秦的天下，也不应该是项羽的天下。

天下，应当是更好的天下。

比起其他所有人，出身于农民的刘邦，才应该是百姓最好的归宿——即使他成为皇帝后，同样无法抗拒巨大权力的诱惑和操纵。

只因如此，张良从一开始就放下身段，去忍耐刘邦身上种种缺点：无礼、好色、贪婪……并不厌其烦地一次次影响和改变这个人。

也只因如此，张良可以不爱惜自己的羽毛，去为刘邦贡献各种奇正之术，纵然这些策略运作起来时并不会蒙上闪闪发光的道义光辉，但张良更希望看到的是其改变天下的结果。

所谓谋圣，并非张良本心，但为了天下，他不做谋圣，谁又可以？

是韩信吗？他兵法过人，野心勃勃，但却太多看重权力和地位，或许，他的少年时期失去的太多太多。

是萧何吗？他忠诚正直，不离不弃，但却太看重原则和职责，甚至忘记了那是一个唯有信赖和依靠刘邦才能有所改变的时代。

是陈平吗？他智力超群，反应机敏，但却太看重身外之物，"谋"字当然不足赞美陈平的才华，但"圣洁"的"圣"字，又并非他所能担当得起。

"谋圣"，只有张良一个。

张良自幼慕道，道法自然，道来自永远的空。

在张良看来，人生一切，终归会化为虚妄，永恒不灭的，在于人于努力过程中焕发的理念和精神。所以，他不贪恋计谋实现带来的满足和愉悦，也不喜爱策划成功带来的功名利禄，金钱、采邑、名爵，对于张良来说，这一切犹如浮云。

当天下需要我来时，我来了，我参与了，我做到了，问心无愧，俯仰天地，战场胜负让后人评说。

当世间不再需要我时，我走了，挥一挥衣袖，不愿带走任何风采，自由自在，无牵无挂，政坛游戏让玩家继续。

这才是最真实的张良。

他是谋臣，更是圣人。

他懂得用来攻击对手的奇正计策，因此识时务，是为俊杰；他更懂得用来保护自己的藏露之道，因此知进退，是为高人。看泱泱中华历史五千载，如张良这样，利用一己之力，对开国君主影响如此深远，对天下统一进程推动如此之大，而结局如此飘逸安然者，又有几人呢？

即使从这个角度来看，后世人也不能不敬服张良、向往张良。就让我们打开本书，走向历史，认识这位手无缚鸡之力却能教导天子的帝王之师！

目录

楔 子

博浪沙，位于今天的河南省原阳县城东郊。

两千多年前，这里沙丘起伏，一望无际，即使是训练有素的军队，也只能缓缓进前。沙丘上荆棘丛生，野草遍地，星星点点的沼泽水洼遍布其间。

公元前 218 年，中国历史上的两位著名人物，正是在这里有了偶然的命运交错。他们中的一位，是开创中国封建制度的秦始皇，而另一位，则是被后世誉为"谋圣"的张良。

当时的张良，还使用着他的本名——姬公子。

那时的姬公子，风华正茂，血气方刚，他正积极地谋划着杀掉秦始皇，为此他特意邀请了一位隐姓埋名的大力士一同来到博浪沙。

然而，谋杀君临天下者，并非容易的事情。始皇帝喜好排场仪仗，出巡时肯定有大批文武官员随行，并配备秦宫卫士护驾。每次前往某地之前，斥候骑兵会先赶往查探地形，清理道路；待形势安全，再返回通知后方继续前行。

作为刺客的姬公子，现在面临的最大问题，不是如何砸中皇帝的御车，而是如何躲过斥候骑兵的搜索——大力士身高八尺，很难不被对方发现。

如果埋伏在同一个地方，姬公子等人的目标太过明显，但如果分开行动，在肃穆警戒的官道上，他们很难用信号联络对方。

受邀同来的大力士表示，姬公子大可安心待在河水边等待消息，他自己则躲在灌木丛中；待嬴政身死，姬公子就能从容脱险。

至于大力士，他似乎不大在意自己的死活——他不是有意求死的蠢人，但更不甘心就此做秦王的顺民。

姬公子摇了摇头，他要亲身经历报仇的过程，亲眼看到嬴政被铁椎砸烂。

他选定了新的埋伏地点：博浪沙驰道转弯处有一座沙丘，这个地方居高临下，皇帝的车马经过时，必定要减速而行，缓缓通过。如此，他们的胜算就又增加了几分。

几日后，阳武城的兵丁开始全城大排查，姬公子立刻叫上大力士出城。他敏锐地意识到，始皇帝的队伍已经临近了。

到达那座沙丘后，姬公子先给大力士指明逃跑的路线，然后两人钻进灌木丛中，耐心等待目标的到来。

翌日清早，一阵杂乱的马蹄声惊醒了半梦半醒的姬公子。

马蹄声持续了很久，其间还伴随着几段呼喝。姬公子耳贴地面，听着马蹄声由远及近，由近及远，直到完全消失，他才放心地抬起头，向驰道的远处遥望。

嬴政称帝后，行周天子礼制"天子驾六"，即天子的车驾由六匹马牵引，同行的文武大臣和皇族亲眷只准坐四驾马车。所以，找到了六驾马车，就等于找到了嬴政。

几刻钟后，一面漆黑的王旗出现在驰道之上，紧接着是两面、三面……

庞大的皇家车队正朝着姬公子他们的方向缓缓驶来。几十辆马车插着黑旗在大路上接踵前行，竟压得平坦的驰道吱呀作响。

眼见目标离自己越来越近，姬公子和大力士躁动异常：三十六辆车驾中竟没有六驾马车，全部都是四驾马车，而且连制式、旗号都一模一样！

多年来刺客们连续不断的攻击，早已让嬴政学会了狡兔三窟的本领，他深谙人生路上的凶险，即使身处万军之中，也不可能做到十全的保障。

黑色的长龙正在灌木丛中翻滚前行，它不断逼近埋伏在弯道的姬公子二人，黑龙身边的护卫旗号也越来越多。

荒凉的河畔肃杀寂静，他们只能听到连绵不绝的车轮声和自己狂跳不已的心跳声。

就在姬公子心乱如麻时，不远处的一辆四驾马车闯入他的视野：它和前后车辆并没有什么不同，但目光如炬的姬公子注意到了车夫身上与众不同的华丽穿着，还有周身明显多出其他车辆的护卫骑士。

嬴政，你果真在这里吗？

"姬公子，怎么办？"大力士心急如焚，怀中的铁椎已经被他焐得温热起来——再犹豫不决，他就要失去教训秦王的机会了。

决心已下，姬公子不再踟蹰，指着眼前的这辆马车说："骑兵正中那辆，就是它！"

"好嘞！"大力士猛地从地上跃起，将铁椎高高举过头顶。

"暴君，受死！"

120斤的铁椎"呜呜"地摩擦着裹挟全身的空气，像一颗猛烈的流星，直直冲向慢慢前行的马车。

"轰"的一声，泥沙飞溅！

巨大的冲击闪过，马车的顶部毫无悬念地碎成了渣滓，凄厉的惨叫声迅速响彻博浪沙，躲藏在车中的人已然血肉模糊。

"成了！"大力士拊掌呼道。

惊骇之下，整个车队都止住了脚步，在士卒们的"护驾"声中，秦军迅速跑向遇袭的车马，路上顿时烟尘滚滚。

姬公子此时还没有完全从胜利的喜悦中清醒过来，他连着深吸了好几口气，却始终无法平复心里沸腾的热情。

母亲，兄弟，韩国的百姓们，今日终于讨回血债了！

激动的公子跪倒在沙丘上，狠攥着双拳，几滴热泪悄悄滑过俊美的面颊。为了这一天，他已经等了整整十年。

在这一刻，姬公子的思绪回到了很久之前，从这一刻起，"谋圣"张良缓缓地走上了历史的舞台……

第一章

一心复仇的贵族公子

来自秦国的阴霾

......

公元前231年，黄河河畔的土地从冰封中醒来，躁动的鼓点节奏隐隐约约从西而来。

这是一个属于实力的时代，一个用不着说太多道理的时代。

在离此不远的春秋时期，贵族们作战要动用战车、排列阵形，然后按部就班地攻守进退，和今天的军事院校沙盘演习差不多——在当时，这被称为"礼"。

但是，当"战国"两个大字赫然降临于华夏大地后，时代变了。

人们甚至还来不及回味，就被时代疾风推到了未知的境地中，他们咂摸着空气里那冷冰冰的风向，闻到了其中的血腥味。

他们很快明白，这风，其实是从西部吹来的。

在那里，"秦"才是时代新力量的代名词。

但凡懂一点围棋的朋友都知道，"金角银边草肚皮"，其形象相当直观：天下大势的棋盘上，最具有战略性的，要占据"角"。

占住了角，意味着起码握有天下的一侧，进可攻，向东以争夺天下。

占住了角，意味着能够安然地发展内政，退可守，凭西以保境安民。

而秦国，无疑在这个时代中扮演了这种角色。

说起秦国的先祖，实在算不上多么高贵的血统，而且也并非有名。

第一代秦的统治者——如果也能算统治者的话——叫作秦非子。

历史含糊不清地介绍说，非子是因为给周孝王养马有功，而被分封在秦地（今甘肃天水），作为周王室的附庸而存在。

想起来，恐怕当时的秦，也只是王家牧场那样的地方而已，秦非子嘛，大约是个牧场场长。

在这片牧场上，秦非子和他的后代兢兢业业、忠于职守，不过，牧场这种环境下，机会实在不多。

可想而知，这样的情况，不要说引起周天子的注意了，就算周天子手下的诸侯，也是不以为意的。

好在，无论是一个人，还是一个国家，只要愿意坚守，就一定能看到乌云散去、月明而出。

到了公元前 770 年，宠爱褒姒的周幽王将西周弄成一锅乱粥，少数民族犬戎乘机洗劫了都城，幽王被杀，他的儿子周平王开始东迁。

西周由此灭亡，而秦的机会就是这时出现的。

一个强大的奴隶制朝代灭亡了，固然有人扼腕，但对有的人来说却并非坏事，起码对于秦国来说不是。

当时的牧场主、后来的秦襄公第一个站出来，带领牧场卫队浴血冲杀，最终从赤身裸体的犬戎土著军队中救出平王，拥戴他为继任统治者，并派军队护送他一路向东。

就这样，东周建立了。

感情上，惊魂未定的平王认定对秦应该有所报偿；政治上，他也同样意识到秦的战略价值。在王位上刚刚坐稳，平王就发布了自己的一号命令：

秦救驾有功，应封为诸侯，赐给岐山以西的所有土地。

就这样，"弼马温"变成了真正意义上的封疆诸侯，瞬间和晋、鲁、齐、卫这些当时的中原诸强平起平坐了。

明眼人都看得出，这种平起平坐仅仅是表面上的。

像一个从山沟中走出来的"凤凰男"，就算奋斗了十八年跟人一块儿喝上了咖啡，也并不代表上层圈子对他的承认，因为他还没有拿出实力来。

什么最能反映实力？

必然是手里的"产权证"。

但是，只有一张证书不行，还得有实实在在的建筑面积和使用面积，这样才能显得你有充分的资格在这个圈子里继续待下去，并受到认可。

对秦来说，现在有了诸侯的名号，却没有任何实际的东西。

周天子的命令只是给了个名声，而事实上，不要说岐山以西，就是岐山本地，也都在犬戎、狄这些少数民族的控制下。

因此，此时的秦人想要被中原地区傲慢的诸侯所承认，就必须要拿出更多的实力来。获取应许之地的实际控制权和占有权，秦才能往上走。

秦襄公比谁都清楚这一点，为了能够让子孙后代走到山的那一边，他必须亲手把填补实力的那块拼图碎片给拿回来，然后稳妥地放进秦的版图中。

这位秦国真正的创始者，开始不断率兵向西。

曾经有一次，他的努力几乎就要看到成效了，却因故未能在岐山立足，只好又退回故地。这种功败垂成的沮丧，让秦襄公压力很大，结果，公元前766年，他就在战斗中阵亡了。

好在，此时的秦国根本不用担心东部的威胁。继位的秦文公等数代领导者，保持着代代相传的"先军"传统，终于在讨伐西戎之战中获得胜利，获得了周王室承诺的所有土地。

有了本钱，生意就容易做大。秦国接下来一口气灭掉了周边诸多小部落，并将版图一直向东推进到关中。

在这将近百年的筚路蓝缕之后，秦国终于拥有了关中平原的大部分领土，成了足以让中原侧目的西部强国。

拉出一根大阳线之后，接下来，秦的走势就没那么亢奋了。雄心壮志的秦穆公原本想要染指中原，却被紧靠在东部的强敌所阻挡。

这个强敌就是晋国。

实际上，晋国能够强大起来，还是秦国亲手造就的。

秦穆公曾经设想，通过扶持晋的统治者来打通秦国向东方出击的道路。为此，当晋国的公子重耳流亡各国长达十九年之后，秦穆公慨然站了出来，表示愿意帮助重耳回归故国，并且帮助他夺取王位。

秦穆公为此开出的价格是：当重耳复位后，要将曾经从秦夺取的河东五城，割让给秦国作为酬劳。

重耳略微考虑后，欣然应允了，他没有道理就那五座城池的利息讨价还价。

秦穆公很高兴生意谈成了，他决定，将秦宗室的五名女子作为赠品，一起给重耳，公子对此更没有什么异议，全部予以接受。

于是，重耳在秦国的帮助下复国成功，成了晋文公——春秋五霸之一。

接下来，"秦晋之好"维持了一段时间，秦穆公甚至还在著名的城濮之战里出兵帮助晋国对抗强大的楚国。

但几年后，情况不一样了。

看见晋国在当年灰头土脸的重耳的治理下变得越来越强大，秦穆公开始担忧。他预感到，一个更麻烦的对手出现在通往东方的大路上。

为此，像他的先祖襄公那样，秦穆公决定赌一赌。

公元前628年，秦穆公命将领率军越过晋国，试图偷袭郑国。但晋文公身着丧服，率军在崤山天险伏击秦军。结果，秦军身陷于狭窄的隘道中，毫无还手之力，被尽数歼灭。

没办法，秦穆公只好进一步整理自己的大后方，回头将犬戎等势力进一步剪除。

此后，秦晋两国时打时和，上演了一出出令人目不暇接的好戏。

但整体而言，秦国在这个东方大诸侯的压制下，始终无法如其所愿，向东他们出不了崤函的天险，向南又面临着强大的楚国，而无法争夺巴蜀。在这种无奈之下，秦国除了和晋国靠政治婚姻来改善外交关系同时防范楚国之外，几乎毫无作为。

日子就这样一天天过去，到了公元前453年，情况发生变化，这个强大的东方桥头堡终于从内部分裂了。

韩、赵、魏三家将晋国瓜分。

但这个消息也没马上带来好事，秦国依然无法同其匹敌：公元前389年，秦国起兵50万一路向东，却被魏国名将吴起用5万士卒一战击溃，如果不是因为此时赵国同魏国突然反目，秦国面临的可就不是一点小麻烦了。

这次重大失败，让秦人终于冷静下来——盲目地向东是无法获得良好结果的。

继位的秦孝公痛定思痛，任用商鞅开始改革。虽然商鞅个人最终成了政治斗争的牺牲品，但他的改革产生了充分的效果。秦国因此开始不断强大，吞并了巴蜀地区，而原本和其对敌的魏国却逐渐衰落下去。

之后的历史广为人知，齐国几乎被乐毅率领的联军灭国，楚国的郢都被秦将白起攻陷，赵国则在长平之战中元气大伤。

敌退我进，一时间，秦国俨然已经有了天下霸主的影子。

更不用说，秦国的统治位置上迎来了一个人——嬴政。

似乎集结了祖先身上的那些优点，嬴政是个志在天下的男子，因此，一代代人的梦想传承中所积累的力量，最终在他的手中焕发光彩。

更不用说，此时的秦国，土地宽广，人民乐业，军队强大，上下齐心。

所以，公元前231年，是秦国以东所有诸侯必然感到阴霾的一年。

在这西来的冷风中，第一个开始收缩毛孔的，就是姬公子的国家——实力不济的韩国。

不可承受的亡国之痛

韩国的实力不济并非天生，做个简单推想就能知道，能够灭亡强大晋国的家族，恐怕其中没有一个是好惹的。而事实上，韩国有着当时相当强大的兵器制造技术，这个国家能够锻炼出当时全天下最锋利的宝剑、最强劲的弓弩，申不害所领导的政治改革，也曾经让韩一度强大。

但韩的问题无法解决——它不幸地站在了围棋盘的"草肚皮"上。

这个国家的北面有赵、魏，东面是齐，南面是楚，这就够让历代国君忧心的了，更何况，西部还有着虎视眈眈的秦国。或许从这种围困形势出现的第一天开始，韩国就注定了灭亡的命运。

对这种命运，韩国的百姓们倒无所谓，对于他们来说，安居乐业和轻徭薄赋是最重要的，至于城头变换怎样的旗帜，那是贵族们应该担忧的。

不过，贵族们也并非全部都那么专注，早在几年前，韩非就出奔去了秦国，希望能够得到重要的机遇。

话说回来，韩非的出奔也是有原因的。

韩非少年时期就跟随儒家的代表人物荀子求学，别看他说话结结巴巴，法家学说却是研究得炉火纯青，一手文章也是相当漂亮。韩非不断上书，希望得到重用，能够利用他的那套学说来建立集权制度。但是，王室长期的冷淡最终让韩非绝望，他远走秦国。

其实，这种事情在战国时期完全正常。但他没想到，在尽得其学说之后，嬴政不是给他加官晋爵，而是莫名其妙地将他关进监狱。据说，他的同学李斯在其中起到了不小的推动作用。

难道是因为嬴政太过欣赏这位外援，以至于将他软禁杀害，以防变心？

还是因为只需要那些学说理论即可，并不需要这种人来加以实际操作？

又或者，是因为韩非的到来，大大破坏了秦国政坛原本已达到平衡的利益格局？

或许所有的原因加在一起，就带来了韩非眼中那杯月光下闪着清冷光辉的毒酒。

韩非被杀的消息很快传到了他的故国，在那里，贵族们因为这样的消息而恐慌不安。人们议论纷纷，说嬴政连主动去投奔他的人都杀，更不用说那些拒不投降的贵族了。

说这话的时候，人们似乎能听得见咸阳城中秦军"霍霍"的磨刀声响，听得见战马咀嚼草料发出的"咯吱咯吱"声。最后，这样的谈话总会在死一般的寂静中结束，并让每个人的五官都蒙上一层重重的黯淡的灰色。

就这样，公元前230年，秦军的锋芒尚未展露，韩国已经尽显弱态。更重要的是，人心很快就散了：有的人开始饮酒作乐，打算好好挥霍不多的时光；有的人则开始掘地三尺，把财宝埋藏起来；也有人收拾细软，准备车马，打算向东逃跑……

几乎同时，有人却意外地发现，年轻的贵族姬公子，却在变卖家产，准备招兵买马，与秦决一死战。

疾风知劲草，韩国岂应无人，在秦国通往东方的大道上艰苦扼守了上百年，韩国人等待的并非如此的一刻！

人类历史的血与火时代里，最具备献身意志的，往往是年轻人。而此时年仅20岁的姬公子，正是这样典型的少数派，而他主战的原因很简单：他姓姬。

周武王姬发的姬。

姬，这个渊源古老的姓氏，据说源于华夏族的先祖——黄帝。

韩国的王室同样分享姬姓的荣光。而姬公子的家族，和王室的关系更不一般。从他的祖父姬开地开始，到其父亲姬平，先后担任韩国丞相，几乎占据了韩国将近一个世纪的政治舞台核心。这种世代相传的情况，在战国时期很少出现，或许在韩国这个传统性强的王国中，贵族和王室的连接还保持着同根连体的紧密。

正因为如此，20岁的姬公子更是无法接受被暴秦所灭的耻辱，为国、为家，他都主张必须一战！

可惜的是，姬公子不仅没有足够的外援，连应有的内援都相当缺乏。

早在他幼年时，父亲姬平就因为内忧外患的局面而积劳成疾，不幸去世。从此家族重担落在姬公子身上，虽然财力优裕，但除了母亲和年幼的弟弟，姬公子几乎没有其他社会资源。因此，此时的招兵买马，在许多人看来，就是一个富家公子的冲动游戏而已。

如果秦国人知道这件事，估计也会笑掉大牙。

因为他们实在太有理由狂笑了。

秦军的统兵大将名为腾，担任秦国的内史。特意派出这样的官员来攻占韩国，充分表明了赢政的自信：

"韩国人，你们听好了，内史只是掌管治安的武官而已！"

这样的潜台词，让这次军事行动看起来更像一次军事接管行动，而并非侵略。

仿佛特意为了加强这样的印象，赢政只给了腾三万人的军队，让他完成接管任务。

这时的秦韩军事实力对比，已经相当明显。听闻秦军锋芒透过函谷关，沿黄河两岸的平原而来，整支韩国军队迅速动摇，薄弱的守军如春季时黄河化解的冰封，转瞬间崩溃消散，向东而去，无影无踪。

短短几天内，韩国的南阳郡就被秦军完全占领。

内史腾虽然不是秦国名将，但他对维持治安、稳定人心、传播大秦良好形象这类任务相当拿手。也正因如此，名不见经传的他才被赢政亲自确定为占领行动的统帅。

当秦军攻占南阳郡之后，内史腾立即发布了命令："百姓们无论士农工商，均应各安本分，有乘机闹事行窃者，斩；原有大小一应官吏，全部各司其职，有玩忽职守或弃职逃跑者，斩；有鼓动反抗袭击秦军者，斩。"

这样的命令，以前几乎从未从战斗力凶悍的秦军中传出过。

人们明白过来，秦军是要长期占领这里了。

很快，另一封出自内史腾笔下的信，又被送到了韩王安的面前，这位末代韩王盯着眼前案几上的这封书信，浓重的墨迹在他眼中仿佛不是黑色，倒是鲜艳诡异的血红。

看完书信，韩王双眼发黑，瘫软在座席上，内侍们乱作一团地服侍着。

半晌，韩王才缓过气来。他有气无力地朝早就目瞪口呆的文武百官们挥了挥手中书信，缓缓说道："内史腾说，秦王上乘天意、下顺民心，派军来解救韩国。不日就要来攻克都城郑……"

"大王！"没等韩王说完，大将武信声音都变了，他白发苍苍，双目圆瞪，"不须听他胡言，只要将秦使斩首，老将亲自上阵，和秦军拼个鱼死网破！"

话音在空旷的殿堂中回响、消失，化作一片虚无的寂静。

其实，武信自己也知道，这样的话语必然是徒劳的。无论是疆域还是国力，韩国已经被秦军不断向东的上百年攻势所拖垮。此时带领薄弱的军队去迎战秦军的前锋，恐怕只是羊入虎口的自杀行为而已。

更何况，一旦反抗，意味着之后注定的疯狂屠城。

韩王安苦笑两声，潸然泪下，他抬头仰望这座华美宫殿，想到这是当年鼎盛时期祖先灭亡郑国之后迁都的纪念，不由得悲从中来。

"天意啊，天意！转告秦使，我韩国君臣愿意投降。"

"投降"这两个字，就好像一块臭豆腐，谁都不愿意提，但偏偏吃起来又很香。

很快，百姓们的躁动停止了，只要不打仗，怎么都好。

而贵族们则听见心中大石头落地的声音，有人很快将财宝从土地中重新掘出，打算去走走内史腾的关系，好在新的政治博弈中分一杯羹。

更多人则是对未来恐惧和对现状麻木。

内史腾则恰恰相反，接到韩国投降的好消息，他立即上奏嬴政，很快，加急消息传来：命内史腾为南阳郡代理郡守。

第二年，即公元前230年。韩国彻底被秦军所灭，整个韩国成了秦王版图中的颍川郡。

这一年，姬公子陷入了深深的痛苦中。

他恨，恨自己没有早做准备、力量太小；恨父亲去世太早，让自己毫无政治话语权和影响力；更恨秦国，为什么必须要灭亡韩国而后快；同样恨的，还是这个没有道理而言，一切靠血与火决定的时代。

最初的几天，姬公子沉陷在这样的情绪中，懵懵然，只能感觉到太阳从东边升起后，很快又将余晖洒进屋中。直到年幼的弟弟摇晃着他的身体发问时，姬公子才回到现实中。

他听见弟弟的声音问道："兄长，韩国，真的亡了吗？"

姬公子擦擦眼泪回答说："是的，灭亡了！延续两百年，亡在我们的手中！不过，这几天我也想明白了，文臣喜欢钱，武将又怕死，君主懦弱无能，不亡，岂不是没有天理？"

"那我们怎么办？"

姬公子转过身，凝视着弟弟的双眼，说："死掉的韩国就让它死去吧，未来的韩国还有希望。让想要和内史腾共事的人去巴结奉承，我打算离开这里。"

说这话的时候，姬公子似乎不再是当初的年轻人，在这短短的几天内，他经历了国破家毁的大难，这让他看起来成熟了许多。

在烛火的摇晃下，弟弟抬头看着兄长坚毅的脸，忽然发现那种表情早已不是习惯看到的富家子弟的气息。

"弟弟，"姬公子决然而缓慢地说道，几乎是一字一顿，却无可辩驳，"嬴政，注定会得到天下。"

"那我们……"弟弟小心地问道。

姬公子抬头看着窗外，那里的夜色开始浓重起来。

半晌，他回答说："我们和秦的战争，才刚刚开始。"

难以逃开的家破人亡

······

韩王安从容不迫地做了秦国的阶下囚。

出宫投降的时候，他面色肃穆、气定神闲、表情自若地向内史腾递上正式的投降文书。除了受到几个姬妾影响流了些眼泪外，韩王安努力保持了一个国主应有的尊严。

在传令的秦卒飞马杀到之前，天真到愚蠢的韩王安仍然认为，尽管已经交出了玺绶和佩剑，但只要自己公开臣服在秦王脚下，他就可以继续充当这片土地的主人，享受韩国百姓上缴的赋税，如同之前安然运行了八百年的周王朝。至于秦王，他将来是不是新的周天子或秦天子，韩王安真的不想在乎。

直到几个秦国士兵上来剥掉他的弁冕和端委，已成废王的韩安才从美梦中惊醒——嬴政并不打算做原先的天子。

这一幕来得太过突然，令冗长的拜见贵族队伍顿时大惊失色。他们争先恐后脱掉身上的朝服，极力向占领军示好。

队伍的末尾处，被人架来的姬公子不屑地甩开拽着他的几个韩国贵族，径自坐上马车，离开因贵族们的吵嚷变得聒噪的广场。

他的不羁行为丝毫没有让那些旧贵族脸红，反而引起了秦人的警觉。内史腾侧目遥望远处马车上的青年公子，拉过一个人问："那是谁？"

被揪过来的贵族老头不敢隐瞒，哆嗦着扑倒在内史腾脚边："回将军的话，那是故丞相姬平家的公子，名……"

"丞相？"内史腾没有理会为讨好自己而喋喋不休的老头，反倒玩味地咀嚼起这两个字，似乎其中有参破所有奥秘的法门。

姬公子的马车此刻早已驶离韩王宫。临出宫前，他特意回过头，向还在正殿前对自己行注目礼的内史腾投去恶狠狠的一瞥。

内史腾已经看不清远处马车上那位乘客的长相，准备就此作罢，不想却始终有一股没来由的痛感在脑中搅扰。

他望着姬公子离去的方向，那辆桀骜不驯的马车像长枪般直闯宫门而去，有如横扫千军的战车："听说就是这位公子，曾在王师入城前买人命抗秦？"

此言一出，就令所有前来朝见的贵族们都哗然不已，狭小的韩王宫广场立刻又变得喧闹起来。

"将军海涵，姬府五世相韩，姬公子自小娇生惯养，如今年轻气盛，为人做事张狂了些，也在情理之中啊。"被扭来问话的贵族老头听出内史腾话中的杀意，急忙为他开脱——作为曾经韩王朝堂中的成员，他并不想看到秦军甫一入城，就将屠刀挥向庞大的贵族阶层。

可内史腾根本不会考虑投降者的感受，对他来说，几条韩国贵族的性命和几万炮灰没什么区别。唯一的不同点，也只是动手快慢的问题。

"五世相韩？如果不是韩王献上降表，这个年轻气盛的公子应该会承袭相位吧？"内史腾玩味地笑道，冷峻的面皮上没有一丝波澜。

他的笑容，仿佛是在告诉眼前这帮怯懦的韩国贵族：你们没有让姬公子臣服，所以你们要替他受死。

但内史腾终究没有说什么。

他招来副将："找些得力的细作好生照看那位公子，如果他做了什么出格的事，你们知道该怎么做。"

交代完手下，内史腾又走向被剥去冠冕、正倒在地上发愣的韩安，用力收起快要溢出来的鄙夷，高声念道："大王有令：韩地不日并入颍川郡，原韩王宫室众人不得再逗留郑都，全员迁往陈县。违令者，斩！"

他揪着韩安的耳朵："韩公，你可听真切了？"

韩安没有答话，他呆呆地坐在土地上，任凭咸阳城的治安官玩弄自己肥硕的耳垂，一双昏花的老眼只盯着被秦兵踩在脚下的朝服——那身衣服曾经是他全部的荣耀。

"废物！"内史腾到底还是没能忍住，他命兵丁拖走失语的韩安，轰开那些想要继续讨好他的旧贵族，跳上战车返回驻地。

"连一个没能耐的公子都不如，你韩国焉能不亡！"内史腾气鼓鼓地坐在车上念叨着。

他当然有资格鄙视已成过去式的韩国贵族们：大军进攻时，这些饱食的硕鼠没有一个人肯为弱小的母国效死，满脑子想到的只是自己身为贵族的特权地位和千万家产，甚至愿意为此放弃抵抗。

等到国君投降，做了秦国的俘虏，这些人就又兴高采烈起来，仿佛保全国民都是他们的功劳，其实这些人真正保全的，不过是自己的项上人头和不久后将被充入秦王国库的财产而已。

在秦国，他们形同叛逆的行为会导致全族都被五马分尸。

如果不是秦王有明令，内史腾当场就会将这些韩国贵族斩首，用人头换赏功；但如果有得选，他很愿意给那位姬公子的家人一条生路——这至少是个忠诚的人。

回到相府，姬公子来不及休息就急匆匆跑向焦急等待着的母亲和弟弟。

"国君已经被秦王废掉，郑都万不可久留。请母亲打点行装，我们要离开此地。"姬公子说完，又请来府中的门客，向他们宣布自己的决定。

眼见韩国被灭，门客们对此已有心理准备，因此没有谁反驳姬公子的决定，只有一位门客表达了自己的担忧："少主，我等的去路不打紧，只是府中的仆役们该如何处置？"

作为五世相韩的丞相世家，姬府中尚有三百名奴仆听差，且多数都是世代侍奉姬府。若姬公子打定主意要弃家出逃，这些仆人的出路就不能不考虑。

姬公子考虑片刻，说："把他们的卖身契烧掉，赠予银钱盘缠，从哪里来回哪里去吧。我既已下决心破家，就断没有理由再支使他们。"

这也是无奈之举：秦王已然灭掉韩国，下一步必定是清除韩人中的顽抗者。对于五代相韩的姬府，那个内史腾只消把他父亲和祖父的名讳报给秦王，残暴的嬴政就会立刻派兵屠府。姬公子已下定决心，与其坐以待毙，不如早做打算：逃出郑都后，他将以丞相公子的身份高举义旗聚众抗秦，同时游说赵、魏、楚三国合纵出兵，将内史腾的三万秦军赶出韩国，一举光复失地。

韩国已经被灭，身为丞相之子，姬公子未尝想不到这个计划的缺漏——赵、魏穷于自保，楚国坐视不理。

但是如果有比这更好、更实际的计划，姬公子想也不想就会全盘接受。之所以找不到其他的路，是因为现在的韩国，只剩下这个年轻人还在为拯救韩国而心急如焚。

然而，就在全家人紧张准备行李时，为府上请脉的医者却给姬公子送来一道拦路虎。

母亲的病已经不能再耽搁，也绝不能颠簸远行，必须早做诊治，否则——医者始终没有斟酌好自己的用词，最后只能用模糊笼统的"益深"指代。

一边是病重沉疴的母亲，另一边是立足未稳的内史腾，二者势必难以兼得。在弟弟的劝说下，姬公子只得暂时放弃逃离郑都的想法，遵照医者的嘱咐，安心在府中侍奉母亲。

得到线报的内史腾很高兴，他认定姬公子不过是个一时气血上涌的幼稚青年，只是比别的老朽更精神些罢了。

他绝对猜不到，姬老夫人的病情之猛超乎想象：短短数月，原本还算得上康健的姬老夫人已然被无常索向了鬼门关。

面对跪在榻前痛哭流涕的一对少子，行将就木的母亲努力想凭着感觉再摸他们一次，可干枯的手臂等不及抬起，就无力地垂了下去。

"我的儿，不要哭，人总是会死的。"母亲已经看不清儿子们的容貌，她安详地躺在那里，静静等待死神最后的宣判。

"母亲！母亲啊……"姬公子嘶哑着扑倒在母亲身边，几个常年侍奉夫人的老仆也跪在一旁涕泗横流。

"照顾好你弟弟。"弥留之际，母亲细声道。

姬府大门外，那些秦军派来的细作正坐在阴凉处有说有笑。

将母亲的棺椁与父亲合葬后，姬公子红着眼睛招来全府上下的仆人，当着他们的面将卖身契投入火盆。

"我已彻底抛卖家产，从今往后就不再是你们的少主了。"他一身缟素，对着大家朗声说道，"大家各自珍重吧。"

仆人们面面相觑，不明白少主为什么要将他们弃之不顾。

还是那位门客最先发问："公子将要做何打算？"

问话的同时，他把目光投向还在同仆人们道别的小公子。

姬公子说："赵、魏积弱已久，齐、楚则断无出兵之理。我意已决，唯今之计只可自救；我不日就带幼弟去淮阳拜师学艺，招徕天下义士，共举义旗抗秦。"

"公子决意不再回郑都了？"

姬公子的语气冷若冰霜："等那些享乐误国的待戮之徒死尽，我自然会回来。"

在一个安静的清晨，姬公子亲自驾驶着马车，带上弟弟离开了郑都。

天色大亮后，那位最后的门客引导着姬府曾经的仆人们，分批离开了府院——按照先前的约定，买家会在当天日暮时接收这座金碧辉煌的宅邸。

接到报告的内史腾没有多少意外，在他看来，这只不过是个心灰意冷的亡国奴选择的自我放逐。

选择淮阳作为新的安置住处，姬公子自有他的打算：这里原是楚国的都城，楚国被秦国击败后才被迫迁都至寿春。此处离韩国、齐国、魏国都不远，姬公子随时可以根据需要前往任何一国。

他包下了城中最繁华的酒楼，重金招待往来的侠客名士；又带弟弟拜本地最渊博的夫子学习礼法，刻苦学习充实自己。他要用自己的力量恢复韩国人的复国之念。

然而，姬公子尚来不及施展抱负，晴天霹雳就再次降临。

弟弟自小体弱多病身子娇贵，又连番经历韩国灭亡和母亲病逝的打击，身体状况一天不如一天。再加之长途跋涉来到淮阳，水土不服之下，弟弟幼小的灯芯竟然燃到了尽头。

在弟弟的坟冢前，姬公子轻轻地叩了一下，然后起身离去。

十年筹谋只为一击必杀

......

韩国的覆灭不过是秦国吹响兼并战争的号角，不过是暴虐的嬴政在大餐前先品味的一碟甜腻的糕点。这个端坐在咸阳宫中纵横捭阖的国君，正通过地图上繁复的路线和地名，驱使黑甲的虎狼尽快夷平东方。

公元前 228 年，上将军王翦一马当先，率领秦军纵马冲入邯郸城。大军一路横冲直撞，终于不情愿地停在了赵王宫的正门前。其他秦卒锐士则秩序井然地开入城中各个地区，等待王翦的指令——接防，或者屠城。

赵王宫中，幽缪王赵迁正躲在角落里瑟瑟发抖；三个月前，他把赵国苟存的希望寄托在碌碌无为的宗族将领赵葱和宠臣郭开身上。现在，摆在赵迁面前的只剩一个选择——向征服者送上亡国之君的降表。

他不是个有勇气自杀的国主。

先是老将廉颇被逼出走，而后又是忠心不二的北地将军李牧被害死；似乎和曾经的韩国一样，当武灵王赵雍被饿死在沙丘时，当年有志吞并秦国的骑射强赵，国运已经在那一刻戛然而止。

幸运的是，赵迁的兄长公子嘉没有弟弟的窝囊和愚蠢，邯郸城破后，他带着数百名宗族逃亡自立，试图继续与强大的秦军抗衡。

公子嘉的反抗激怒了准备享受征服者身份的王翦，二十万秦军未做片刻喘息，就又潮水般涌向公子嘉所在的代郡。

然而，急行军的路上，一只螳螂的臂膊挡住了王翦。它的出现不仅改变了历史，也让在淮阳城中学礼的姬公子心头大振。

螳螂的名字，叫燕国。

同赵迁不同，燕王喜并不是一个太过没用的国主，在闻听王翦的军队已调转兵锋，准备进攻燕国后，心急如焚的国君立刻召集群臣，企图从这些尚有饱食之力者口中找到弱燕存活的希望。

但群臣终究辜负了国君的希冀，在黑云压城的秦军面前，大夫们的胆色还不如已成亡国遗民的公子嘉。

所有人中，只有太子丹下定决心孤注一掷——刺秦。

六国蒙难，皆因秦王嬴政欲壑难填；杀了嬴政，就等于铲除了暴虐之秦的主心骨，秦国内势必局势大变，前线秦军也会人心浮动，不战自退。只要嬴政当着全国人的面死在刺客剑下，东方五国就有机会重新合纵，一鼓作气击破秦军，甚至反戈一击，攻破函谷关！

焦急的太子丹找到"节侠"田光，想请他接下这个重任。不想田光揉着日渐萎缩的双腿，向太子丹推荐了自己的忘年之交荆轲。

有史以来最华丽的刺杀行动，在侠客们的新老交替中拉开了帷幕。

太子丹不认识荆轲，甚至不了解他，但当听说田光为了保守机密拔剑自刎后，他只得把刺秦的希望都寄托在沉默寡言的荆轲身上。

荆轲的出现，帮助太子丹完成了将"刺秦"从构思到计划的升级，他为弱小的燕国制订了两套计划：第一，如果有机会，荆轲会想方设法将嬴政擒住，逼迫他退兵；第二，如果嬴政拒不答应燕国的要求，荆轲就手起刀落结果了他。

为了完成这次计划，荆轲要求太子丹为他提供两样道具：秦国叛将樊於期的首级和燕国督亢地区的地图。

荆轲准备用樊於期的人头争取到秦王的召见，然后将利器藏入督亢地图之中，届时以献地图为名，燕国使臣就能合理地接近嬴政，待图穷匕见之时，就是嬴政投身黄泉之日。

他的计划滴水不漏，完全可以保证一击杀敌。听完他的计划，未来的燕国君主脑中想到的，只剩下"挟持秦王"一个环节。

荆轲无奈，他飞鸿去信请剑神盖聂前来助拳，自己则耐心待在蓟城中等待消息。孰料他的冷静反倒让焦虑的太子丹狐疑顿生——眼前的这个人，是否还会真心帮助燕国？

在太子丹的不断催促下，心烦意乱的荆轲只得带上十五岁就杀人的秦舞阳，同他一起前往秦都咸阳。

易水河畔，荆轲最后一次聆听了高渐离的击筑声，然后策马向西而去。

风萧萧兮易水寒，壮士一去兮不复还。卷着燕赵剑侠的绝唱，两位燕国使臣走进了黑幕遮天的咸阳宫；秦王嬴政坐在大殿之上，正等着来人为他送上膏腴肥美的督亢的地图。

于是图穷匕见如愿出现，计划的策划者荆轲却在追逐目标的过程中，倒在嬴政的长剑之下，被蜂拥而上的秦宫护卫瞬间剁成了肉泥。

他至死都在为"绑架"和"刺杀"的二选一纠结不已。

被荆轲扯掉一只袖子的嬴政彻底狂暴了，将秦舞阳乱刃分尸后，他谕令王翦：即刻发兵灭燕！

一年后，王翦带回了太子丹的项上人头——来自燕王喜的贡品。

正当所有亡国遗民都在为荆轲刺秦的失败扼腕不已的时候，修习礼法多年的姬公子，却像个兴奋的孩子一样，在淮阳城中四处寻找来自西面的客商和侠客，向他们请教跟刺客荆轲有关的一切。

"这是真的吗，真的有人舍弃性命去刺杀秦王了吗？"

"大约是真的，秦王不久就发兵灭掉了燕国。"秦地来的客商叹了几句，羞赧地接过俊俏公子递来的茗品。

"公子不必再向其他人打听了，秦王真的还活着。"

看着商人渐渐隐没在人群中的背影，年轻的姬公子怅然若失："当年若是有这等义士，韩国也不至于被暴秦倾覆。"

想到这里，他不禁再次对那位名叫荆轲的刺客肃然起敬："秦王多疑，能在戒备森严的秦宫之中接近他，这位义士想必是名满燕赵、交友天下的豪侠吧？"

转念之间，姬公子又有几分遗憾：换作弱不禁风的自己，也许等不到图穷匕见的那一刻，他就会被秦王识破。

忍辱负重多年，在淮阳发奋修学，至今都未曾去母亲和弟弟的坟茔洒扫。可如今，他的努力换来了什么？亡国破家的仇恨依旧鲜血淋漓，弟弟死前哀叹不能用韩国文字书写名讳的遗憾历历在目。秦军依旧在东方肆虐，他的报仇雪恨之日却仍然遥遥无期。

姬公子再一次将无助的目光投向淮阳城中来来往往的芸芸众生：这些人中，是否会有我的同道？

"为了不同的亡国血债，为了同一个沾满国人鲜血的敌人。既然荆轲已经先行一步，那么我为什么不能赌命一搏？"寂静的深夜里，孤独的公子躺在竹简丛中痛苦地思索。

日益丰硕的学识让他习得了内敛和谦逊的艺术，却浇不灭心中刻骨铭心的仇恨。

"终有一日，我也要闯宫刺秦！"

公元前221年，统一六国的秦王嬴政终于登上皇帝大位，史称秦始皇，自此天下归秦。

没有被嬴政的志得意满震慑到的淮阳城中的姬公子，依旧在不断地结交四方游侠，寻找刺秦的战友。

姬公子的苦心孤诣没有白费，在一座临海的小镇里，他终于找到了自己的盟友——东夷贤者沧海君。

听到对方报上的名讳时，洞若观火的沧海君已然懂得了姬公子的来意，他好心地劝告这位当年的韩国权贵，即使刺秦计划可以在纸面上臻至完美，他们也绝无实施的可能：就在嬴政登基这年，荆轲的好友高渐离将铅块充入筑中，趁着进宫演奏的机会砸杀嬴政，结果失败身死。从那以后，始皇帝就再也不见六国的人了。

姬公子却看得很开："既然如此，我们就有机会全身而退了。"

如同荆轲的失败带来的兴奋，高渐离的死让姬公子想到了一个全新的刺秦计划。

六国覆灭后，秦国不再分封新的诸侯，转而用郡县的形式治理吞并来的国土。为了宣示威严，始皇帝经常出宫巡游，向每一个郡的臣民炫耀自己的武功和能量。

姬公子的计划，就是在皇帝车马行进的路上，用重物将他的座驾砸得粉碎。他要像荆轲计划的那样，让骄横不可一世的嬴政，在秦国虎狼面前死得血肉模糊！

他决定用最激烈的方式，让嬴姓的江山动荡不安。

面对刺秦意志坚定的姬公子，沧海君彻底动摇了——他也是六国的人。

公元前218年，秦始皇嬴政第二次出巡。得到消息的沧海君迅速找来姬公子，并为他引荐了一位身高八尺、力扛千钧的大力士。

这个大力士同秦国并没有直接的过节，他无所谓天下，无所谓国家。他只是齐地海边上的普通渔民，过着三天打鱼两天晒网的生活，除了坚硬的肌肉和一手百发百中的抛掷绝活，他的人生再也找不出其他亮点。

直到有一天，当身着黑甲的兵卒闯入渔村，将全村人都编为兵丁时，终日和鱼腥为伴的大力士如梦初醒：生他养他的齐国被秦国灭亡了。

尤其是听说齐王田建未经一战便投降秦将王贲后，大力士的愤懑瞬间达到顶峰——他从未想到自己的国君会是个废物，连带害得所有齐人也成了秦国眼中的孬种。

他急需为自己和齐国正名的机会，叫那个当了皇帝的秦王尝尝齐人的拳头，哪怕只有一次这样的机会，他的人生也可圆满。见到自愿效死的大力士后，姬公子与沧海君着手组织工匠，连夜打造了一具重达120斤的铁椎。

抚摸着泛着乌黑光泽的铁椎，姬公子莫名激动。为这一天的到来，他已经用去了十年光阴。

他当即拜别沧海君，带着大力士和铁椎向西而去。

十年前，他从一位风度翩翩的世家公子，沦为丧国受辱的落难之人。

十年前，他从一个兄友弟恭的未来家主，变成失母葬弟的遗世孤儿。

造成这一切的人，就是那个脚踏六国的男人，他将秦国的一己私欲加持在全天下的无辜人头上，直到今天还在奴役六国故人。现在，复仇的机会终于到了！

刺秦计划中唯一的缺漏，似乎只有那位大力士：他并没有背负姬公子那般痛彻心扉的国仇家恨，但他难能可贵地具有一种只要过把瘾就死而无憾的觉悟。加上沧海君的诚挚荐言，有他在，姬公子很放心。

况且，除了这位大力士，世上恐怕也没有人能轻易举起120斤的重物了。

颠簸的马车上，姬公子铺开地图，拿出之前花费重金得到的嬴政巡游路线，将对方的行程一一标注出来，用心确认始皇帝车驾的下一站。

几番论证后，姬公子终于得出了皇驾的实际路线，并在其中找到了最适合行刺的阳武县。

他选中的那个地方，叫作博浪沙。

功亏一篑的博浪沙伏击战

......

赢政对巡游有着常人难以理解的热衷，就算面前有堆积成山的财富和纤肢柔荑的六国美女，也阻挡不了始皇帝出巡的脚步。他要亲眼看着所有臣民拜倒在自己面前，寻找那份酝酿多年的心神荡漾。

但始皇帝的巡游不能只为满足爱好：皇帝巡游的传统并不是秦王朝的独创，早在上古时期，天下共主黄帝就曾巡视天下，向四夷宣示自己的地位和权力，并借机消灭那些不甘心被取代地位的小部落。今日的秦始皇，如同当年的黄帝一样，要亲身去威慑敢于反抗他的人，让东方六国的故旧们彻底臣服。

每巡一处，始皇帝必做三件要事：观景、立碑、刻石。观景可让他心旷神怡，立碑是皇帝曾经亲临的铁证，刻石则要向上天证明自己尊贵的人主身份——赢政相信皇统的力量，但他并不相信人心：母后和曾经的相父吕不韦的流言，在咸阳城中流传不息，成为赢政的心头恶病；嫪毐和母亲的苟且更让他颜面无光，想起来就觉得恶心。

离开咸阳，或许可以暂时躲避那些纷纷扰扰的流言。

为了方便皇帝陛下巡视，王朝发动数以万计的刑徒和民夫，在全国各地修建通往都城咸阳的驰道。宽阔平坦的道路既安稳又舒适，足以应对上万人的车马。伴随着长如龙蛇的出巡队伍，嬴政就盘缩在自己的皇驾马车中，透过针孔车窗，仔细地观赏跪在道路两边的人民，还有地方官专为讨好他、沿着驰道栽种的松柏。

公元前 218 年春天，嬴政再次出巡，这次他要沿着上一年的东巡路线重走一遍。在公元前 219 年的东巡中，嬴政的"收获"并不理想，泰山和琅琊台的石刻虽然成功完成，东岳封禅的工作却让他大伤颜面：志得意满的皇帝本想借机向满天的大罗神仙宣告自己的正统，却被一场大雨毁掉了封天祭礼；巡览湘山景致，又让阴风搅了兴致，他一怒之下干脆下令伐尽湘山草木；派方士徐福浮海寻蓬莱，后者却如泥牛入海，至今仍未归国。

郁闷的嬴政不希望给世人留下皇帝未得上天眷顾的糟糕印象；他可以砍掉很多人的头颅，却堵不住悠悠之口，就像逃不开他的身世一样。

只有规模更宏大、威势更强盛的东巡，才有可能打消东方臣民的质疑。

可嬴政或许忘记了，只有他安心待在咸阳城中，东方的人民才愿意默认这位皇帝的存在。

天子出巡是宣扬皇威、彰显皇权的大好时机，却给沿路的百姓造成了史无前例的负担：驰道附近的田地不准耕种，皇驾经过的街道全程封路。臣民被热心奉承的地方官员从田地里强行带走，投入到轰轰烈烈的接待工作中去；很多人就此倒在尘土飞溅的工地上，再也没能回到家中。

六国的覆灭已然让他们失去了做人的尊严，现在他们连活下去的希望都如此渺茫。

姬公子准备放手一搏，为自己和别人已经失去的尊严讨回一城。如果能一击即中杀掉暴君，就算身死族灭他也心甘情愿。

不，他早已经没有了家族：韩王投降的那一天，母亲在床榻上忧病逝去的那一夜，弟弟躺在自己怀中含泪死去的那一刻，五代相韩的姬公子就再也没有家人，他自己就是全族。

更何况，这次一定会成功。

他再次找来大力士，前往博浪沙查看地形。

阳武城建于河畔，城外方圆数十里都是冲积扇形成的淤泥沙地，既没有林木遮盖，也鲜有大队人马路过。为保平安，阳武的驰道修在了县城南面的博浪沙丘上，此处生有一丛丛稠密的灌木，宽阔的帝国高速就从灌木林中穿过。

毫无疑问，制订行程的官员不敢让皇帝承受颠簸的劳累，嬴政的万人皇驾必定不会选择淤结难行的河畔空地，他若想进入阳武县城，博浪沙是唯一合理的选择。

完整的行刺过程是这样的：姬公子与大力士藏身在博浪沙驰道险处的灌木丛中，静待皇帝巡游队伍的到来；待皇驾从险处经过，大力士就将铁椎丢向嬴政的车架。以他的力量和精准，装饰考究、雕龙摆凤的马车绝对无法抵挡120斤铁椎的冲击，碎成一地的同时，缩藏在车中的嬴政也必然死无葬身之地。而趁着对方哗然大乱的时机，行刺的姬公子等人就可以从容地逃脱，待官府发布捕盗文书时，他们早就在百里之外了。

毫无疑问，这是个凶险无比却胜算极大的计划。

荆轲和高渐离的失败给姬公子敲响了警钟：两位铁血刺客，一位与嬴政相视对坐，一位以盲人身份获得接近的机会，如此尚无法一击命中。如果他们再离得远些，恐怕连出手的机会都没有。

他耗费十年心血的谋划，不是为了帮嬴政贡献合法杀人的机会。

在精细的谋划下，终于有了本书前面那一幕。

然而，这一幕并不是始皇帝的终场大戏，反而是姬公子人生的转折点——

"陛下受惊了！"

慌张的问候如同冰封的箭头，瞬间钉进姬公子正炽热难耐的胸膛。

一个身穿白衣的高官，在卫兵的保护下跑向尾随在遇袭马车身后的那辆车。确认过车中人安好后，鹰隼般的眼睛立刻扫向不远处的几个丘陵。

皇帝的狡猾，不是平常人能够想象的，大力士奋力一击砸中的那辆马车，只是嬴政的数十辆副车之一。

嬴政不仅怀疑治下的百姓，也不相信保护自己的人。他把所有的车驾都改成同一个样式，巡游路上随机更换座驾，只有丞相李斯和贴身服侍的赵高等人知道，皇帝今天会在哪辆车中。

那个身穿白衣的官员正是李斯，他很快就发现面前的某个土丘有古怪。信手一指，后续的秦军卫士便飞也似的朝着那块丘陵冲去。

"捕刺客！"

策划多年的计谋，却被奸猾的暴君侥幸躲过；眼见功亏一篑，姬公子木然地跪在沙丘上，眼睁睁地看着黑色的死神向自己扑过来。

"姬公子，你还不快走？"大力士突然吼道，接着就扇过来一个巴掌，将灵魂出窍的姬公子拉回到现实中。未等他完全回过神来，大力士又飞起一脚将他踹下土丘。

跌了好几个跟头的姬公子这下才明白自己的伙伴要做什么："壮士，快随我走！"

大力士嘿嘿笑道："还没有让他吃到齐人的拳头，我怎么能走呢？"

怒视着脚下汹涌而来的秦卒，大力士头也不回地跳了下去，高大壮硕的背影在清晨阳光的照耀下，留下最后一轮光晕。

"姬公子，保重了！"

忍着再次夺眶而出的泪水，姬公子连滚带爬地出了灌木林，一路跑到河边，跳上早已备好的小船，像离弦的飞箭般顺流东去。

当天晚上，姬公子在一处河岔口弃船上岸，沿着炊烟找到了一户人家。对方很好客，不但允准他留宿，还为他准备了干净的衣物。

衣服的做工很简陋，但对狼狈不堪的公子来说，现在没有什么比得上好心人的馈赠。于是为了表示感谢，他打算拿几枚金豆子送给主人家。

但细加思索后，他只掏出了一串半两钱，郑重其事地塞到对方手中。

"就当我宿夜的费食了。"

主人受宠若惊，连忙推辞了几番才笑着收下。

"敢问恩主如何称呼？"主人讨好地问道。

姬公子愣了一下，说："不敢，在下张良。"

第二章

蛰伏待发的冷静谋士

转身之后的下邳张公子

......

赢政对臣下们的处理结果很不满意：虽然当场将刺客拿住，但在众多秦军的围攻下，这个跟防风氏一般高大的壮汉已然被剁成了碎块，还折损了不少士卒。至于行刺的动机和计划，身为"受害者"的皇帝已经无法知晓。

同样的问题也在折磨着负责督查的丞相李斯，但他更想知道的是，刺客究竟是东方六国中哪一国的旧人。

可惜，从阳武城传来的消息让这对君臣失望透顶：士卒们拎着壮汉的首级去找人辨认，满坑满谷的阳武百姓，竟没有一个人识得这颗血淋淋的人头。

面对困境，李斯的大脑飞速运转起来：无人知晓的刺客身份、重如磐石的武器、未曾露面的同谋……不可思议的人和物，居然出现在同一桩针对皇帝陛下的刺杀行动中，未免太不寻常。

只有三种推测可以解释当前的困局：

一、刺客同伙就躲在阳武县城，混在了懵懂无知的百姓中间；

二、刺客不是本地人，按身形来看，他们应该是更北的燕人或齐人，行刺失败后就匆匆逃走；

三、阳武城的百姓在包庇刺客同伙。

谋算了很久后，李斯认为可能性最高的是第三种，但他希望是第二种。

　　他向嬴政报告了自己的想法，并建议皇帝立刻下诏封锁阳武县城，同时飞报咸阳和各地郡县，在全国范围内展开大搜捕。

　　丞相此刻并不知道，皇帝早在刺客身死时就有了计较。

　　"不必那么麻烦，以那个大铁椎为心，方圆十里之内全部屠灭。"嬴政揉着痛到发麻的头皮，轻描淡写地宣布了旨意。

　　李斯没有反驳，也不想反驳。

　　"等等。"就在丞相离开大帐，准备去拟诏时，嬴政又把李斯叫了回来。

　　"这个地方人烟稀少，改十里为四十里。"嬴政依旧面色平静，"另外，给三十六郡的郡守下诏，近期不准行人客商及车马通行，务必把漏网的鼠辈找出来。"

　　从皇帝漫不经心的口吻中，丞相敏感地嗅到了对方几近失控的愤怒：三年前才昭告天下登上帝位的嬴政，至今未能得到六国旧人的认同。他砍下了几十万颗头颅，却依然被崤函以东的人视作仇敌。

　　骄傲的帝王之心，一统天下的宏愿，在被暴秦兵甲吞噬过的土地上，竟能激起烈焰万丈的复仇之火。

　　不得人心至此，饶是精明到家的李丞相，也没有把握化解皇帝的心结。当天夜晚，他把拟好的诏书交给传令秦卒带走，然后叫随行将领立刻执行皇帝的口谕。

　　三更过后，博浪沙附近的河水被染成了令人作呕的猩红。

　　经过一夜的混乱，李斯终于帮皇帝寻到了解恨的机会：据几个被刺客打成重伤的兵卒回忆，对方跳下来搏命前，口里似乎喊那个逃遁的同伙为"公子"。

"公子？"丞相心中一震，"听清楚了吗？果真是公子？"

"凶徒喊的确是公子，好像还是什么'姬公子'……"

博浪沙行刺事件立刻变得复杂起来。

李斯学贯古今，他当然知道，"公子"的称谓代表了什么——那个逃遁的刺客同伙，很可能是旧六国王室之后！

六国之中，姬姓的王室分别是魏国、燕国、韩国，但无论哪一国，他们的国主都不是姬氏（战国时家族的姓和氏互相分开，如太子丹就是姬姓燕氏，名"燕丹"）。刺客称同伙为"姬公子"，为保护他不惜螳臂当车，那么这个人必定是其中一国的世家贵族。

三国贵族中名字中有姬，且对秦王有切齿之仇、不惜筹划惊天密谋只求一刺的，恐怕只有韩国丞相一族了！

李斯记得很清楚：内史腾曾向他报告，灭韩之前，韩国丞相家的公子曾在国内四处招兵买马，结交匪盗，妄想靠死战逼退秦师。韩王举国投降后，这个公子一开始还住在故国，但很快就变卖家产遣散奴仆，不知所终。他如果还活着，应该已到而立之年了。

就是他！

马力开足的秦军猛虎饿狼般扑向全国郡县，疯了似的寻找刺秦主谋姬公子。"大索十日"的白色恐怖由此拉开序幕。

他们千方百计从上党抓来曾侍奉过韩国丞相的仆人，逼他们描绘姬公子的样貌、神态，甚至还有口音，将画像贴遍每一个郡县的城门。在皇命的威胁下，地方官们不敢敷衍，所有面容酷似画像的人都被当场捕杀，家人也全数族灭。

但秦军依然找不到"姬公子"的踪迹，他就像一阵飘散的薄雾，散漫在大秦广袤的山水之间。

十日期满，暴虐的黑衣秦卒再次砍下了数万颗头颅，最终悻悻挥师，返回咸阳。

下邳城中近来十分热闹，本来受前几日"大索天下"的影响，城中的商户和小贩均不敢擅自开张，街道上一连多天冷冷清清，只有间或不断巡守城中的骑兵和凶神恶煞的城卒。很多人家中早就无米下锅，却不敢轻易走出屋门，生怕被秦兵当成刺客的同谋捕去。如今"大索"期满，停滞多时的下邳城重新开市，居民们迫不及待地冲向店面采买，以解家中的燃眉之急。一时间，这座水上的幽静小城居然繁华得有如秦都咸阳。

熙熙攘攘中，一个身着脏布衣的年轻人也随着人流，悄然混进了下邳城中。

张良早就想到，博浪沙的刺秦行动一旦失败，气急败坏的嬴政肯定要展开报复。但他没有料到，嬴政真能得到上天的庇佑，在大力士的铁椎下死里逃生。

如果没有大力士的昂然赴死，张良很可能当时就已被秦卒捉住，乱刃分尸。

逃出阳武后，张良没有回淮阳，而是一路朝东——只要秦卒找到跟自己有关的丁点儿蛛丝马迹，他居住了十年的淮阳城瞬间就会沦为险地。

他始终没有靠近城池，因为城门口有他的画像，尽管是多年前的样貌，但足以让城卒认出眼前眉清目秀的男子。

即便进得了城，如果被官府发现或者小人告发，他都将无处可藏，反倒会连累收留他的无辜人。

为求得最大可能的生机，多日来，张良始终在深山洞府之间穿梭；他避开宽阔的驰道，沿着山路走过了大梁、陈留。一路上风餐露宿，渴饮泉水，饥食草根——为防止有人循着光亮找到自己，他连火也不能生；为防猛兽袭击，他甚至只能在树上过夜。

靠着硬生磨炼下的昼伏夜出的本领，张良终于躲过几十拨穷凶极恶的秦军。临近下邳城，他满面长须的模样，已然同终日游走山林的猎户没什么分别。

这样也好，看着河水中的倒影，张良思忖道。

就着清冽的河水，他剪去了些面上的须发，随意刮洗了几下就朝城门走去。

张良很幸运："大索"之期已过，那些个守城卒被咸阳来的秦兵折腾得人困马乏，对这个肮脏邋遢的流浪汉毫无兴趣，问了几句场面话便让他进城了。

下邳濒临泗水和沂水交汇之处，两条河穿城而过，城中浮桥水巷重叠不断，是一座格外恬适的小镇。尽管不久前的大搜捕让城中百姓苦不堪言，但风声过去后，他们的生活就又重新回到正轨。

在这些山高皇帝远的居民心中，谁当一国之君，谁杀了一国之君，对他们来说并不重要。只要能继续保持当前安静祥和的生活，他们就不会在乎头顶上的江山姓什么。

这里是逃亡者的天堂。

张良找了一家很简陋的客店住下，收了钱的店主人甚至不愿意问他的姓名——这个脏乎乎的客人不是被盗贼袭击过的客商，就是开罪了哪方的公人，从远方逃大祸而来。

他们绝想不到这是刺杀当今皇帝未果的天字第一号通缉犯，因为他实在太瘦弱了。

安顿下来后，张良学着下邳的风俗，穿上了楚人喜爱的短衣和草鞋。他没有像淮阳城时那样挥金结交四方侠客，而是频繁出游，用磨出厚茧的双脚，亲自丈量下邳的每一条街道与河流，用双眼体察小城里的风土人情。

因为他明白，如果再和以前那样招摇，用不了多久，嗅到气味的秦卒就会兴兵而来。到时候不仅跑不了，下邳的所有百姓也会跟着他遭殃。

可是如果不结交身负奇才的人物，他又怎能了结自己同嬴政的冤仇？大力士的死仇，何时方可得报？

姬公子，保重了。大力士临行前的那句道别，像一道利刃，无时无刻不在刺痛着张良即将爆裂的心。

母亲和弟弟仍躺在荒芜的坟冢之下，韩国的百姓在暴秦的统治下民不聊生。他为报大仇精心谋算十年的计划，却在最后时刻功亏一篑，还白白赔上一条壮士的命。

不只是壮士，还有那些因为张良而冤死在秦卒剑下的无辜百姓。

他和嬴政的仇恨，早就不再囿于简单的国破家亡；他已经看到，苍天覆盖下的每一处，都充斥着低沉的怒吼。

仇恨正如同饥饿的蝼蚁，不断啃噬张良瘦弱的身躯，逼着他做出最后的抉择。

终于有一天，他来到一条最热闹的城中河边，再次就着清冽的河水，剔去了为掩盖样貌蓄起的胡须。

见到英俊白净的客人回来，店主人更坚定了自己的推断——可怜的富家子。

如果他们仍然不肯放过我，那便只抓我一人，不要连坐下邳的百姓。

如果他们永远找不到我，那么终有一天，我会回去找他们，带着所有不甘忍受暴秦奴役的人。

之前漂泊动荡的生活，和眼前淡然富足的下邳城，已在不知不觉间，改变了张良。

只刺死一个嬴政，还会有第二个嬴政走上帝位，继续执行秦人的残暴。只有推翻所有秦人，复立他们自己的国度，无辜的人才能找到真正的安乐居所。

山清水秀的下邳城，用最不经意的口吻悄声告诉张良，他的仇恨应该怎样结束。

"刺秦"无用，"反秦"才是解决一切的奥义。

这一年张良三十二岁，他的人生之船终于开始朝着历史设定的轨道行驶。

他重新出现在酒肆茶舍之中，继续结交往来的客人和侠客，与他们谈天论地，谈论黄老孔孟、商君韩非，却绝口不提时局，更不会讨论博浪沙驰道上的惊魂一幕。

他身着短衣草鞋，却风度翩翩；他俊俏貌美，却与贩夫走卒相视而笑。久而久之，下邳城中的"张公子"已然成为闲逸之人的共同偶像。

而立之年的张良，终于悟到了创业路上的真谛：在时机成熟之前，要懂得保存自己。

不过，现在的张良不光要静待时机，他更需要真正的实力。

但，茫茫人海，又有谁可以教他？

又是一个春风和煦的清早，饮过早茶后，张良离开客店，准备出城赏景。

"张公子今日好兴致啊。"随着张良住宿的日久，店主人也越发客气起来。

张良信步来到郊外，只见沂水两岸郁郁葱葱，枝繁叶茂。在粼粼的水波闪烁下，两岸躬耕的农夫也被照得亮洁如神。

然而，就在张良出神赏景之际，一个极不和谐的声音叩响了他的耳膜。

"那小子，过来！"

被毫不客气地唤了一声，张良也略微有些吃惊；他放眼望去，四周却依旧沉寂静谧。

"说你呢，胡乱看哪个！"

温婉古朴的浮桥小城，怎么会有如此刺耳不羁的人？张良不禁循着喊声瞧过去。

远远的，横贯南北的沂水圯桥中央，正站着一名须发皆白的老翁。

圯桥拾履得《三略》

......

被素不相识的老翁召唤，张良多少有些意外：正常的礼节应当是老翁招手轻喊，待张良看到他再做个长辈虚礼，一番隔空行礼后，张良一步步走过去向老翁行后辈礼，然后才开始正式的交谈。

楚国本是荒蛮之地，民风之彪悍纯粹不亚于暴秦。芈姓华族在此经营十几世，却未见有多少成效，连上了年纪的人也不愿意自持，想必这才是真正的楚人吧？张良笑着思索道，只觉老人粗俗得有些可爱。

那老翁却不依不饶，见张良站在原地不动，眉毛倒立，声如洪钟："还傻愣着干什么？快些过来！"

张良毕竟是世家贵族出身，又在淮阳学礼多年；作为姬公子，拒绝来自长辈的召唤是等同于不孝的恶行。于是不等对方怒气冲冲地再次破口大骂，张良便一路小跑来到圯桥之上，向老翁万分恭谨地行晚辈礼："见过老丈。"

礼毕抬起头来，张良发现面前的老翁确实与众不同：单看样貌，此人已年过六旬，却面色红润，身躯挺拔；细长的黑目深嵌在眼窝之中，比两汪水井还要深邃几分。他虽然和当地的楚人一样，穿着粗布短衣，却多披了一件黄色的大褂，伴着桥上的微风轻轻飘动。

仙风道骨的无名老翁，逃亡他乡的反秦公子，老少二人站立在沂水圯桥上，冥冥之中，这场见面注定要蒙上一层不同寻常的神秘色彩。

唯一不太称景的，是老翁只蹬了一只草鞋，另一只赤脚正踩在空处。他就这样别扭地站着，眼如铜铃地看着柔弱有礼的张良。

见对方直勾勾瞪着自己，蹊跷之余，张良不禁心生敬畏，急忙温声问道："敢问老丈，方才是否在唤小可？小子愚钝，竟让长辈苦等多时，真是失礼了。"

老翁却好像不愿受"公子"的礼数，他抓住张良伸过来想要搀扶自己的手，就势跳着来到桥边，锃光瓦亮的手杖直直戳着桥下的河水。

"老夫的鞋掉下去了，你去给老夫拾来。"

张良顺着手杖的方向细瞧过去，静静流淌的河水中央有几块大石，那只掉落的草鞋就被夹在石缝之间。

扯着嗓子喊了半天，原来是让他过来帮忙捡鞋。

这样的要求，无论放在哪个时代都不算太过分。老人行动不便丢了鞋子，身强力健的后生为老人下桥寻履，既合礼数，也属人道。张良却哑然失笑——他跟老翁根本就不认识。"怎么，不愿意？"见张良没有动弹，老翁脸上竟又泛上几丝怒气来。

　　见自己的犹疑令长辈不悦之色满满，张良心生愧疚，惶恐间忙摆手解释："老丈莫急，小可不过在寻草鞋的去处，这就下水为您取来。"

　　安抚完老翁，张良就赶忙跑下圯桥，撩起裤腿蹚进沂水。清晨时分的河水格外冰冷刺骨，越向河中心靠近，冰肌刺骨的痛麻感觉就越重。

　　张良被冷水激得连连咬牙打战，经过河心时，涓涓的流水几乎像利刃般切割他的小腿。不得已，张良从衣服上扯下半块来咬在嘴里，蹒跚着接近夹着草鞋的那几块大石。

　　桥上的老翁却好似没看到这一幕，看他步履迟缓，还不时地来几句难听话。

　　忍着冰冷捡回老翁遗落的草鞋，张良自己的鞋已经烂得没法再穿了。事已至此，他反而释怀不少，干脆扯掉这些累赘，打着赤脚回到桥边。

　　因为担心鞋子渗水后不便行走，张良把草鞋裹在怀中细细拧擦一番，挤掉浸入的冷水，这才恭恭敬敬地递还给老翁："托老丈的福，小可幸不辱命，这是您老的鞋。"

　　一丝吊诡的笑容悄然划过老翁的嘴角。

　　"别废话，快给老夫穿上！"

　　未等张良反应过来，一只纹理尽显的鸡皮赤脚已伸到面前。

　　无缘无故来这样一出戏，张良真是好气又好笑，隐隐觉得对方是有意戏弄自己。但转念之中，他想起母亲临终前自己侍候的场面：病痛中的老人连吞水的力气都没有，只能靠张良帮着母亲轻捏喉部下咽。

也许他只是个没有家人儿女在身旁的老人，所以才极力想感受被孩子照顾的感觉吧？张良默默地想着，然后老老实实跪在老翁面前，顺从地为他绑好草鞋，安心等待下面的吩咐。

然而，那老翁好似能看穿张良心中的想法一般，待张良替他穿好鞋，等他继续出招时，他却站起身，连最起码的道谢都没有，就将了将长胡须离开了，留下张良一人跪在桥边。

"老丈好走。"真是个奇怪的老翁。看着对方离去的身影，行道别礼的张良像做梦似的毫无方向感。

不对。

之前那老翁唤他时，人站立在桥的正中央，那只草鞋又是如何掉到河里去的？

诧异之下，张良急忙起身想追上老翁。可惜那双赤脚偏不争气，只追了几十步，就被石子磨出了数条血口。

"姬公子"苦笑几声，一瘸一拐地回到汜水桥上，准备回下邳城寻双好鞋，顺便把衣服也换掉。

"哈哈哈！"

爽朗的笑声从身后传来，刚才已经离去的老翁，现在竟然重新出现在汜水桥边，那根手杖依旧锃光瓦亮，未沾半点泥土。

他如何能这样快？张良惊诧不已，不假思索就躬身向老翁再次行礼："老丈可是有遗落物什？"

老翁没有为自己的去而复返解释什么，他站在恭谨有加的张良面前，笑眯眯道："如此仍恭敬自如，果然孺子可教，孺子可教啊！"

此时的张良并不知道，全天下数一数二的好运就要降临到自己的头上；但聪慧如他，已经猜到对方的身份必然非同寻常。

"姬公子"极为少有地扑倒在地："夫子在上，受小子一拜！"

结果膝盖还未着地，张良就被老翁的手杖挑了起来："无须多言，五日之后，天亮之时，圯桥之上，你在此等我便是。"

张良大喜，立马叩头就拜："夫子有约，安敢不从？"

老翁没有搭理他，自顾自走下桥，笑呵呵地向远处走去。

回到客店中，张良仍旧兴奋难耐；那个黄衣老翁仙风道骨，谈吐不凡，先前又在桥上故意脱鞋"试"他，满意后才定下五日之约。想必对方是要传授给他极为重要的法门秘术，所以才如此郑重其事。

若果真被仙缘眷顾，将来张良就有机会亲手完成反秦复国的大业。

得了奇遇的张良这几日再也无心交游，只记着老翁与自己的五日之约。他一改过去市井结交的作风，待在客店中深居简出，却诗书懒念，饭食少进，致使店主人都在怀疑，向来任侠自得的张公子是不是害了重病。

张良自然不可能染上什么重病，困扰他的，不过是块让自己想起来就笑逐颜开的"心病"。

他焦急地等待着，在不安和胡思乱想中熬过了第四日的漫漫长夜。

第五天清早，天边刚泛出鱼肚白。

"张公子，可是大好了？"连续几日不曾露面的客人走下楼来，店主人也觉得心情大好。

张良笑了笑，接过对方送来的面巾随便擦拭两下，道了声"得罪"就急忙向城外赶去。

似乎是担心到地方时天已大亮误了期限，张良一路飞奔来到圯桥，却见老翁早已坐在桥头，正气鼓鼓地盯着他来的那条路。

"失了长者的约，算何种罪过？"老翁嗔怒道，压根儿不在乎年轻人的气喘吁吁。

见老翁怒气难平，张良赶忙赔礼："夫子恕罪，小子知错了……"但没等他跪下告罪，老翁已绷着脸拂袖而去。

"回去吧，五日后再来，莫要迟了！"

老翁的身影逐渐消失在郊外的浓雾中，甩下张良一个人跪在桥上发愣。

大清早兴奋前来却被泼了盆冷水，懊悔的张良只得悻悻离开，在店主人怪哉的目光中回到客店。

虽然拿不准这次见面是不是老翁的新考验，不过有一点张良很清楚：早晨老翁的怒容不是装出来的，如果张良一再失约，老翁很可能从此不再出现。

张良可以容忍机会的丧失，但绝不会接受别人对自己品德的定性。

五天之后，听着凌晨的第一声鸡叫，张良翻身下床。他不讲道理地拉起店主人，逼对方为自己提前开张营业。

"张公子今日好雅兴，天不亮就出门，可是要去远处访友吗？"睡眼蒙眬中，店主人目送张良飞也似的冲出客店。

张良满以为这次可以站在桥头恭候老翁到来，不想刚跑到沂水边，就看到老翁悠闲地坐在那里，向他怒目而视。

"可恶！"张良这次真的生气了——难道连起早都比不过一个老人吗？！

老翁却更不高兴，他这次甚至连话都懒得跟张良说，只伸出手掌晃了两下，便再次飘然而去。

须臾之间，张良隐约明白了这个约定的含义：我可以给你五天时间，但我只有两只手。

圯桥拾履，张良得到了最初的"五日"机会，但他迟到了；于是老翁拂弄着衣袖又给了他一个"五日"，结果他又迟到了。现在老翁招手给了他最后一个"五日"，届时如果张良再不按时出现，他们就不会再见面了。

"得真人真传，果然要困难重重吗？"张良垂头丧气地躺在床上，挠破头皮却找不到破解的法子。

他又觉得老翁有些不厚道，明明约好天明时分，却每次都要提前来。不是故意消遣他吗？

"五日之后，天亮之时，圯桥之上，你到此等我。五日之后，天亮之时，圯桥之上，你在此等我……"念叨着老翁给自己的约定，困顿的公子渐渐沉入梦乡。

在此等我，等我，等我……

等我！

第四天日暮时分，简单地用过晚饭后，张良走出了客店；临出门前还专门交代店主人，晚上不必等他，他要在城外过夜。

夜深人静，午夜的沂水河依旧明光可鉴，皎洁的月光碎落在河面上，竟比最新颖的帛画还要精美。然而，这些美景都无法勾起张良的兴致，他静静地枯坐在圯桥之上，只等待天亮的那一刻。

到了后半夜，冰凉的湿气袭来，伴着初生的露水侵入骨髓，张良禁不住又打了一个寒战。他有想过到城门下取暖，又担心老翁此时前来。几番挣扎后，他靠着桥边的栏杆，用力把自己蜷缩成团，咬紧牙关等着。

刚过五更，一阵轻快的步伐声叫醒了险些冻晕过去的张良。

踏着白亮的月色，那老翁和往常一样，穿着短衣草鞋，披着黄色大褂，拄着手杖飘然来到沂水圯桥上。

"哈哈哈！"爽朗的笑声终于又一次出现在圯桥之上。老翁拉住迎上来的张良，却止不住自己满脸的高兴和慈爱之色。

"想必是昨夜就在此地了罢？这才像话嘛！"老翁脱了黄褂披到他身上，惊得张良慌忙作揖告罪，结果又招来一顿训斥。

待在桥上坐定，老翁从怀里掏出一包书简递给张良："拿去吧。"

张良受宠若惊，急忙跪下双手承接："夫子如此厚爱，小子惶恐不已。"

老翁却哈哈大笑，扶张良起身："什么惶恐不惶恐？这部书是你应得的。回去后记得细心研读，日后定能派上用场。"

闻听此言，张良立马再次跪倒，乖乖地行了一个弟子礼："老师在上，请受弟子张良一拜！"

老翁这次没有拒绝他，微微笑道："这部书可让你成就他人的帝王大业，做一代帝师。但要记住，你只有十年时间；十年之后，无论是否得尽书中真传，你都必须出山！"

"弟子谨遵师命。"

"是真的才好！"老翁捻须道，"别跪着了，地上怪凉的。"

起身后，张良本想再问几句跟书简有关的事情，转念想想，又觉得天机不可泄露，便不再多言；何况他还有更大的疑问没有解决。

"弟子愚钝，尚不知老师的名讳……还有，老师那日为何会选中弟子？"

听到这样支支吾吾的问题，老翁竟像听笑话似的捧腹不已："真是多嘴！老夫叫什么很重要吗？你又真是张氏吗？"

老师话中的讽刺格外刺耳，张良顿时羞愧难当，只得低下头告罪：

"老师大恩，弟子终生难忘，唯有发奋苦读以报！"

"你若有心，十三年后，去济北的谷城山下看黄石，带着你的功绩来寻我吧。"言罢，老翁飘然而去，片刻便消失在浓雾之中，踪影全无。

张良怀抱书简，身上的黄色大褂依然伴着细风随意摆动。他呆呆望着老师离去的方向，默然无语。

厚重的浓雾渐渐散去，沂水河畔万物俱寂，细腻的土地上看不到半片脚印。

就着初生的晨光，张良解开包裹书简的布片，两个大字映入眼帘：三略。

成就自己的人始终是自己

······

在下邳困囿多时的姬公子终于有事情可做了。

为了躲避秦军的追捕，曾经的韩国公子改名换姓自称"张良"，但是直到被不知来由的老师点中成为门徒，"姬公子"才真正走入张良的世界。

似乎是冥冥之中的定数，《三略》的出现，将要改变的不只是张良的认知和能力，还有他即将被传唱千古的一生。

不过，真正让张良成为后人史书中那位绝代军师的，并不是《三略》。

严格来讲，《三略》并不算是真正意义上的兵书，它的论述更多地掺入了儒道两家的政治思想，还有作者本人对战争的思考，甚至也受到了墨家"非攻"的影响。整部书既论战，又论国，兼论民生仁爱。

饶是智慧无双的张良，也没能完全理解它的真谛——这部很可能凝结了老师毕生心血的宝物，只给了他十年的领悟时间。

《三略》不是百科全书，它的字里行间尽是黄衣老翁的身影，读者却始终看得到、摸不着。任何竭力推敲只言片语的结果，就是距离真相永远有一步之遥。于是每当张良想要了解老师自身的思想时，总显得苍茫一片，几乎找不到跟他有关的只言片语。

张良学礼起家，他能读懂艰深枯涩的议礼文章，却看不懂这部奇书。老师字里行间论述的，始终在兵戈战阵的外围和内里，还有那些近乎谶语的谜团——似乎从开篇起，老师就打定主意不讲述具体的排兵布阵之法。

为什么郑重其事交给自己的，竟是这样一部无头无尾的书？张良禁不住质疑起老师当初三试自己的真正用意。

每天念叨着这些晦涩到极致的格言，张良有种想要将它砸碎的冲动。

我要的是能反秦复国的秘籍，不是谋国为政的老生常谈！

我的幼弟、母亲，还有博浪沙上赴死的壮士，他们的冤魂依旧找不到归宿。饱受秦皇暴虐统治的六国无辜百姓，仍然生活在水深火热之中！现在我无国无兵，什么都没有，什么也做不了，却要幻想着有朝一日登上相位，给某个帝王出谋划策，居中庙算吗？

难道你是知晓了我的过往，于是可怜我，希望我继续麻木地待在下邳城中，用劳什子的帝师梦了此残生？

神秘出现而后飘然离去的黄衣老人，注定要成为张良一生孜孜不倦地追求。可是《三略》让他失望了——当年的韩国公子早已过了而立之年，青春于他而言，正在逐步移向奢侈品的行列。

如果不能在十年之间彻底参透，没有获得老师希望自己掌握的实力，张良的人生就只能在光与色的市井游荡下去。

他也终将彻底遗忘祖先和母国的荣耀，像那些安居在故地的六国贵族一样，沦为舔舐暴秦脚尖的亡国奴。

韩国被灭十几年来，唯一支撑着张良的，只有推翻暴秦、光复郑都的愿望。可现实是无情的，秦王成了千古一帝，韩国旧人自甘沉沦，他在博浪沙寄望砸出新天地的搏命一击，却只是浪费了一位义士的性命。

渺小精致的下邳城和总也用不完的金银，如今已是张良的全部身家。大家对青年任侠的张公子礼敬有加，却无人知晓那个埋藏在姬公子心底的愿望。

痴心复国，搏命刺秦，改名换姓，苟且偷生。我做的一切都没有错，可为什么成功不了？

你既然有心帮我，却为什么不愿点明实义，是嫌我受到的折磨还不够多吗？

简朴的客房里，孤独的张良将头埋在双臂之中，痛苦地抽搐着。那件黄色大褂正披在背上，跟着他耸动的肩膀来回摆动。

"柔能制刚，弱能制强。"

"这部书可让你成就他人的帝王大业，做一代帝师。"

真正的奥义，是不可能从书本中得到的；但是它可以告诉自己，怎样去做就可以得到。《三略》的隐秘正在于此——谋国先谋身。

在一个不同寻常的深夜里，张良重新抱起老师的书简，就着烛光重新品读。

《三略》中有的不仅是哲理，还有每个胸怀大志的人想要找到的一切：思想家会从中发现最朴素的哲理，政客企图找到纵横捭阖的窍门，野心家能深钻其中不为人所知的帝王之路。一千个不同目的、不同身份的信众，都可以在《三略》中看到自己存在的意义。

但是张良想要的技艺，《三略》给不了他——这部谋国神作是不可能速成的。

"十年之后，无论是否得尽书中真传，你都必须出山。"分别前老师的告诫历历在目，重新咀嚼起这句话，张良似乎忽然明白了什么。

"十年之后，怕是就要天下大乱了吧？"

这本书并不是用来帮助我复国的，它是专门为我准备的。

再伟大的名将，也会被岁月腐蚀精气；再强悍的军队，也会被持续不断的战斗摧毁。这个世界上，没有流传千年的强国，却有永不褪色的智慧。

这个智慧的名字，叫"大略"。

它可以让缺乏才干的庸碌之辈成为当世良将，也能让一支破烂不堪的军队变成虎狼之师。有大略指引，弱邦可以称强，小国能争天下。

千万场兵戈不息的大战，不过是地图中的几套棋子。

习得"大略"的我，就是那个下棋的人！

这个夜晚过后，张良彻底收起了复国的幻想，将那些曾将他折磨得苦不堪言的国仇家恨搁置一旁。他跪坐在书桌前，一心一意地开始精研《三略》中隐藏的大略，并不断地将其收为己用。

他终于走上了命中注定的蜕变之路。

如果想学打仗，只要经常持剑上阵、多研习兵书和名将的战例就可以了。更何况，在山高皇帝远的下邳城中，《孙子》《吴子》这样的书多得惊人。

然而，即便最笨的人也知道，纸上谈兵带来的不是胜利，而是葬身长平的四十万条性命。

只有伟大到无懈可击的战略才是制胜之道。

如同当日博浪沙上的搏命行刺：假使提前预料到始皇帝狡兔三窟的阴险，张良就根本不会选择在三十六辆真假莫辨的巡游队伍中下手；他甚至不需要刺秦耗费十年——嬴政第一次出游的时候，封禅泰山就是最好的机会，因为封天必须要皇帝本人单独为之。

然而，经过《三略》洗礼的张良，已经不是当初为策划行刺而徒费光阴的冲动青年了。对《三略》中每一处知识的理解，都帮助他更进一步认清秦帝国外强中干的本质。

天下正在走向动荡，严刑酷法下隐藏的怒火正在狠命灼烧最后一层封窗纸。

反秦需要的不只是勇气和血性，还需要更深邃的目光和谋略。因为他要谋取的，是大秦帝国的天下。

"嬴姓倒行逆施已久，不出十年，天下必乱！"

想要成功，就必须自己创造一个念想。

至于《三略》，张良注定要用一生去读完。

这日黄昏，埋首苦读整整一天的张良不禁头痛疲乏。在房中活动了一番筋骨，他便整衣出门，准备去找几位素来交好的谈友饮酒解乏。

路过一处热闹的街头，他看到人头攒动，将狭窄的空间围得水泄不通，人群中间还不时传来几声怒骂。

张良凑过去一看，原来是街头卖肉的老板，正拉着一个过路的大汉理论。

"我已给你道过不是，为何诬陷于我？"

"何来诬陷？分明是你想找我的茬儿蹭肉。有本事咱们去官府，看看到底谁不讲理！"

只见那大汉人高马大，身材颀长，虽然身着布衣草鞋，眉宇之中竟隐隐透出英武之气，绝不像普通的健卒侠客，倒像是个行伍出身的军人。

最能让张良确定怀疑的，是当肉老板拉着大汉扬言见官时，大汉竟然显露明显的惧色。以他的样貌气度，应该没理由担心一个小市民的刁难。

除非他跟自己一样，不能进官府。

张良准备帮这个大汉解围。

"老板啊，天色已不早了，何必这个时候去官府找晦气？"

"张公子，您竟肯替这个无赖开释？"肉老板见张良出来，本想客气几句，却见他为大汉帮腔，于是继续不依不饶，"不行！撞翻了买卖我明天还怎么做生意？见官，一定要见官！"

张良心下计较已定，他用力拽开纠缠不休的肉老板，将几块碎银塞进对方袖中："其实此人是在下远道而来的旧友，无意冲撞了老板，您老可切莫记在心上。"

"既然是张公子的朋友，那今日之事定是误会了！"有张良主动作保，肉老板也转怒为喜，当即收拾东西准备回家，"左右不过是碰倒了几个担子，不碍事，不碍事的！"

眼见再无热闹可看，围观的人群也渐渐散去，只留下张良和大汉站在街头。

大汉显然对这个俊俏公子没来由的帮助有些迷惑，但碍于脸面，他还是认认真真地向张良作揖："公子义举，某今日感激不尽，他日定当以死相报！"

张良哈哈大笑——这样的事情他在下邳城里已经不是头回碰到，如果每个人都给他以死相报，怕是要折损不少阳寿："壮士有礼了，在下张良，字子房，不过是下邳城中一凡夫，何能担得起壮士的谢礼？壮士若不弃，可愿同在下饮上几壶酒，只当歇脚如何？"

那大汉本想推辞，但见张良态度诚挚，不像居心不良之人，考虑片刻便道："如此，便劳烦公子破费了！"

张良引着大汉来到自己时常光顾的那家酒楼，问店家要了一个单间；待酒菜备好后，便举起酒盅先干为敬："壮士莫要误解，下邳城中民风恬淡，对四方宾客向来礼敬有加，只是少有见过壮士这般高大勇武，故也跟着心慌了些。"

相比张良的豪爽英气，大汉倒有些拘谨，只是不停地感谢张良出手相助的义举，窘迫的举止让终日与侠气为伴的张良都不禁有些莞尔。

他摁住大汉不住抱拳致谢的双手，又递过去一只酒盅："相逢即是有缘，壮士若真心感激张良，便与我痛饮几杯。"言罢便昂头一饮而尽。

大汉见他豪爽，便也知趣地不再提方才的囧事，举起酒盅同张良共饮。

待酒气上涌耳根温热后，张良才记起最初的疑惑："张良愚钝，却不知壮士高姓大名，上下如何？"

他问得不疾不徐，却见几丝凶光闪过对方的瞳仁。张良这才想到，大汉来下邳城的目的很可能跟自己一样。

那大汉迟疑了好一阵，直到确认张良没有敌意，周遭也并无行迹可疑的人后，才小声启齿道："某不过是下相来的村野莽夫，贱名项伯。"

"项伯？"

楚虽三户，亡秦必楚

......

张良在下邳城中遇到项伯绝非偶然。

公元前 224 年，在秦王嬴政的旨意下，王翦接替作战失利的李信，同时秦军添兵至六十万，前去攻打最后的对手——楚国。

和最后的战国田齐相比，楚国的存在才是最大的威胁：秦昭襄王曾数度攻伐楚国，甚至囚死了楚怀王，但人稀地广的楚国依然坚强地站立在秦人面前，像一根硬挺的芒刺，深深地刺痛着秦王嬴政。

他放弃了攻灭齐国、战略压制楚国的选择，征调全国青壮充入秦军，准备一举消灭这个心腹大患。

为了顺利达到目的，傲慢的嬴政不惜放下身段，亲自去频阳向王翦谢罪，请他掌兵，还以鲜有的耐心和胸襟，接受了这位硕果仅存的"战国四将"近乎无礼的封赏要求。

不久前刚经历过败仗的嬴政已然懂得，只有垂老的王翦能带领秦军攻灭楚国，因此他不吝赏赐。而相比自己的君上，称病已久的王翦更加清楚眼前的局势：之前李信伐楚战败，并非这位青年将军志大才疏；他只是碰到了一个不应该碰到的对手，这个人只要仍在指挥作战，秦军就休想攻灭楚国。

所以王翦才会不断地向嬴政讨要封地和赏赐——在那个人面前，他也不确定自己能否活着回到秦国。

况且，如今连儿子王贲都已经成年为将，王翦实在不想再遭遇"人屠"白起的悲剧。

六十万兵马不光要完全占领广袤的荆楚大地，也是为那个人准备的。

项燕。

如果战争可以忽视生命的消失和人民的哀号，那它就是人类史上最独一无二的空间艺术，王翦和项燕则是这门艺术中棋逢对手的良才。

一年前，坚称"六十万平楚"的王翦被嬴政当面斥为怯战之举，然后嬴政拜李信为将，让他和蒙恬率领二十万傲气冲天的秦卒闯入楚国境内，准备荡平芈姓苦心经营数百年的蛮荒福地。

危难关头，楚国大将项燕临危受命，点齐仅存的部队，准备同秦军决一死战。但是没过多久，原本抱着必死之心的项燕就发现，这些杀气腾腾的秦军其实不堪一击：他们太少了，根本没有能力占领庞大的楚国版图，只能在各个战略据点之间逡巡攻打。

项燕对曾经对燕王喜穷追不舍的李信略有耳闻，知道这位将军喜欢一蹴而就的胜仗。他迅速传令给仍在抵抗的城池：尽量囤积粮草坚守，不要再主动应战；如果秦军来攻，务必把他们挡在城外！

意气风发的李信很快就发现了端倪：士兵们正在以匪夷所思的速度流失士气，不断拉长的战线带来的，是越发困窘的粮草供应和要求回师的强烈呼声。在以军纪残酷闻名的秦军中，这种情形让李将军没来由地恐惧。

终于，疲惫不堪的李信收起入侵时的傲慢，命令部队退出国境线，准备休养生息后卷土重来。可他没有想到，项燕此时就尾随在秦军后面。

以逸待劳的楚军没有辜负项燕的计谋，他们轮番猛攻李信的大军，斩杀了七名都尉，秦军的两座大营也被彻底击破。

被打中要害的李信这时才反应过来，率领士卒拼死作战。在仓皇赶来的蒙恬的接应下，终于狼狈逃出楚国——此时的秦军几乎全军覆没。

项燕很高兴，他在国破家亡的边缘拯救了社稷；携大胜余威的楚军将士也同上将军一样踌躇满志，坚信他们可以成为颓势尽显的东方六国中的例外。然而仅仅一年过后，当六十万秦军在王翦的带领下浩荡开来时，项燕和他的楚军再也笑不出来了。

这是一个亲手灭亡燕赵的强敌。

在六十万虎狼面前，所有抵抗和拒敌的想法听起来都比玩笑还可笑。盯着手中仅有的二十万兵马，项燕知道他没得选：从接受将印的那一刻，他已经将自己乃至项氏家族的命运都捆绑在了楚国战车之上。

正相反，王翦这一路走得很是轻松；他把军务交给裨将军蒙武（蒙恬的父亲），自己带着兵士们尽情享乐，饮酒嬉闹。平时的主要工作，不过是向咸阳发去一封封讨赏的报告。无论对面拧成膛线的项燕如何叫骂，王翦始终顿兵不出。

到后来，王翦干脆就地建营，将六十万大军驻扎在项燕原本选定的交战区域里，怡然自得地开垦起军屯来。

项燕有些迷惑，他知晓王翦的厉害；可对方此刻表现出的素质根本不像名震东方的战将，倒颇有几分军阀的嘴脸。

直到王翦请封的消息传遍天下，项燕更加确定了自己的推测：这是一个准备拥兵自重，甚至妄想自立为王的人。

紧张多时的项燕终于难得地将眉头舒展几分，却依然没有放松警惕——在对方露出马脚之前，他始终坚信，王翦准备复刻他一年前对李信做过的事。

攻方饱食终日，守方兵不卸甲，两支大军就这样极其吊诡地在战场上对视。有那么一段时间，甚至项燕自己都快要分不清楚，他和王翦究竟谁才是侵略者？

从秋天对峙到翌年夏天，王翦始终屯兵不出，他的士兵们玩乐不减，毫无斗志。

看着寿春发来的百官责难文书，还有对面夜夜笙歌的王翦，项燕终于彻底放下心，命令楚军拔营回师。

大错就此铸成。

项燕没有想到，为了等这道军令，王翦已经忍着性子在营地里憋了一年。他确实准备复刻项燕的神迹，所以才发誓比项燕更有耐心。

于是当细作送回楚军即将回师的报告后，王翦和某个军官留下了那段流传千古的对话：

"我见兵士们每日嬉戏不止，却不知玩的是什么？"

"回上将军，能玩的都玩遍了，兵卒们现在只能砸石头、练跳远。"

"很好，军心可用。"

当天夜晚，王翦急命锐士出击，六十万兵马以猛虎下山之势冲向匆匆离去的项燕，紧绷了一年的楚军根本无法抵挡敌人的重击，顷刻间被打得七零八落。

项燕一路向东狂奔，最终在蕲南被王翦追上；面对这个跟自己硬生生死磕了一年的对手，王翦为楚阳侯项燕奉上了自己最诚挚的尊敬——围攻楚军，毫不留情。

每个人上战场后都只有一次机会，李信的失败送给了项燕第一次机会，可惜他没能珍惜，被王翦抢走了良机。重重围困下，大势已去的楚国名将再也承受不住身上的重压，提起宝剑结束了他短暂却耀眼至极的将星人生。

失去了项燕，兵败如山倒的楚国已然躺在了秦国的砧板之上，随着楚王负刍被王翦生擒，秦国统一天下的尾声也悄然临近。

然而，这对霸气外露的秦国君臣并没有轻易放过项燕。

项燕的成仁之举给楚人留下了永世都难以磨灭的悲剧，更深深震撼到那些已经失去故国的东方遗民。在暴秦横行山东、六国无人能敌的横扫年代，项燕用自己的勇气、智谋，还有一往无前的决心，令所有被秦国压榨的人看到了重生的希望。

这是一代名将用鲜血和生命换来的希望，也是秦人心中难以名状的恐惧。

他用最后的奋起，给不可一世的秦国造成了战国史上最惨烈的失败和伤亡。虽然中计身死，但项燕已然成为荆楚大地上百年不倒的丰碑；他是楚人的生命寄托，更是楚国复立的曙光。

尤其是当越来越多的楚人在听到同一条流言后，他们的憧憬和秦人的恐惧竟奇妙地融为一体。

嬴政一生都在向捕捉不到的鬼神寻找人生和霸业的答案，在政治争斗中懵懂长大的他，对宿命和预言有着绝无仅有的崇拜和迷信。王翦攻灭楚国后，兴高采烈的嬴政除了准备嘉奖老将军外，还准备仔细研究那条秦军带回的流言。

那是一句连藏匿下邳的张良都有所耳闻的流言。

它的创造者，是楚国的阴阳大家南公。这位神龙见首不见尾的奇人在自己的同名著作中郑重其事地写道："楚虽三户，亡秦必楚。"

投资项伯，静待时机

……

多疑的嬴政确信，没有人会随随便便说出这种话；他同时也知道，死去的项燕还有很多儿子。

从那以后，项氏一族就注定无法在荆楚安身，他们要忍受秦国耳目的严厉监视；已经分家出去的项氏族人更遭到秦国官吏的苛难，在痛苦的煎熬中苦苦度日。

对自刎殉国的项燕，王翦自始至终抱有军人之间的尊敬，他的想法很简单：既然项燕的子孙并没有流露反秦的意图，那么他也没有必要把这位名将的家族斩草除根。

王翦不知道的是，项燕的儿子们已经将所有的仇恨埋进了心底，期待着有朝一日的爆发——毫无疑问，他们很早以前就听说了南公的预言。项伯是项燕最小的儿子，同兄长们相比，他忍辱负重的功力并不高深：暴秦和王翦夺去了他的父亲，却让未亡人生活在耻辱尽显的故地，接受征服者的残暴统治。母国的灭亡，家族的没落，这些外来的折磨早就将他逼上了绝路。

项伯想要报仇雪耻，却无奈身陷敌阵，终日周旋在秦吏和无赖的挑衅之间，苦苦不得解脱。

父亲的死仇尚未得报，儿子却即将走向落魄的边缘。骄傲的项氏从未经历过的屈辱，都被弱小的项伯所承受着。

但项伯的忍耐实在不堪一击。

当嚣张的秦吏又一次上门挑衅时，愤怒的项伯忍无可忍，把跳梁小丑砸成了一摊血肉，任凭那些走狗逃去报信。

闯下大祸的项伯知道秦卒很快就会前来报复，于是连夜遣散家人毁掉宅院，自己则打点行囊单骑出逃。

项伯走后不久，就有大批秦卒找上门来，准备教训一下这个不知天高地厚的项氏老幺。看到连窗户都被拆掉的项氏府邸，愤怒的秦卒立刻发布悬赏令，誓要将胆敢挑战威严的项伯缉拿归案。

为防止祸及家人，项伯没敢投奔已经分家另过的仲兄项梁，而是孤身一人拎着包袱向沂水小城下邳赶来。

他相信，在这座游侠遍地、客商云集的小镇中，一定会有自己的安身之处。

"其实你不叫项伯，应该叫项缠才对吧？"在项伯小心翼翼地报出名讳时，张良看到了他眼中隐藏的防备之心。

"张公子竟是如何得知？"项伯惊异道，他的确名"缠"字"伯"，可眼前的张良不过一介任侠，怎么可能了解他的真实身份？

"莫非张公子早就听说某在下相做过的罪事，故特在此地等某前来？"原本放松的心瞬间又被紧紧攥住；逃亡多日，项伯早已习惯风声鹤唳、草木皆兵的狼狈。

项伯的防备并没有引起张良的反感，他拊掌笑道："壮士从下相而来，又是项氏的族人。子房不才，年轻时倒是听师傅提起，楚阳侯项公生来好福，竟有七位虎子，长子曰'超'，次子曰'梁'，三子曰'乐'，季子曰'权'，五子曰'柱'，六子曰'楫'，幼子曰'缠'。后来楚阳侯殉国，项氏七子也在国破后先后流亡，时逢幼子项缠尚留在下相旧府。前不久听说又惹上了人命案子，连夜逃匿。如今壮士突然现身下邳城，还自称项伯——子房大幸，竟能在有生之年一睹楚阳侯公子的风采，真是苍天予我之福啊！"

一番激情说罢，张良跪直上身，恭敬异常地朝项伯行了后辈礼。

听过张良的推算，项伯早已经被面前俊秀男子的才智和见闻所折服，见他如此客气，急忙伸手扶起，口中止不住地感慨万千："张公子切莫取笑，某如今已是国破家亡的落难黔首，又有什么本事再自称是楚阳侯的儿子？"

项伯的感慨，同样也是客居异乡的张良心中的痛楚："出了函谷关，又有谁不是国破家亡的黔首呢？"

张良聪慧，项伯也不笨，原本只是简单的寒暄回礼，经张良那样一讲，竟有浓烈的乡愁味道扑面而来。粗中有细的项伯猛然反应过来——任侠不羁的下邳张公子，似乎不应该对礼数有过分高深的认知。

"张公子所叹，倒像是话中有话。"

"哦？"张良漫不经心地应道，顺手为项伯添满空落的酒盅，"项兄何出此言？"

项伯嘿嘿笑道："张公子口音并非楚人，如果某没有猜错，张公子来下邳的缘由应与某一样，至于张公子的名讳嘛——"

"将门之血脉，当真目光如炬。"不等项伯猜出真相，张良已将酒盅敬上，"容子房再敬项兄！"

张良与项伯边饮边谈，一直谈到天色五更，两人才共睡一榻，抵足而眠。

项伯从此就住在了张良下榻的客店里，因着张公子的缘故，店主人也只当项伯是个不知名的侠客，对他的来路并不关心。两人不时饮酒作乐，讨论学问，共商反秦大事。闲来无事时还偕同其他下邳城的义士出城郊游，亲密无间如同双生兄弟。

正像张良自己所讲，与项伯结识是他命中的又一个转折点；饱经《三略》的张良同时也已经了解，项伯的作用远没有两人发宏愿时说得那么大。

冲动之下，项伯犯下了杀人的勾当；逃亡时又慌不择路，被张良一眼看穿。以张良此时的修为，他早就认清了项伯的才能和视野。但他依然决定帮助项伯，为他提供庇护之所。

张良相信，这个项燕的小儿子和他身后的家族，一定会在未来的反秦大业中助他一臂之力。

他当然没能想到，把恩惠牢记在心的项伯究竟是颗多么重要的棋子。那对被项伯仲兄项梁带走的侄子，将来又会给他制造多少麻烦。

兄弟相称的两人，就这样在下邳城中共同过着隐姓埋名的流亡时光。

时间其实从来经不起推算，从张良藏身下邳城开始，一晃也已有十年光景了。在这十年中，张良全心研究《三略》，掌握黄衣老人的智谋真谛，并且观察天下大事，时而和项伯共同在附近游历，了解民情风俗，结交豪杰友人。幸运的是，仗着自己手中还有足够的家传财富，日子过得倒也不算艰难。

这种平静，在张良四十三岁那年被彻底打破。

一个不同寻常的清晨，心急如焚的项伯叩响了张良的房门。

"子房，时机到了。"

半梦半醒的张良此刻还有些蒙，尚未明白项伯口中的"时机"是什么。项伯却没有张良那般淡定：他面皮抽动，似乎努力想要平复自己的喜悦之色。

"方才有咸阳来的传令卒进城——暴君从南方巡行后，要回咸阳了！"

第二章

乱世之中的一双慧眼

秦失其鹿天下逐

……

对于秦始皇前往南方巡幸的消息，其实张良早就有所耳闻了。只是，上次博浪沙一击未中，张良对这种单纯冒险的刺杀，热情已经不大——此时的张良，由于研析《三略》时日长久，渐渐领悟到即使刺杀秦皇成功，也并不一定有益于天下的道理。于是，面对兴奋的项伯，他用了好长时间，才劝慰对方冷静下来，让他和自己一样等待机会。

秦始皇巡幸，不仅让在下邳的项伯热血澎湃，也让他的兄长项梁难以自抑。

原来，项伯杀人逃亡以后，项梁因此受到牵连，被关进了栎阳监狱中。幸亏好友百般相救，才得以放出来。然而，项伯惹下的麻烦实在太大了，仇家们一路跟踪，时刻寻找机会报复。无奈之下，项梁只好一路流亡，将目的地选择在了会稽郡治所在的吴（今江苏苏州）。

流亡的路从来都是不好走的，因此，项梁草草收拾了一些细软，外加半箱书籍、两把铜剑。临行前，他也遣散了家中所有仆佣，单单带上了侄子项羽和项庄。

在项梁眼中，项羽就是家族最宝贵的财产了。

项羽是项燕长子项超的儿子，项超早死，楚国灭亡后，项羽兄弟便由叔父项梁抚养成人。他日渐懂事，明白了国仇家恨的含义，更明白了自己作为项家第三代的重任。正因如此，在项梁眼中，项羽从来不是个乖孩子。

项梁曾经传授他书法文章，但项羽根本懒得学习，舞文弄墨怎么能将秦皇从神圣宝座上拽下来。于是，项梁又开始训练项羽个人武艺，但项羽虽然天赋过人，却也没表现出多少兴趣。

"你究竟想学什么？"迷惑不解的叔父有一天这样问道。

项羽认真地回答说："学几个字，不过是写写字、记记账，给秦国当当小官吏；武艺搏击，就算练好了，也只能和几个人搏斗——这些都没什么大用处。我打算学的，是能够横扫千军的真本事！"

项梁赞许地点头，心中暗暗说道："这样的孩子，的确称得上我们将门后代啊！"

于是，流亡路上，项梁便有意传授项羽排兵布阵的战略思想，教导他临阵指挥的战术设计，从逗引埋伏、潜伏突击到山水关隘、天时节气，将平生所学所用，一一倾囊相授。

这一次，项羽学得比什么都认真。

就这样，叔侄俩很快来到了吴县。

吴，在战国时期就属于楚国的势力范围。因此，这里的人们对"项"这个姓氏有着几乎天然的情感，今天看到项梁气宇非凡、项羽少年才俊，当地从百姓到豪强都敬重不已。很快，项梁就成了山高皇帝远的吴地数一数二的社会名流。每逢城中兴建工程、征派徭役，或者重大的婚丧嫁娶，民间总以能邀请到叔侄俩参加为荣。而项梁也非常乐意领导这样的活动。因为在无形中，这能为他将来举起反秦大旗进行人脉的准备。

更重要的是，在这样的过程中，项羽也一天天变得老练起来。

青春总是不约而至，仅仅数年，项羽就从一个稚气未脱的孩童，变成了身材挺拔的年轻人。这时的他，不仅继承了家传的兵法，更有着八尺身高、过人膂力，常常在青年中表演举鼎的绝活。这样，无疑又增加了项家在吴地的威望。

几乎在项伯得到消息的同时，项梁也告诉了项羽秦始皇出巡的消息。

秦始皇自从统一天下之后，瞬间没有了敌手，便将过剩的智慧和精力花费在巡幸苦心追寻的一统江山中。登泰山、观沧海，多次巡行之后，在其即位三十七年（公元前 210 年）的夏末秋初，秦始皇将巡行地点定在了更远距离的南方。

浩浩荡荡的队伍由左丞相李斯、中书府令赵高带队，陪同的则有小儿子胡亥。队伍首先来到了云梦（今湖北孝感），然后又向南来到传说中舜帝的陵墓九嶷山拜祭。接着，始皇帝的队伍向东而去，途经丹阳，过浙江，观赏了此时就已经闻名天下的钱塘潮。最终，他们折返向西，从余杭渡江，登上会稽山，拜祭了古代治水的大禹。

从会稽山下来，就是皇帝的归程，第一站，就是吴县。

这是秦始皇第一次巡行到这里，可想而知，官吏们比完成任何政务都要紧张。为了迎接圣驾，他们忙不迭地调集民夫、黄土垫道、净水泼街，只为博得皇帝那闲极无聊时从车驾中偶然一瞥的赞许。

项梁叔侄，自然也是这繁忙队伍的成员。

好容易准备完毕，皇帝车驾终于远远而来，项梁由于在当地的名望，被允许跪倒在前列，瞻仰始皇的威仪。项羽也跟随着叔父，跪在路边。

当漫长的队伍踏着整齐的步伐走过，将旌旗和长戈的阴影推倒在人们的头顶之时，项梁忽然听见身边的侄子情不自禁地说了这样一句话："这家伙，应该也是可以被取代的吧！"

项梁情不自禁地打了个寒战，他开始用一种自己也感觉陌生的眼光，重新打量这个自己再熟悉不过的侄子。

项羽的话居然成真了。

在这次的归途中，秦帝国毫无征兆地失去了其统治者。

当队伍走到沙丘（今河北省广宗县）时，秦始皇身染重病，不久便平静地死去，甚至平静得过于诡异。

只有李斯、赵高和胡亥这几个人知道秦始皇死去的消息，为了防止走漏风声，他们将千古一帝的尸体照旧放在车中，每天照旧隔着帘幕请示，一切似乎都跟平时无二。由于天气炎热，尸体开始腐烂，甚至引来蝇群的追逐，李斯干脆让人到处收购咸鱼作为队伍的食物补给，用咸鱼的异味来加以掩盖。

但另一面，政治上的行动却根本不用掩盖。

赵高主动成为胡亥和李斯之间的串联者，三个人很快用秦始皇的名义发下几道诏书：

第一道，指责正在长城戍边防卫匈奴人的皇长子扶苏"为子不孝"，着赐死；

第二道，指责和扶苏共事并忠心辅佐的将军蒙恬"为臣不忠"，下狱处死；

第三道，胡亥忠孝过人，才智足以承担大任，立为太子。

可以想象，一个素来依靠绝对个人力量统治的帝国，在这种情况下，是多么薄弱甚至不堪一击。几个小小的阴谋家，就如此戏弄了嬴政一生以来耐心经营的帝国。几天后，这支巡行队伍回到了都城咸阳，然后马上就变成了发丧的队伍。

李斯和赵高听说扶苏和蒙恬都已经死了，立刻放心地公布了秦始皇驾崩的讯息，然后依照"遗旨"，将胡亥拥立上皇位。为了证明合法性，他们还特地安排了隆重的仪式，将秦始皇安葬到骊山下的陵墓中。

秦帝国就此进入了胡亥的时代，遗憾的是，这个时代甚至根本都不能由他染指一二。

胡亥原本就是依靠赵高和李斯才登上帝位的，实际上，他根本不了解作为皇帝所应该具备的才能、应该履行的义务。按照他的理解，只要足够凶残、暴虐、专横，再加上为所欲为的享乐，就足以成为一国的领袖。

于是，秦二世胡亥上位之后的第一件事，就是继续营造父亲生前没有完工的阿房宫，其所有建筑的式样、规模，装饰的品位、等级，全部都按照嬴政当年的方针继续执行。

其实，咸阳的宫殿原本就不少了。在秦始皇即位之初，这里的宫殿已经堪称壮丽，在他兼并六国之后，又仿照这些战败者国家的文化风格，建造了不同的殿堂作为享乐和纪念的双重场所。但是，好大喜功的嬴政并不满足，在死去的前两年，他开始动工修建渭水南岸旁那座设想中更加宏大而壮丽的宫殿。这座宫殿甚至都没来得及起名字，只是因为它紧挨在咸阳城附近，人们便将之命名为"阿房宫"——紧挨城市的宫殿。只是，这座宫殿并没有挨在秦始皇的身边，而是挨在胡亥的身边了。

这是一座前无古人同时也想要后无来者的宫殿，前殿东西宽五百步，南北长度达五十丈，还分为上下两层。上层可以容纳万人朝觐，下层则能够树立起五丈高的大旗。在这样恢宏的前殿之后，是雕梁画栋而金碧辉煌的回廊、林立排列而状若迷宫的后殿，五步一楼、十步一阁，藏有无数从六国抢掠来的宫女，可以让胡亥不用走下车辇，就能够直接到香气弥漫的后宫中随意加以宠幸。

即使这样，胡亥也不满意，他下令，要继续完善这个硕大的工程，力求超过父亲的设计，打造出属于自己的时代风格。

不仅如此，胡亥为了稳固自己的地位，还派人杀死了蒙恬的弟弟蒙毅，据说，这位上卿因为兄长被杀，而时刻想造反作乱。

蒙毅死后，胡亥用同样怀疑的眼光观察起自己的兄长来。他当然知道自己的地位来得毫无合法性，因此，在赵高的支持下，一口气杀掉了秦始皇的十八个皇子和十个公主，以确保自己的位置得以稳固。

可想而知，当这样骇人的消息一个接一个地传到远在下邳的张良耳中，他会作何感想了。即使是并不太懂政治的项伯，也早就从秦始皇死去所带来的喜悦中清醒过来，每天，他都带给张良比昨天更坏的消息：赋税又增加了；徭役又增多了；又有某个村子荒芜了；又有一乡人因为反抗而被屠杀了……

张良的眼中常常因此饱含泪水，他恨自己的无力，也恨时机为什么总是难以成熟。但是，他更明白地告诉项伯，现在要做的并非是仇恨，而是精心的准备。因为如果那句传说中的预言灵验，加上秦二世如此的倒行逆施，那么，秦帝国的分崩离析已经是近在咫尺的事情了。

"究竟是哪句预言呢？"项伯迫不及待地请教道。

张良缓缓地说道："那一年，陨石坠落在东郡，有人在上面刻了七个字，你知道吗？"

项伯茫然地摇摇头，他以前是向来不大关心这些民间舆论的。

"始皇帝死而地分。"张良说完，又打开了面前的《三略》，他明白，这种在安静的案几前苦读的时光，恐怕不多了。

来自大泽乡的战报

.....

没多久，"始皇帝死而地分"的预言果然成真了。

大泽乡的消息传到张良的耳朵里，仅仅用了五六天时间，对他来说，消息的真伪并不重要，重要的在于那是一个信号，从中可以看到外表强大的帝国内里已经虚弱下去的征兆。

这天，张良和项伯特意邀请来一位乡民，他给两人带来了这样的详细消息：

二世元年（公元前209年）夏天的七月，阳城县（今河南方城）征调了九百名民夫，集体派往渔阳（今北京密云区西北）戍边。在这支队伍中，两名屯长分别叫作陈胜和吴广，在他们之上的则有两名秦吏同行监督。

乡人活灵活现地描述着陈胜少年时期的传闻。

据说，他原本只是阳城县中最普通的农夫，从小家庭贫困、无法谋生，只好为村子里最大的地主家做耕田的长工。即使如此，他却从来没有放弃过自己的抱负。

一天，陈胜和几个一同干活的哥们，冒着烈日在田间干活。他们一个个汗流浃背，累得直不起腰。好不容易耕完一趟田，坐在田头的树荫下休息时，陈胜看着整齐的田亩感叹道："将来如果谁能过上了好日子，可不能忘记了现在这些穷兄弟啊。"身旁气喘吁吁的兄弟们哄笑起来，说："我们既没有田，也没有房，只有自己一把苦力，怎么能过上富贵的日子？"

陈胜没有回答，抬头看看天边飞过的鸟群，自言自语地解嘲说："这些燕雀，怎么能知道大雁的志向呢！（燕雀安知鸿鹄之志哉！）"

乡人说到这里时，张良不禁在心里叫了声"好"。虽然出生在富贵世家，但张良却似乎天然地对这些穷苦人有着亲近之感，尤其是自己经历了命运的起伏坎坷之后，深深体会到从上层社会进入民间草根的那种无奈，更能明白陈胜这种人会有多么想改变自我的境遇。

乡民却没有看出张良的感慨，兀自说下去——

陈胜和吴广带领着这九百多名戍卒走了多日，来到大泽乡（今安徽宿州市北）。大泽乡，听上去就是个经常发生洪涝灾害的地方，偏偏此时又碰上了连日大雨，暴涨的河水拦住了去路，将原本便于行走的驿道变成一片汪洋。结果，这支不大的队伍只好寻找高地驻扎下来。

一连几天，天空依然不见放晴。细心的人算了算日子，发现这样耗下去，期限已经迫在眉睫，而渔阳还在千里之外。按照秦始皇制定的严苛律法，征发戍边逾期不到者，一律判处死刑。这下，整个队伍人心浮动起来。

陈胜虽然将这种不安看在眼里、听在耳中，却并没有站出来表态。他在观察吴广的动向。

吴广很快就按耐不住了，他避开众人的耳目，偷偷和陈胜商量说："这样下去不是办法，我们七尺男儿，怎么能就这样被杀掉？不如抛下队伍，跑掉算了。"

陈胜拨弄着面前的篝火，良久才回道："谁都不愿意这样就被杀。不过，你想一下，就算逃跑，能跑多远，如果被地方官吏们抓回来，你怎么办？就算侥幸逃走了，哪里是我等兄弟的安身处，迟早还是会被官府逼死。依我看，不如趁现在这九百多兄弟在一起，举旗造反，说不定还能求得一条生路。"

吴广恍然大悟，兴奋地低吼说："大哥，你的主意好，只要你领头，我一定跟随，绝不反悔。"

陈胜摆摆手，暗示他低声，然后继续说："天下人都被秦压迫得太苦了，只是因为无人领头起事，所以到现在还算太平。但是，我听说现今的皇帝本来不应继位，而是逼死了长兄扶苏才登上皇位的，天下人并不知道真相，还以为他依然在守卫边疆。另外，还有楚国名将项燕，他曾经在抗秦的大战中立下赫赫战功，直到现在还受到楚国人的怀念。如果我们现在用这两个人的名义来讨伐暴秦，天下人岂不是会迅速响应行动？"

吴广听得愈加兴奋，恨不得马上就行动起来。陈胜说："干这样的大事，一定要谨慎行动、一举成功。现在最重要的，是将九百名戍边民夫发动起来。"

当夜，两个人密谋了通宵。

第二天开始，民夫的营地里发生了种种古怪的事情。有人报告，说是在捕获而来的大鱼腹中，发现了一块素帛，上面赫然写着"陈胜王"三个大字；也有人说，夜晚的营地旁总是传来狐狸的哀鸣，加上听得不太清楚的嚎叫，隔着凄风苦雨，也能听清楚是"大楚兴，陈胜王"的声音……

乡民讲述到这里，发现一丝笑容出现在张良的嘴角。张良看见他停止不语，便收敛了笑意说："那你觉得这是为何？"

乡民老实地说："听说，发出狐鸣的地方，正是大泽乡那里有名的楚国古祠，不由得大家不信——这一定是上天的预兆。"

张良点点头说："天理昭彰，如果说是天意，确实也未尝不可。"

乡民不明白张良在想什么，于是干脆继续说下去——

戍卒们一传十、十传百，个个都知道了天意所在，他们看待陈胜的目光，比起素日的敬佩更加深了一分。吴广也趁机到处议论，说如果陈胜注定成为王，那么这群最开始追随他的人也就不会被杀死了。

就这样，陈胜成了九百双眼睛注视的救星。

那两个负责监管队伍的秦国官吏，根本不知道事情的发展。他们看大雨无休无止，干脆整天狂饮酒水、打发时间，将队伍里的大小事情一律指派给陈胜、吴广办理。这样，神不知鬼不觉，起事的准备工作就已经完成了。

这天，吴广趁两名秦吏喝得烂醉，突然带着人闯进他们的营帐中，大声说道："连日大雨成灾，耽误了行程，现在必定无法按时赶到渔阳了。与其到了那里再被处死，还不如早点逃生。我打算今天就逃走，先来告知一声。"

醉眼蒙眬的官吏听到"逃走"两字，立即努力地睁大了眼睛扑了过来，嘴里还发出含糊不清的骂声："什么，你准备逃走？我现在就杀了你！"说着，他拔出了自己的佩剑。

吴广早就有准备，一脚飞起，将佩剑踢飞。然后顺手捡起佩剑，将秦吏刺死。另一名秦吏见势头不对，转身想跑，陈胜夺下他的佩剑，一剑穿胸，对方当场毙命。

众人簇拥上来，陈胜示意大家围拢，然后朗声说道："各位兄弟，我们大家奉命去渔阳戍边，可是命运不济，在这里被风雨困住。这样，就算我们日夜兼程，到了渔阳也是个斩首的罪名。就算侥幸不死，离家千里，加上边境艰苦，我们也没有生还的道理。既然终会一死，不如死得轰轰烈烈，现在起事，也算不枉到世间走一趟。那些王侯将相，难道是天生的吗？为什么我们就应该受欺压？"

陈胜说完，吴广接着说道："是啊。大家也听到了，这几天，天神也在告诫我们，大楚要复兴，陈胜要做王！这可是天意啊！弟兄们，我们一起跟着陈胜大哥动手吧！"

就这样，他们真的起事成功，攻下了大泽乡。

当乡民说到这里，项伯已经激动不已，对陈胜和吴广的英雄壮举心向往之。他频频看向身边的张良，却发现这位朋友并没有像他一样热情高涨。

等乡民告退，项伯立刻按捺不住地说道："张兄，看来陈胜他们已经抢占了先机，他们这样草率行动都能成功，看来推翻暴秦有望啊！"

张良缓缓说道："项兄，陈胜的勇气和智慧固然可嘉，不过，现在并非马上动手的好时机。"

"何以见得？"项伯并不认同。

"你见过海边的大浪吗？"张良耐心地解释说，"如果秦国像是一道已经开始动摇的堤防，那么，陈胜他们就是向堤防冲击的第一道浪。对不对？第一道浪的结果是什么？"

项伯一时哑口无言。

"是粉身碎骨。"张良自己说出了答案，"粉身碎骨倒也无妨，可如果这样还换不来推翻秦国的结果呢？我想，我们与其抢着去做第一道浪，不如再稍等数月，看看动静。项兄，堤防可都是在数次冲击以后才会垮的……"

项伯勉强同意了，但不久之后，他到张良这里来得越来越勤，而且带来的消息一次比一次令人震动。

一开始，项伯告诉张良，陈胜、吴广的队伍，不到一个月，就从大泽乡出发攻下了周边数个城池。

没过多久，项伯又比画着告诉张良，陈胜他们已经攻下了陈郡的治所陈县（今河南淮阳），在那里，他真的称了王，国号为"张楚"。

"张楚，就是复兴我大楚的意思，哈哈哈！"项伯兴奋地端起酒杯一口喝干，自从听说了大泽乡起义的事情，他就没有停过酒。

张良还是不为所动。

似乎是有意要激张良起事，项伯很快带来了第三个好消息：陈胜开始出兵了。

陈县，是中原战略要地，在这里，陈胜派遣自己的部下四处攻袭秦军。北上的部队，张耳、陈余负责攻略赵地，周市负责攻略魏地；东出的军队，则由邓宗带领，攻击九江，攻打广陵方向的则是召平将军；主力部队由周文率领，向西进攻函谷关，试图直接攻入秦国的发源地，同时策应的则是被封为假王的吴广，他奉命北上进攻三川郡；另外，将军宋留则向南进攻南阳，进入武关。

诸路人马中，西路军是进攻的重点，吴广和宋留两军给予周文军很大策应，让他得以全力向西进攻。按照项伯的说法，咸阳被攻下，几乎是指日可待的事情了。

"子房啊，为何你还不着急呢？"项伯用这样的催促结束了自己的叙述。

"不是我不着急，"张良徐徐睁开眼睛，这十年来，他已经练就了在最危险紧迫的情况下，也能保持呼吸从容宛若熟睡婴儿的本事。他看了看项伯，说道："在下水前，我还想看看水究竟有多深。"

患在不预定谋

......

听见张良说还要等待，项伯脸上的表情僵住了，他半晌也没说话。

看见自己这位兄弟如此失望，张良纵然再有修为，也于心不忍。为了安抚他的情绪，也为了落实自己考虑的计划，他想了想说道："不过，想要下水，过于胆小怕事也不是好事。现在，倒也可以着手准备了。"

项伯的表情这才舒缓起来，他说："是不是要招兵买马，打造兵器？"

张良差点被他这样的"高瞻远瞩"给气笑了："这样做，还没举起义旗，恐怕就会被官府知晓了。不妨如此这般……"

项伯听完以后，连连点头，直埋怨张良没有早点透露出这样的好计策。

第二天，项伯和几个朋友在城外的空地上，围起一圈空地，招人前来比武摔跤。如果有人能胜了项伯，可以立即取走赏金五百钱。听说这个消息，整个下邳城的年轻人都心思浮动。

在下邳一带，本来就有着习武健身的传统，人们在农忙之余，更是喜欢以摔跤赌赛为乐。在那个缺乏文化娱乐生活的时代，即使是官府，也不大好干涉这种流传了数百年的民间风俗。而这一次项伯给出的赏金分明比惯例要高得多，自然会让众人心动不已。

短短几天之内，来比赛的人络绎不绝，有人进了圈子和项伯一交手就被摔倒在地，也有人勉强应付几个回合，但终究不是这位将门之后的对手。但有趣的是，越是没人能拿到那五百钱，场地外围观报名的人就越多。

又过了几天，项伯声明，虽然大家拿不到赏金，但如果愿意，他可以教授众人习武健身，保卫田园，不用任何学费。听说有这样的好事，围观的年轻人纷纷报名，项伯倒也仔细，从他们中间挑选了上百个最精悍、意志最坚决的人，开始传授基本的格斗技巧。到了晚间，则带人陆续去张良那里，大家谈论天下大事。

两个月后，练武的年轻人开始有了明确的秩序，他们的行动变得整齐划一、听从号令，精神风貌也变得更为上进。不过，这种变化是相当微妙的，官府的吏员本来就已经忙乱不堪，根本没有时间来理睬这样的变化，而普通的百姓们更是不会来主动打听。

这天傍晚，张良第一次来到城外这块练武的场地。他和项伯缓缓前行，看见这些年轻人们正两两结对练习格斗，比起队伍刚聚起来时，显然矫健了许多。

张良露出满意的神色，向项伯点了点头。

项伯知道，这是张良下定决心了，于是他高喊一声："大家都停下，张先生来了！"

听到"张先生"三个字，年轻人们立刻停止了演练，自动地从各个角落聚集过来，很快将张良和项伯簇拥起来。他们七嘴八舌地向张良问好。的确，经过这段时间项伯的引领，几乎每个年轻人都聆听过张良的教诲，一直挣扎在民间最底层的他们，现在已经深深明白这样的道理——不推翻暴秦，不仅自己没有好日子过，全天下所有人，乃至后代子孙，都不会有好日子过。

张良环视着这些年轻的面孔，似乎看到当年在韩国准备起兵抗秦的意气风发的自己，也依稀看到当年在博浪沙草丛中那位大力士的风采。"是可以动手了！"张良内心油然升起一股豪情，这样的豪情，是逃亡以来未曾有过的。

是的，岁月能够让一个人变得成熟而圆润，然而，在经历这样的蜕变之后，当时机再次出现，重新燃起的豪情，势必会超越当年的一夫之勇，而变得更加炽烈、更加忘我。

在十年之后的今天，面对这些血气方刚的少年朋友，张良重新找到了当年气冲斗牛、邀击天下第一人的壮烈志向，以至于一向在练习气功吐纳的他，今晚也觉得呼吸急促起来。

张良定了定神，清晰而富有穿透力的声音在初降的夜幕中传递出去："大家最近都听说了吗？"

众人们窃窃细语："听说了，听说了……"

"听说了什么？"张良的声音陡然提高了八度，不由得让小伙子们精神为之一振。不等所有人回答，他继续说了下去，"是不是听说大泽乡的事情？现在，陈胜、吴广他们已经建立了张楚政权！是不是听说我们下邳周围的沛县、留县，还有南到会稽、北到齐鲁，都有了反抗暴虐秦国的义旗？你们想过没有，他们为何要冒着九死一生的危险，做这样杀头的事情？"

虽然是在暮色之中，人们依然能看见从张良的双眸中，射出了一股精气，即便是项伯，也很少看到这样的张良。

"我想，道理平常已然说了许多，今天不用多言。当今天下，已经不会再回到始皇帝的那个天下了，如果有敢为将来谋划打算的，今晚就请留下来，共谋大事。如果有不敢的，也请现在就离开，决不勉强。"

人群中稍稍安静了几秒钟，立刻爆发出热烈的欢呼声，没有一个人离开。这些年轻人似乎已经被压抑得太久，巴不得张良发出这样的倡议。他们欢笑着互相激励，仿佛迎接他们的并非沙场上的浴血拼杀，而是充满光明的美好未来。

项伯一开始的担心立刻化为乌有，按在腰间佩剑上的手也慢慢移走了。

这天夜里，张良他们聚集了两百多人，正式在下邳树起了反秦的大旗。第二天清晨，这支队伍迅猛地扑向下邳县衙。没想到，当地的官吏们不知道从哪里得来的消息，早就趁着夜色远遁城外，几十个守城的普通士卒根本不反抗，反而帮忙打开了钱粮和武器仓库，任由张良手下的义军战士搬运去分配给全城百姓。

一时间，下邳成了脱离暴秦的新世界。老人、孩子欢笑愉悦，享受着这种难得的自由。

对于善良的百姓来说，只要暴虐的官吏不会再陡然出现在家中，拉走唯一的壮年劳力去寒冷的北方，只要自己不会因为叫"连坐"的法律，而承担谁都不知道会什么时候犯法的邻居的罪责，那么，这样的日子就是天大的好日子了。

所有人都将好日子归功于张良和他的义军，在这样的热烈气氛中，更多的人报名参加了这支小小的队伍。

但是，此时的张良，却陷入了新的困境之中。他忽然发现，成功似乎来得太过容易了。

虽然没有直接告诉项伯，但是，张良还是多少有些后悔自己行动的急迫：下邳城并不是什么战略要地，否则自己也不可能如此轻易得手；而另一方面，自己手中的力量又太过薄弱，一旦秦军反应过来，不仅义军面临被合围消灭的危险，支持义军的下邳百姓，也一定会因此而遭殃。

"患在不预定谋!"张良忽然想到老师的《三略》中,这样看似平淡却振聋发聩的一句。是啊,如果不及早找到办法,那么大患就要到来了。

然而,巧妇难为无米之炊,即使是张良,面对着无险可守、无兵可用的下邳,也毫无办法。如果说"谋",那么唯一的"谋"就是去投奔比自己更有实力的义军了。

但问题是,谁愿意收留他们呢?

张良纠结着这样的问题,为了多一分思考的力量,他甚至特意向项伯吐露了自己的心声。

在项伯看来,他们投奔的目标应当是原本最为强大的张楚义军。然而,也就是这几个月内,情况已经迥然不同了。

张楚义军中的西征部队,虽然一度攻破函谷关,离秦国都城咸阳不远。然而,秦二世大赦修建骊山陵墓的刑徒们,并封官许愿,由秦将章邯率领迎战。这些刑徒大都是亡命之徒,看到自己有再次活下来的机会,无一不充满了杀意,将自身的力量使用到极限,因此,以农民为主要构成力量的义军陷入了空前的苦战之中。

与此同时,张耳、陈余拥戴大将武臣,在赵地自立为赵王;周市在魏地复兴了魏国,并将魏国王室后裔魏咎拥戴为新的魏王;齐国的后裔田儋,则在齐国起事,自立为齐王。这样,虽然反秦的声势更加浩大,但张楚义军的力量却进一步被分散了。

不久后,形势进一步恶化——吴广军被秦军主力牵制于荥阳城下,宋留军则同样被阻挡在南阳城下,周文失去了左右两军的侧应,面临着章邯军的巨大压力,终于无法支撑,全线崩溃。最终,周文战败自杀，吴广被杀，章邯则从容不迫地对张楚义军各个击破。到了十二月，陈胜被自己的车夫庄贾杀害，整个张楚义军宣告分裂。

这些消息很快传到下邳，虽然是张良曾经预言过的，却依然对项伯造成了不小的冲击，现在，当时积极提议起事的他变得低沉了许多。

不过，一封从吴县飞来的书信，让项伯脸上的阴霾一扫而光。很快，这封帛书被他得意扬扬地放到了张良的案前："子房，我们有地方去了！"

"哦？"张良说道，"是能成大事的力量吗？"

张良的言下之意很明显：我等待十年，不是为了投奔类似于陈胜这种缺乏长远眼光和才能的主公的。

"当然！"项伯拍拍胸脯，"我们项家将门，岂能不力？你还是看看信吧！"

看到项伯如此自信，张良不由得打开了帛书。

初遇刘家老三

······

帛书是从吴县的项羽那里发来的。

原来，陈胜、吴广起事的消息传到吴地之后，项梁也预感到天下将乱，他正和项羽秘密商量起兵的事情，却突然接到了从郡守殷通那里来的命令：立即到郡守府中商量大事。

怀着惴惴不安的心情，项梁很快来到了郡守府上，没想到的是，殷通根本没有怀疑他的动向，相反却发出了求助："项公，我听说这一带的郡县已经全部都反了。看来，秦国的天下不久了啊。我听说，如果能先行动的人，就能制约别人。我们江东地面虽然不大，也不能等待别人前来吞并。所以，我打算立刻起兵，好歹也能坐拥一块地盘，将来无论形势如何发展，手中有兵有地盘，才能放心。因此，我想请您来做将军，为我号令整个江东。"

这段话，真是让项梁又好气又好笑，他想："这个郡守，当着秦国的封疆大吏，想的却是怎样分一杯羹，真是相当无耻。"

但表面上，项梁还是谦虚地拱手说道："项梁不才，虽然是所谓将门之后，但是说起行军打仗的事情，却从小明白的不多。如果您真的要起兵，不如将楚国著名的人才桓楚请来如何？"

显然，郡守听说过桓楚的名字，他并没有流露出赞同的神色，相反却皱眉不语。半晌，他才说道："可是，这位桓将军已经逃亡天涯，无人能找到了啊……"

"这个简单，"项梁看到对方有所心动，连忙承诺下来，"只要大人有足够的诚意相邀，不才愿意去邀请桓楚将军前来号令江东。"

听到项梁这样承诺，殷通高兴得眉开眼笑，连连说好。

从郡守府出来，项梁立即回转府邸，找到项羽将事情一一告知。此时的项羽，早已不是当年不愿读书和练剑的鲁莽少年，听完叔父的话，他反问道："您是不是想要将计就计，杀掉郡守来起兵抗秦？"

项梁高兴地抚着项羽的背说："你真是我们项家的儿郎啊！叔父想的全都被你说中了！"

就这样，叔侄两人安排好了计划，等待着正在做着割据美梦的殷通上钩。

次日清晨，项羽又做了一番精心检查，确定一切都安排好之后，护卫着项梁来到郡守衙门中。

两个人刚走进大堂，殷通就急不可待地站起身迎接："项公，人有没有请来啊？"

"回郡守，桓楚将军一会儿就到。"项梁向对方施礼后说道。然后，他看了看项羽，眼神里露出一股杀气。

项羽立刻会意，只见白光一闪，大堂内外的人还没反应过来，就看到殷通的头颅如同熟透的木瓜一样掉落下来，在地上骨碌碌地滚了几圈。众人惊呆了，这时候项梁一个箭步，将桌案上的郡守大印提到手中，另一手捡起地上那颗血肉模糊的人头，高声喝叫道："什么人敢动手？郡守已经死了，暴秦无道，你们还要跟着朝廷一起送死吗？"

郡衙门中的卫兵不算少，然而，这些人或者平时就深受项家叔侄的厚待，或者早就看殷通不顺眼，更多的人是亲眼见识过项羽的神力，因此，纵然他们人多势众，却相互推搡，无人敢上前。

闻讯而来的官吏们，看到郡守已经交代了，更是吓得魂不附体。原本这些文人就时常聚在一起，商量如何应对天下如同烈火般燃烧的局势，这下倒也结束得痛快。人们转念一想，反正事情是项梁叔侄做的，不如推举项梁做新的首领。于是，项梁很快就成了新的会稽郡守，城头上原本高高悬挂的旗子上的"秦"，也换作了"楚"。

起事成功，是计划中的事情，但一开始就有了这样高的起点，也是项梁自己都没想到的。他拿到兵权之后的第一件事情，就是到会稽郡各县调集甄选了八千名精兵，然后让自己原先结交的宾客、好友、门人、豪杰充任其中的校尉、候、司马等军事官员。项羽则成了副将，协助自己率领着八千子弟兵，开始统一江东的进程。

这时候，项羽刚刚二十四岁，几乎是张良的子侄辈。而这封书信，正是他手下的骑兵连夜送来的，为的就是邀请项伯立刻回去，出任军中要职。

张良看完这封书信，对项羽的印象超过了项梁，在他世家公子的外表内，始终跳动着一颗英雄情怀的心，而项羽做出的这些壮举，显然触动了这颗心脏中的某种共性，让张良不由得也想会一会这位少年英雄。

但是，张良和项伯不得不面对这样一个现实：从下邳到会稽，道路漫长，更何况，现在道路的远近，早已经不能用单纯的地理距离来看待了。

这是因为，在这几个月内，整个长江下游地域，几乎都已经是义军的天下了。但问题在于，随着陈胜的死去，这些义军更加缺乏统一的号令，相互之间时合时分，甚至难免有大鱼吃小鱼的现象。

以张良手下的这点人马，如果贸然去投奔远在江东的项梁他们，恐怕路上还不够其他义军吞并的。

情急之下，项伯打听来一个消息。在距离下邳不远的留县（今江苏省沛县东南），陈胜原来的部下秦嘉，拥立了楚国的旧贵族景驹作为"假楚王"，他们的队伍具有一定的实力。

张良谋算了一番，发现下邳的这点人马如果能先投奔过去，应该会得到不错的待遇——更重要的是，这样好歹解决了困守孤城的危机，也能有更多机会辗转到会稽去。

于是，在迅速地准备之后，张良和项伯带着队伍离开了下邳。

留县在下邳的西南方，这一行人走了两天不到，路上就碰见了另一队人马。还没等张良开口，对方领头的人就跳下马来，抱拳施礼："对面来的义军辛苦了！"

张良和项伯看到对方如此客气，连忙下马回礼。

张良看对面的那人，形象雄伟，令人印象深刻，一副须髯飘洒胸前，鼻梁挺直、额头方正，站在人群中一看便是个领袖。但是，此人浑身上下并没有朝堂中人那种或迂腐或官僚的可厌气质，也没有普通文人的那种书呆子相，反而透着一股从民间而来的聪明劲儿。

电光石火之间，张良就看出此人的非同寻常。于是他内心一动，在记忆中搜寻着此人的姓名，难道，他就是……?

名字还没出口，对方似乎猜中了他的心思，大步走上前来，乐呵呵地说道："我嘛，就是沛县的刘季，兄弟们都卖面子叫我沛公。"

这几个月来，张良在处理事务之余，听说过太多义军的传闻，差点忘记了这个传闻最有趣、名声最奇特的沛公。今日一见，果然不同凡响。

这时，恰巧是秦二世二年（公元前 208 年）的元月。此时的张良，正多少带着好奇、猜度的观察眼光，试图读懂面前这个既普通又不凡的汉子。但他没想到的是，他和这位"刘家老三"的偶然相逢，将注定改变两人的一生。

出身草莽也英雄

……

刘家老三，仅仅在一两年之前，还是个流氓角色。

那时的所谓流氓，并没有今天的内涵那样不堪。很多情况下，任何农村居民都有被看作流氓的可能。流者，四处晃悠，氓者，没有田地的游民。换句话说，如果你本来该种地，却落得无田地可种，那么，你就是个流氓。

不过，刘家老三刘季，并非没有田地，他只是主动让自己和田地绝缘。做农活，他吃不了苦，摸到锄头把，他就会叫苦叫累。

刘季大名叫作刘邦，原本是泗水郡沛县丰邑（今江苏省丰县）人，他从记事开始，似乎就没有一天对普通的农业生产生活表示过任何兴趣。刘邦的生活主要由这些事构成：交友、赌博、旅游、施舍和喝酒。好在他并没有一直沉湎于这种生活，后来在当时没多少薪水，也谈不上有多大权力，工作节奏也远非繁忙的基层官吏，就成了刘邦最向往的职业。

按照秦朝的制度，十里一亭，十亭一乡长，亭长只能管辖附近一两个村落的治安和民事。刘邦没有念过几天书，也谈不上多少才能，但考虑到没有竞争对手，他便成了当地亭长——这好歹也算是有了职位了。

当家人听说刘邦决定当"官"时，第一反应就是长长舒了口气。其中也包括被刘邦欠下酒钱的酒肆老板。他们甚至计划好，以后可以利用刘亭长的关系，多拉一点客人过来，便主动找到刘邦，表示过去的酒钱统统算了，以后重新开始。

对此，刘邦欣然会意，付之一笑。

在别人看来，干这样的差事，实在不如回家种田实惠，但刘老三偏偏就做出了点门道。

他首先将职位的人际网络拓展到极致。

刘邦在亭长的位置上，虽然没干出什么惊天动地的事情，但他充分发挥了自己聊天的特长。他素来以能说会道在乡间著称，现在到了亭长的位置，认识的人、明白的事便更多，谈兴和谈资也就更加浓厚了。

　　每逢到县里领取公文，或者有事集会，人们常常能听到刘邦的高谈阔论。许多事情他都能信口道来，完全没有顾忌，而听众们也听得津津有味。甚至作为他的顶头上司的县级官吏，也感觉他为人仗义有趣，因而愿意和他相处。其中的萧何、曹参和夏侯婴等人，都成了刘邦的好友。

　　一天，刘邦从乡间来到县衙报告事情，恰恰在衙门里听说县令有位姓吕的老友带着全家迁居过来。为了表示客气，吕家专门邀请吏员们赴宴，当然，有幸受邀的人也早早准备好了贺礼。刘邦之前并不知道这件事情，手头根本拿不出贺礼，但他还是混在人堆里，说说笑笑来到吕家大门口。

　　为吕家帮忙做事的人了解刘邦凑热闹的习惯，远远看到他晃悠过来，便大声喊道："贺礼不超过一千钱的，请坐到堂下去。"刘邦似乎根本没有听见，走到门口告诉提笔记录的人说："我，刘邦，贺礼一万钱！"说完，也不管他人相信与否，就昂首挺胸，直入大堂，挑了个好位子坐了下来。

　　这下，周围的人多少都有点尴尬了。身为请客方，当然不能按照贺礼的高低来区分客人的上下，但刘邦这种敢做出头鸟的气度，也着实让大家开了眼界。

　　吕公作为主人，当然要化解这样的尴尬，于是，他很快将敬酒的对象转移到刘邦这里。简短交谈中，他对刘邦产生了很不错的印象。和沛县这个小地方的人不同，吕公一生走南闯北，见识过许多人物，深知在当今的世道，那种老实本分种地的人很难有出息。于是，在酒宴结束之后，刘邦被单独留了下来。

吕公端详着刘邦，说："刘季啊，我年少时喜欢给别人相面，所以现在特意请你留下，是想仔细看看你的相貌。"

　　刘邦原本还以为吕公要质问他的一万钱贺礼，没想到只是相面，于是心里更加踏实。

　　吕公一边相面，一边拉家常般问道："不知道刘亭长是否娶妻或者定亲呢？"

　　刘邦脱口而出："实不相瞒，刘三我素来不喜欢农活，就算我愿意娶妻，恐怕也没人看得上我——也好，家中自有兄弟，父母倒也不催促。"

　　吕公轻抚花白的胡须，点点头说："我有一位女儿，名叫吕雉，如果刘亭长不嫌弃，不如定下这门亲事？"

　　刘邦回忆起刚才酒宴上，似乎看到过吕公的女儿出来敬酒，对方长得也算动人，更有着沛县女子所缺乏的伶俐和干练。于是，他立即屈膝下拜，认了这份亲。几天后，刘邦果然如约娶亲，迎回这门从天而降的姻缘。

　　有了家庭，刘邦比之前要收敛许多，更何况吕雉虽然精明干练，但也有着乡下女性所无法比拟的驭夫之道，这多少有点让刘邦准备不足。好在，此时刘邦出远门的机会越来越多了。

　　原来，和陈胜、吴广的队伍一样，沛县也经常组织前往北方服役的民夫队伍，由于是苦差事，县衙门的官吏们没人愿去。县令干脆让他们将差事分配给底下的亭长，而刘邦对这样的机会却来者不拒。一是为结交新朋友，二也可以暂时远离家庭的束缚，享受外面的广阔天地。大泽乡起事之后，其他亭长们都不愿干这样的差事了，而刘邦却还是乐此不疲。

　　一天，刘邦又带着几百个民夫赶路到夜晚，辛苦的民夫们很快横七竖八地在营帐中进入梦乡，但刘邦自己却喝起了闷酒。

寂静的夜晚中，看着淡淡的月色笼罩着平坦的原野，听着微风扫过草丛的声音。刘邦将稍显辛辣的浊酒一杯杯倒进咽喉，很快，他感到热浪从体内渐渐涌动上来。刘邦转过头，看看发出厚重鼾声的民夫们，忽然感到一阵内疚：我送了这么多乡亲出去，可回来的却有谁呢？

想到这里，刘邦"啪"的一声摔碎了酒杯，然后大声喊道："都给我起来！"

茫然的民夫们一个接一个坐起身来，以为发生了什么紧急情况，但他们看见的只有情绪激昂的刘邦，在月色下高声疾呼："你们这些人，马上就要去到骊山下做苦工了，不是累死病死，就是被打死，就算侥幸能活下来，也很难活着回家啊！不如这样，老子今天干脆把大家全都放了，各自找活路去吧！"

刘邦的身材并不算高大，但在这一刻，民夫们隐然感到，站在面前的这个人，正是传说中的侠者。

刘邦说完这句话，便喷着酒气，呆呆地看着民夫们的反应。

民夫们听着刘邦的话，一开始愁容满面，听到最后，却不敢相信自己的耳朵了。有人试探着问道："亭长，你把我们都放了，你怎么办？"

刘邦似乎根本没考虑过这个问题，他打了个酒嗝，说："我……我管他怎么办，我跑呗！"

有几个仗义的民夫看到刘邦这样，不愿让他独自冒险，就带头说道："亭长，我们单独跑也很难有活路，干脆，请你来当我们的首领。你让我们怎样，我们就怎样！"

刘邦想了想，欣然同意。于是，他带着上百个愿意追随自己的民夫，趁着夜色沿小路远遁而去。走到芒砀山附近，刘邦的酒意也快要醒了，忽然，前面的人停住了脚步，纷纷说道："好大的蛇啊！"

"哪里来的蛇？"刘邦快步上前，看到小路当中横卧着一条白色大蟒。那时的人们将蟒蛇看作龙的化身，因此谁都不敢轻易冒犯，更不用说从未见过的白蟒了。

可刘邦是谁，能信这个邪？他借着醉意，一把抽出佩剑，将白蟒斩作两段，然后带头沿着小路走了下去。其他人很快跨过蟒蛇的尸体，坚定地追随刘邦向前赶路。

就这样，刘邦成了一支义军的首领。

一双慧眼识明主

消息很快传到了沛县县衙中，县令既恨又怕，他恨的是刘三擅自做主，怕的是自己要承担这个责任。思来想去，他打算干脆自己抓住机会来响应陈胜，为此，他专门找来了影响力最大的萧何和曹参商量。

没想到，此时的萧何与曹参并不支持县令的打算，他们的建议是，不如让刘邦回来带领义军。

"这……这是何原因呢？"县令本以为自己的提议会获得支持，所以不由得连说话也吞吞吐吐起来。

萧何耐心地说道："您可别忘了，您是秦朝皇帝委派的官员，是吃秦朝俸禄的。如果由您来掌管沛县的义军，乡民们如果不同意，恐怕我们也保全不了您的性命啊！"

这句话结结实实地吓到了县令，他立即同意修书给刘邦，请他从藏身的芒砀山中回来主持大事。

送信的人正是吕雉的妹夫樊哙，他在沛县原本是个杀狗宰猪的屠夫，此时当仁不让地接下了这个任务。很快，樊哙找到了刘邦的队伍，将这个好消息告诉给姐夫。

刘邦当然不会错过这样的好机会，他立即带上人马，向沛县开进。

然而，此时的县令又突然后悔了。他思前想后，觉得大权旁落，终归不是什么好事。因此，樊哙前脚刚走，县令就打算让人抓住萧何、曹参，并准备伏击刘邦的队伍。好在县令平时不得人心，消息很快被传递给了萧、曹两人，他们随后连夜出城，投奔了刘邦。

这下，沛县成了刘邦队伍的囊中之物。

按照萧何的计策，刘邦将话传递到城中，说："天下想推翻暴秦已经不是一天两天了，如果大家还跟着秦皇委派的县令干下去，恐怕将来义军打下城池，各位要被全城灭尽；如果有人能够杀掉县令，有了反秦的主力军，才能保住家园。"

这样的话从刘邦口中说出，当然又有了更大的威力，几天之后，就有人带着县令的头颅前来投奔。

随后，沛县城门大开，迎接刘邦回到城中。

在欢迎刘邦的人群中，有人高喊道："刘季，你就当我们的县令吧！"

刘邦心里一百个愿意，但嘴上却拼命推辞："各位，我不是怕遭杀头灭门的罪责，而是实在能力微薄，怕辜负了大家的期望啊！"

虽然这样说，刘邦还是在"杀头灭门"四个字上加重了音调，并特意看了看身边的萧何、曹参。很显然，有资格能和他竞争领袖位置的，也只有这两个人了。

萧何不自觉地皱了皱眉，他当然知道带头起事问题的严重性，而曹参更是想到自己全族老小的生命。于是，两人异口同声地说道："亭长，你就不要过谦了，沛公这个位置，非你莫属啊！"

于是，在一片"沛公"的称呼声中，刘邦被人群簇拥进县衙，沛县的新领导者，就这样诞生了。

对于刘邦这些颇有传奇色彩的故事，张良在下邳时也略有耳闻。这次见面，张良目睹了沛公的英姿，更感叹对方确实不同于常人。

张良看了看身边的项伯，发现他也充满敬意地望着刘邦，不禁念头一动，说道："项兄，或者我们也不必去投奔景驹，先和沛公合兵一处，再做商议如何？"

项伯虽然也想早点看见长兄和侄子，但也明白并非一日可成，何况他也不想错过刘邦这样豪爽有胆识的汉子，于是便欣然应允。

就这样，张良暂时成了刘邦的部下，同他一起进了沛县。当天，张良被封为刘邦的厩将，负责招兵买马。

起初，张良奇怪刘邦既然起事比自己早，为何没有迅速壮大队伍，过了几天，他才从直爽的樊哙口中了解到具体情况。

原来，刘邦自从在沛县站住脚之后，便命令部下雍齿去驻守丰邑城，而自己带兵去攻打其他县城。

没想到，雍齿本来就看刘邦不顺眼，只是勉强跟随大家称呼他沛公而已。等刘邦的队伍走远没多久，雍齿就抓住机会，投降了占据魏地的周市。刘邦听闻消息，气得七窍生烟，打算回兵攻打丰邑，但由于兵力不足，始终无法攻克，最后，连手头原有的部队都四处溃散了。

一路走来都很顺利的刘邦，怎么也没有想到这么快就遭遇背叛。

没办法，他只好带着最忠诚的家乡子弟，回到了沛县。

蛰伏了一个月左右，刘邦又恢复了往日的神采，他先是跑去驻军在留县的秦嘉那里，但跟着他转了几个月后，发现对方根本没有多少雄心壮志。于是，他又带着人马投奔到已经发展到薛地（今山东曲阜）的项梁那里。

项梁果然慧眼识英雄，他看出刘邦的不凡，便借给他精兵五千，让他收复丰邑。这样，刘邦的队伍很快又重新拉了起来，他经常带着人马出去打探情况，攻略那些尚在秦朝控制下的城池。

正是在此时，他在路上巧遇了张良和项伯。

对于张良原本想投奔的秦嘉，刘邦根本嗤之以鼻。这一天，在沛县城中举行的小型宴会上，他一五一十地告诉张良："秦嘉这个人，不会成什么大器。他从起兵之时，就没想过要完成反秦大业，而是自行其是，总想着欺世盗名的事情。一开始，陈胜派人和他联系，想要统一行动，结果他竟然杀了对方使者，还宣称陈胜将他封为大司马。后来，他又搞来个傀儡景驹当楚王。秦嘉对我也是敷衍了事，既不说不支持，也不真心支持，我算是看透了这个人……"

一直没什么机会说话的项伯终于抓住空隙，向刘邦问起项梁和项羽的情况。

对于项家叔侄，刘邦自然是赞不绝口，夸他们英勇仁义，是可以信赖的好汉，说得项伯眉开眼笑。

宴会就在这样的欢乐气氛中结束了。

当天晚上，项伯悄悄来到张良的房舍中，打算试探一下他的动向。没等项伯开口，张良就已经看出了他的来意。

"项兄，我知道你了解了项家军的动向，在这里已然待不下去了，是不是？”

项伯默然地点头承认，接着又不甘心地说：“张先生，你精通兵法，熟悉战策，不愿意去为我们项家军出力吗？真的愿意给亭长出身的刘邦做厩将？”

这句话说到了张良的心坎上，投奔刘邦十几天来，他始终找不到机会真正了解刘邦的才能。此时此刻，面对项伯的质疑，他一时无言以对。

“张先生，这也不能怨你，刘邦对我等有收留之恩，便是俺项伯也不忍离去。所以特意趁今晚大家不在，前来单独和先生辞行。”

听说项伯要走，张良在席上坐直了身体：“项兄决意要走，我当然不能挽留，唯愿项兄牢记我等义军起事的初心，千万用心辅佐项梁将军，顺天救民，击垮暴秦！”

项伯深施一礼，红了眼眶，但他不想让张良看见，便从齿间蹦出话来：“张先生，当年下邳救命之恩，项伯将来一定要报，就此别过，后会有期！”

说完，他迅疾起身，头也不回地走出院落，一阵脚步过后，已是万籁俱寂。

在这样的年代中，相逢聚散，都只是缘分，今天的好友，或许很快就会各自浪迹天涯，甚至他日就成为仇敌。张良想到这里，忽然感到悲从中来，但他很快厘清了思绪，是时候试一试刘邦了。

第二天，趁刘邦暂时得闲，张良和他单独长谈了一次。

张良先是将项伯离去的消息婉转地告诉了刘邦，没想到，刘邦并没有表现出太多的懊恼和惋惜。他哈哈一笑，高兴地说道：“好啊，希望他们能兄弟团聚，共谋大业。”

张良没想到刘邦心胸如此开阔，不由得暗暗赞叹。随后，两个人的话题延伸到了未来的战略发展态势上。

从进沛县起，张良就抓紧时间，考察了沛县附近的地形，他发现，沛县山灵水秀，却无险可守，并不是什么用兵之处。因此，在他看来，抓紧时间蓄积力量向中原发展才是正事。

不过，去中原的道路并非坦途，首先需要了解淮水流域错综复杂的形势。

为了向刘邦解释这样的形势，张良特意让人准备了一幅地图，铺开在面前，一一加以讲解。

让他吃惊的是，当自己结合黄石公的《太公兵法》，讲解这些战略形势和破解之道的时候，刘邦居然一点就通，像是早就明白了这些道理。比如，张良刚解释完设伏的诀窍，刘邦就能在地图上找到另一处上佳的设伏地点，张良刚谈了谈对渡河作战的看法，刘邦马上就提出新的相关问题。

这种情况是张良从未碰见过的。以前，他也曾尝试着就《太公兵法》和项伯共同研讨，没想到，项伯练武、格斗时都精神奕奕，谈论起兵法战策却昏昏欲睡，这让张良感到索然无味。

没想到，刘邦看似读书不多、学识浅薄，却偏偏在这个领域有着相当高的天赋。张良不由得脱口而出："沛公这样的才能，果然是天纵英明。"

张良从不会刻意吹捧一个人，在他说出这句话的同时，也就确认了追随刘邦的决心。

然而，世间的事情即使是张良这样的智者，也难以预料，很快，一个让他必须做出选择的机会来到了面前。

暂别众人复旧国

······

刘邦接到了一份会盟邀请，而这封邀请来自在薛地驻军的项梁。

当张良终于寻找到认可的主公同时，项梁也确定了新的方向。原来，项梁率兵向北进军薛地之后，正准备大举西进，却听到了陈胜身亡的噩耗。一时之间，项家军失去了战略目标。不久之后，听说秦嘉拥立了景驹成为楚王，在彭城附近开始活动，试图阻挡他们向西进取，于是项梁便决定对这个擅自立王的义军分裂者动手。

秦嘉的部队属于典型的七拼八凑，哪里是训练有素的江东部队的对手，一击即溃，抱头鼠窜。项梁挥军西进，终于攻杀秦嘉，并将其残余部队予以收编，那个被拥立为楚王的景驹，也死于乱军之中。

由于陈胜死亡的消息已经被确认，此时最具备实力的项梁感到自身责任重大，于是，他便广发书信，邀请附近各路友好的义军将领来到薛县，共商讨秦对策。

张良没有想到，刚和项伯分别没多久，两人又很快在薛地相遇。项伯自己也很不好意思，连连对刘邦施礼道歉，说自己不辞而别也是迫不得已。

刘邦却根本不以为意，他嘻嘻哈哈地说笑了一通，项伯脸上的尴尬神情也随之消散。很快，项伯将张良正式介绍给兄长项梁和侄子项羽，尤其称赞了张良如何渊博睿智，如何审时度势，更把当年他在博浪沙刺秦的英雄壮举说了一遍。

张良一边谦逊着，一边观察对面项梁和项羽的气度。但见叔侄两人皆为气度不凡的战将，年老的项梁城府颇深、行动稳重，而年轻的项羽则英气逼人、令人侧目。因此，张良隐隐约约感到，将来中原逐鹿的过程中，项家军绝对不是一支能够轻视的力量。当然，这样的想法，他半点儿也没有透露出来。

当晚，项梁安排了盛情的宴会，欢迎刘邦一行人等。刘邦自然是开怀畅饮，酒到酣处还亲自高歌一曲，虽然声调一般，但气势雄浑，自成特色。

第二天，更多的义军首领陆陆续续来到了薛县，会盟就此正式开始。

项梁忧心忡忡地说道："各位，自从秦失其鹿，英雄辈出，然而，观察最近的形势，各路义军各自为战，如同一盘散沙。而自从秦二世将骊山刑徒全部释放，由大将章邯统领，士气大涨，将义军分头击破。现在看来，形势已经开始对我们不利，大家有什么好办法吗？"

没等大家思考，就有人提出了看法："各位，现在北方的那些新诸侯国，什么齐、赵、魏、燕，其实都只是托名而已，并没有多少实力。项家军战力强劲，而且名门声望、一呼百应，加上项羽将军英勇过人，项老将军更是威震江淮。我看，不如请项将军坐上义军领袖的位置！"

其他义军将领听了，有的沉默不语，有的点头称是。论实力、论名望，项梁确实是实至名归。

突然，在一片赞同声中，传来一位老者的声音："不可，千万不可。"

众人的视线立刻集中到声音发出的源头，在席位中间，站起一位须发苍白的老先生，他鹤发童颜，望去好似世外高人，飘然独立，眼神中却流露出对在座大多数人的不屑。

有人悄悄对张良说道："这位是范增，江东的名士，最近才跟随项梁，颇受重视。"

张良点点头，默然不语，想听这位范老先生接下来的意见。只见他恳切地对项梁施礼，然后不慌不忙地对大家说道："今天，之所以项家军能够纵横江淮，原来的楚国人民也能够鼎力相助，是因为大家觉得项家世代忠于楚国，相信项将军能够复兴大楚。如果现在将军自立为王，又如何服众呢？"

项梁紧跟着说："范先生说得不错，我从来没有为王的想法！"

张良注意到，项梁说完这句话，眼神似有意无意地扫了身边项羽一眼，而项羽却专注地看着范增，似乎被这位老先生辩论的风采所吸引。

得到项梁的支持，范增的言辞更加有力起来，他说："在被秦灭亡的六国中，楚国受的苦难最为沉重。楚怀王被骗往秦国，死于囚禁，楚国上下一向看作奇耻大辱。后来，楚国又为秦军铁蹄践踏，让老百姓们没有一天好日子过。因此，我们所有义军，不妨在项梁将军的大旗下，再找到楚怀王的后人来做楚王，这样，不仅实至名归，而且能够让楚地的百姓奋起响应，到时候我们击破章邯，齐入关中，灭掉暴秦就指日可待了。"

这一次，比起刚才的建议，范增的话引起了更多的热烈支持，甚至有义军首领激动地鼓掌欢呼起来，刘邦也大声称赞叫好。

薛县会盟达成了新的共识，让所有义军看到了新的希望。

寻找楚怀王后裔的事情紧锣密鼓地开展起来，很快，人们找到一位名字叫"心"的孩子，他年仅十三岁，人们找到他的时候，他正一脸茫然地替地主家放羊——甚至当成群的大人们跪倒在面前时，这孩子还吓得紧紧抱起了最喜欢的小羊，以为偷羊贼们已经发展到了明抢的程度。

据说，这个孩子是楚怀王的后代，是真正的楚国的标志。

顺理成章地，放羊娃糊里糊涂地成了楚王，为了让楚国人民感应到这个孩子的存在性，项梁下令，所有人都要称呼他为"楚怀王"。然后，项梁以这位新怀王的名义，将自己封为武信君，将陈婴封为上柱国，都城设于盱眙（今江苏盱眙县）。

这样，项家军无可逆转地成了天下瞩目的义军核心力量。

或许正因为如此，当张良跟随刘邦离开这里的时候，他既敬畏又警惕地看了看身后城墙上飘动的"楚"字大旗，不知怎的，他从此刻就开始担心，项家军迟早会成为自己梦想实现道路上的艰难对手。

此时的刘邦并没有察觉到张良的忧虑，他甚至根本不以为意，觉得谁成为这个核心都不奇怪。但是，张良从离开薛县开始，就陷入了深深的思考中。

他反复问自己这个问题：义军中大部分的构成，都是楚国或者亲楚的力量，但是，你呢，你的韩国呢？

是的，韩国，一个多么熟悉而又陌生的名字。十余年来，张良不愿想，也不敢想这个名字，但随着复仇梦想一步步地接近，犹如外出远行的游子，终究要面对这种近乡情更怯的结局——在推翻秦国的过程中，作为韩国贵族的后裔，却在为陌生的楚国效命。

这是让张良难以接受的现实。

更加让人难过的现实是，连陈余、张耳、周市这些人，都依靠自己的能力，帮助赵国、魏国的王室复国，他张良世代受韩国王室厚恩，却不能站出来为他们复国，岂不是要令天下耻笑？

张良啊张良，难道你真的要为楚国做一辈子的臣子？那么，这和卖国求荣又有多少区别呢？

当然，张良在怀念韩国的思绪中，也加入了自己绵延了十年的情懔。当年，在韩国许下的亲事，始终没有履约。而据张良千方百计得到的消息说，有着婚约的未婚妻，十余年来始终守身如玉、坚决不二嫁，相信未婚夫会回到故国完婚。

无论是于国于家，张良都迫切地希望复兴韩国，这首延续了十余年的亡国恨曲，不应该再继续下去了！

然而，张良终究是理性的，他明白，自己想要复兴韩国，不仅需要让刘邦理解和接受，更要让义军核心项梁同意。而且，考虑到维护整个义军的全体利益，这个复兴的韩国，不能和脱离了反秦大业的齐国、燕国、赵国和魏国这些新诸侯国一样，置身于斗争之外——只有让项梁他们看到这一点，才有可能同意自己的建议。

思考成熟之后，张良来到了项梁的大帐中。

张良开门见山地说出了自己的想法："项将军，您拥立怀王后裔为王，忠肝义胆，上顺天意，下应民心，可以说让我等感动不已。这也触动了我张良的伤心往事，仔细想来，我的祖父和父亲，当年也是韩国的重臣，世代接受韩王的恩惠，如今，所有被秦国灭掉的六国中，只有韩国还默默无闻，未曾复国，这让我一想起来就辗转反侧、食不甘味。更何况，韩国被秦国灭亡最早，众多人民被暴秦蹂躏时间最长，心中的怒火也最炽烈。我听说，目前韩国望族的后裔中，横阳君韩成是最贤能的。如果有人能去韩国振臂一呼，将他立为韩王，号召中原的韩国民众行动起来，那么，不仅我私人的愿望可以得到满足，更能够为江淮活动着的楚国义军建立一道屏障，增添一支盟军。这样做是否适合，还要请项将军定夺裁量。"

项梁听后，很快便答应分上千人马给张良去复兴韩国。

第四章

两军对垒中的润滑剂

项梁之死造就的格局

......

乱世中的人生，永远充满太多的际遇和可能，但冥冥之中，缘分也会让该到一起的，最终都走到一起。而左右人们聚散的力量，永远也不会消亡。

张良和刘邦的再一次见面，很快就在一年后来临，那时，恰巧是秦二世三年（公元前 207 年）四月。

然而，在这短短的时间里，神州大地几乎如同巨鼎中翻腾的沸水，没有一刻呈现安定的局势。

最开始，义军面对的是疯狂反扑的秦军主力。

在大将章邯、丞相李斯之子李由的率领下，由骊山刑徒和边防军组成的秦军主力，扫荡了陈胜残部后，迅速向关东扑去。他们首先攻破了最弱小的魏国，魏王咎被迫自杀，齐王田儋则死于战场上。好在齐国毕竟有充足的战略回旋余地，田儋的弟弟田荣收拾了残兵败将，逃到了东阿城中（今山东聊城东南），固守待援。而其他的齐国贵族们，则陆续前来投奔，他们将战国末期齐国的宗室田假推上王位，又让田角担任相国、田间担任将军，继续维持着处于死亡线边缘的国家。

秦军当然不愿将唾手可得的胜利放弃，他们继续猛烈地围攻东阿城。幸好，虽然项梁厌恶这个平时事不关己、出事就到处求救的齐国田氏，但出于义军的立场，他还是毅然带领主力击破秦军的前锋，暂且缓解了东阿城的压力。

没想到，被解救出来的田荣，根本没想感谢项梁并共同对付秦军，反而转身闹起了内讧——他挥兵猛攻田假，结果，这位"假"王干脆放弃王位，逃到项梁军中。于是，田荣将自己的侄子田市重新立为齐王，自己则成了相国。

项梁对此当然无可奈何，毕竟，现在最大的敌人是秦国，田荣这种小人，只要不来找义军的麻烦，就暂且不去过问。而在解救东阿城的作战中，楚军第一次对阵秦军主力，却获得了战场上的优势，这一点又让项梁油然升起了别样的兴奋和希望——难道，秦军并没有传说中的那样厉害？

的确，经过东阿的战事，楚军士气高涨，而秦军一路攻城拔寨的锐气受到挫伤。从这点来看，项梁的判断没有错。在这样的判断下，他开始部署反击的战役。

在项梁的计划下，一部分军队交给项羽和刘邦率领，去攻取秦军占领的城阳（今山东甄城东南），而主力部队则由他亲自率领，向濮阳推进。

项梁方面的攻势相当猛烈，刚刚在濮阳站稳脚跟的章邯没想到对方这么快就能组织起反击，结果仓促迎战的部队迅速被击溃，秦军很快放弃了濮阳这座战略要地。几乎同时，项羽和刘邦的部队进展也相当顺利，他们攻占了城阳，然后按照项梁的授意绕过定陶，在雍丘突袭秦军，斩杀了三川郡守李由，然后回兵专攻外黄、陈留等地。

听到这样的好消息，项梁当然高兴，他决定自己带主力部队回到定陶，打算趁章邯西撤的机会，拿下这一战略要地。

然而，当全军上下被主帅项梁的骄傲情绪所感染时，厄运不期而至。

在一个风雨交加的夜晚，定陶城中的秦军精心准备，开城偷袭楚军大本营。结果，猝不及防的楚军一败涂地，项梁本人则被彪悍的秦军骑兵所杀。

这个消息很快传到了陈留附近的楚军营帐中。

"什么！你胡说！"项羽一把拎起了前来报信的败兵，怒吼道，"我叔父怎么会打败仗？他从未败过！"

虽然败兵被吓得面无人色，但事实终归是事实。

项羽悲愤地长啸一声，让守卫在营帐外的卫兵也情不自禁地哆嗦了两下。

"传我的军令！"项羽瞪着布满血丝的双眼，长久地看着营帐外黑洞洞的夜色，"全军立即转向定陶，我要屠城为叔父报仇！"

坐在一边的刘邦求助般看向范增，范增虽然也很难过，却不失冷静地说道："将军，武信君是一手抚养您长大的叔父，更是整个义军的领袖。如今，他为国捐躯，悲痛的不仅是您，更是我们整个楚国上下啊。只是，将军您现在最要紧的不是去复仇，而是稳定军心，保存实力啊，千万不能意气用事！"

刘邦也趁机说："将军，别忘了武信君的嘱托！"

这一句话，瞬间将项羽拉回到现实中。他想到自己临行前，叔父千叮咛万嘱咐，生怕因自己的脾气而导致不利，特意让老成持重的范增做随军的谋士，并劝他一定要凡事多和范增商量。

想到这里，项羽又是一声怒吼，颓然跪倒在席上，两行热泪滚滚而下。

看到项羽不再固执己见，刘邦不由得长出一口气，再看范增时，老先生却已经去吩咐偏将们，全军星夜拔营返军，回往彭城。

原本顺利的西征，因为武信君项梁的突然阵亡，而全面停顿，各条战线上的诸将也先后退回到彭城，连楚怀王也被人接到这里，共同商讨下一步的计划。所有人一致同意，接下来应该是重振士气，让因为项梁之死而遭到打击的楚军尽快恢复正常。

但是，军不可一日无主帅，当务之急是，谁来接替项梁的位置。

如果从项家子弟兵的意见来看，项梁战死，那自然应该是项羽接替，项羽经常和将士们一同在前线出生入死，连用餐也是同一个大锅中抢勺子，平易近人而不怒自威，因此在普通将士中有着莫大的威望，然而，此时的义军并非单纯是一支军队，更是一种政治实体。

按照众人相互平衡斡旋之后的意见，新的权力格局产生了：以楚怀王的名义，封项羽为长安侯，号鲁公，率领所部驻彭城以西；封刘邦为武安侯，担任砀郡守，率领所部驻扎砀郡；封大将吕臣为司徒，率领所部驻扎彭城以东。另外，楚国的临时都城被义军将领们迁到了彭城，让吕臣的父亲吕青担任令尹，以怀王的名义来直接节制驻扎彭城的项羽和吕臣。

很快，楚军从作战不利的情况下，获得了及时的收缩和调整，士气面貌焕然一新。

但这一切，章邯并不知道。在项梁阵亡之后，章邯获得的消息是楚军已经全面败退，和幕僚商讨之后，他决定率军北渡黄河，攻打赵国。

对于章邯来说，这也是必然的战略选择。因为相对于远在江淮的彭城来说，紧挨在函谷关以东的赵国，才是咸阳的心腹之患。

此时，赵国的国王是前赵王室的后裔赵歇，而掌握军权的，则是以前陈胜的旧部陈余和张耳，他们俩分别担任将军和相国，在信都（今河北邢台市）维持着政权的独立。

强大的秦军渡河之后，迅速攻占了邯郸，为了防止以后围绕这个城市再发生争夺战，章邯下令，立即将所有尚存的百姓迁往河内郡（今河南郑州西北），然后将整个邯郸城化作平地。

这样，信都的门户尽失，已经直接暴露在秦军的铁蹄前了。张耳、陈余感到形势不妙，他们很快放弃信都，退守巨鹿。

巨鹿，古名大麓，远古时期就是兵家必争之地，有着重要的战略地位。但是，此时困守这样的要地也不是办法，因此，赵王和相国张耳守在城中，而将军陈余则向北收拾兵力，准备对抗秦军。

当陈余返回巨鹿时，他突然发现，自己辛苦收编的几万人，可能派不上什么用场了。原来，章邯在扫平邯郸城之后，下令让大将王离与涉间继续前进，包围巨鹿，而他自己则在巨鹿以南，开拓道路、运输粮草，供应前锋以方便长期围城。因此，陈余只好在城北远远扎下营寨，然后派出使者，四处求援，请求燕、齐、楚诸侯援救。

燕国和齐国此时已经明白，如果再坐视不理，最终将唇亡齿寒。他们很快派来了援军，但看到秦军那铁桶般的围城阵势、坚实的粮草供应路线，深知秦军此战势在必得，于是，他们也就按照次序在陈余营垒的旁边驻扎下来。

最后到来的，是项羽的楚军。当然，如果这样的话被一个人听见，他会相当不满。这个人就是楚军将领宋义。

按照众人的意见，楚军的上将本应是项羽，但楚怀王不知道听了谁的"建议"，特地任命资格较老的宋义作为主将。一方面，怀王考虑的是项羽威望发展太大，不利于各部队之间的平衡；另一方面，他也听说当时项梁的失败，也是因为没听说宋义的劝告。

因此，严格来说，宋义才是楚国援军的主将，项羽纵然再勇猛果敢，也只能屈居其次，当然，怀王没忘记，让范增作为末将相随，以便约束这个性如烈火的年轻人。

同时，还有人提出，趁秦军主力章邯被吸引在巨鹿城下，不如另选一支部队，向西前进，出其不意地向咸阳进发。

楚怀王欣然同意，但问题是，选谁呢？他马上想到了刘邦。

比起其他将领，刘邦似乎显得没有多少特色——作战方面，他的部队决不懦弱，但也谈不上多么勇猛精锐；政治方面，似乎这个小小的亭长也没多少兴趣，从没见过他四处活动。

但刘邦最大的特色，是他的仁爱。每次攻略一地，刘邦必定最早出现在民众当中，安抚他们的情绪，关照他们的生活，真心诚意地和他们载歌载舞，庆祝脱离暴秦的统治。

这样的刘邦，即使占领了咸阳，也应该会传播我大楚的美名吧，更重要的是，他一定会保护我的人身安全。

带着这样的想法，少年聪颖的怀王暗自决定了西进的人选。

破釜沉舟的惊艳之战

......

秦二世二年（公元前 207 年）九月，部署完毕之后，楚军即将分成两支分头前进。

在誓师大会上，怀王命令自己身边的人传递了这样一条命令："不论哪支部队，只要完成自己的军事任务，都可以向西攻打咸阳，先入咸阳者，即可为关中王。"

直到听见这条命令，项羽的脸上才多云转晴。本来，有了宋义这样的上级，再加上刘邦地位的迅速上升，让他内心老大不痛快。现在怀王说出这样的诺言，项羽感到犹如被注入一针兴奋剂，浑身上下都充满了无从发泄的气力。

然而，这种兴奋的状态，很快被冰冷的现实打破了。

当北上的楚军走到安阳（今山东曹县东）的时候，宋义下令，全军就地安营，原地驻防休息。

项羽起初并没有意识到问题，但当部队休息了四十多天的时候，他终于发现事情不对了。项羽决定去找成天在营帐中饮酒作乐的宋义。

"如今，秦军围攻巨鹿，赵国已经危在旦夕。我们既然答应救援，就应该立刻率军强渡黄河，与赵军里应外合，打破秦军的包围才是。将军为什么在这里耗费时间，每天只是饮酒？"

宋义摸摸胡子，轻瞥了下项羽，带着讽刺的笑意说："你上战场多少年？我跟随你叔叔作战的时候，你好像还是个毛孩子吧？如今，秦军要攻打赵国，如果赢了，也会因此疲惫不堪，那么我就果断出兵以逸待劳；如果败了，我们正好一鼓作气，向西追击进入关中。所以，本将军的计划是让他们先拼个你死我活，然后再坐收胜果。这样的计谋，你当然想不到了！怎么，你擅长在战场上冲锋，还要来做本将军的主吗？"

项羽被宋义这样一顿训斥，气得脸色忽红忽白，低下头，强迫着自己保持冷静，然后大步走出了主营。

带着醉意的宋义看见项羽一脸不服气地甩门而出，心头也燃起怒火来，他马上让传令兵谕告全军："军中将士，即使勇猛如虎、斗狠如羊、武艺超群者，如不从命令，也一律斩首！"

这道命令马上传遍全军，一同传播的还有传言：项羽和宋义将军不和！

项羽怎么也没想到，自己和主将在想法上的差异，居然变成了全军上下都知道的赤裸裸的军令威胁。他气得独坐帐中，谁都不见。

而此时的宋义，显然早就忘记了这件事。他根本不理睬楚怀王不断的催促，却加紧和驻军所在地的齐国势力进行勾搭。齐国丞相田荣看到宋义手下有如此强大的军队，乐得巴结，就主动表示，想请宋义的儿子宋襄去齐国担任相国。宋义当然高兴万分，于是亲自将儿子送到了无盐，并在那里举行了盛大的宴会款待田荣。

此时，已经是年末时光了。冷风刺骨、三九严寒，部队中的士兵们衣着单薄、怨声载道，巡视军营的项羽看到这样的情况，气愤地和手下将士们说："我们本来是承担着救援赵国的使命而来的，可是，现在宋义这个老儿，不敢带兵渡河，自己整日饮酒，还说什么坐收渔翁之利。如果虎狼之秦并吞了赵国的地盘和军力，再来进攻我们，我们又有什么好处呢？我看，宋义这个家伙，违抗怀王命令，一定是心怀不轨！"

将士们纷纷赞成项羽，有人说道："项将军，我们本来就是跟项梁老将军起事的，现在您说怎么干，我们就怎么干！"

就这样，围住项羽的人越来越多，群情激奋，难以抑制。项羽看见士气高涨，于是转身，向宋义的营帐中走去，一边走，一边大声说道："请宋将军出兵救赵！"

"请宋将军出兵救赵——"应和他的，是更加整齐响亮的将士吼声。

这吼声震动了全军，也震动了正躺在卧榻上醒酒的宋义，他跳起身来，正好看到全身披挂的项羽带着士兵们闯了进来。情急之中，他口不择言地说道："项羽！你，你，难道你不要命了，想要违抗军令？"

这句话一下提醒了项羽，他大声喝道："宋义老儿，今天，我就要你的命来发令！"

宋义吓得浑身一哆嗦，耳旁凉风一过，头颅已经被项羽手中的佩剑结结实实地斩下。项羽一手提起这颗脑袋，大步走到了帐外。

看见主将被杀，刚才还在群情激奋的将士也被吓呆了，谁都不敢说话动弹。

项羽面不改色地说道："各位将士，宋义私通齐国，背叛我大楚，按兵不动，违抗怀王命令。我已经奉怀王的命令，将他处死！"

如雷般的吼声，嗡嗡地扫过人们的头顶，震得前排的士兵耳中作响。虽然大家知道根本没有什么怀王的命令，但他们原本就不满宋义的胡作非为，加上对项羽的威武充满敬佩，所以纷纷跪下，表示愿意服从指挥。

项羽见军心已定，于是，坐到宋义原先的位置上，开始掌管大局。他一面派出轻骑，去斩杀宋义已经送往齐国的儿子宋襄；一面派人将事情经过报告给怀王。很快，怀王的命令下达了，项羽被封为上将军，同时还统领英布和蒲将军手下的两支义军。就这样，项羽不仅取代了宋义，还成了北路楚军的主帅。

接到命令后，项羽遍示三军，正式行使指挥权。他首先派出英布和蒲将军率领各自部下作为先头部队，横渡漳水去巨鹿策应，然后自己带领部队也向前开进到漳河南岸。

此时，英布和蒲将军的部队已经到达漳水以北，他们在那里建立了初步的滩头阵地，并小有胜利。但以楚军目前的实力，还是无法解决巨鹿外围强大的秦军。

经过对形势的观察，项羽认定，秦军劳师远征，而且在巨鹿已经围困了数月，势头显然不如一开始那样强劲。如果能够鼓舞起楚军的士气，一战击破，那么，在巨鹿以北作壁上观的诸侯们，也一定会行动起来，带着捡拾战功的目的加入作战。

由此，项羽下定决心：破釜沉舟，一击破敌！

项羽传令，让将士们带足三天口粮，然后砸碎所有行军做饭所用的锅。这条荒谬绝伦的军令，让楚军将士们再一次陷入了疑惑和惊恐中。

大概看出了所有人的怀疑，这一次，项羽没有等人提出问题，就主动站到军营最高处的检阅台上说道："没了饭锅，我们才能轻装渡河，尽快击破秦国！至于吃饭，让我们战胜秦军，去他们那里找饭锅吧！万一此战失败，我们也都无生路，还要饭锅做什么！"

说完，项羽从勤务兵手中夺过自己的行军锅，向空中轻轻一抛，当那口锅带着弧度摔到地上并碎裂成几块之后，楚军全体将士不由自主地发出了怒吼。在这山呼海啸般的怒吼中，一口口行军锅被接二连三地摔碎了。

当士气高涨、怀着必胜之心的楚军主力渡过了漳河之后，项羽再次传令，将渡船全部凿沉，然后烧掉所有行军营帐。

面对着缓缓下沉的船只，在伴随黑烟、漫天飞舞的营帐碎末中，楚军主力达到了潜力尽出的状态！

人的潜能一旦迸发出来，是寻常力量所无可比拟的。更何况，秦军此时的确已经被长期围困战拖得锐气不再。与此同时，英布和蒲将军的部队又夺取了秦军用来运送粮食的甬道，秦军大将苏角被杀，更是让秦军惊恐万状。

因此，当如同战神附体一般的项羽一马当先，冲入秦军营地、连斩数将之后，秦军的阵线很快开始松动。而紧跟项羽掩杀而来的楚军将士，则个个争先、奋勇厮杀，如同一支挟带着死亡旋风的鬼神部队，将复仇的烈焰喷向勉强支撑的秦军。

烟尘滚滚，杀声震天。激战半日后，项羽的主力已经完全断绝章邯和王离两军之间的联系。

援军方面，尽管章邯传令的声音已经嘶哑，负责前线攻击的将领也亲自上阵，却始终打不开一条至关重要的增援通道。

而压力更大的是负责围困巨鹿的王离部队，他原本仗着围城秦军人多势众，根本没有把渡河而来的楚军放在眼中。没想到，楚军的攻击力连他都前所未见，更不用说手下的部属了。虽然王离不断地督促秦军奋力作战，但在接下来的两天之内，秦军不断被楚军在各个薄弱的地段所攻击，吃了九次败仗。整个巨鹿的包围体系已经大为动摇。

看到这种情况，巨鹿城中的赵军也开始派遣部队，从背后加以攻击。

而几乎与此同时，守候已久的诸侯纷纷做了战前动员，然后挥军南下。转瞬间，原本看似滴水不漏的包围圈崩溃了。战场上，到处都能看见秦军横七竖八的尸体、破败不堪的战旗，血水染红了漳河，黄沙遮蔽了阳光……

当巨鹿城周边重新回到义军手中时，项羽已经连续三天没有脱下铠甲了。他疼惜地抚摸着胯下乌骓马的鬃毛，缓缓向已经在巨鹿城下扎起的楚军营帐骑去，他看见，那里密密麻麻跪倒了一群人。

其中，有赵国的陈余、张耳，有着燕国的臧荼，有齐国的田都、田安，有魏国的魏王豹和韩国的韩王成……

项羽并不认识这些人，只是看到他们身后远远低垂着的将旗，他甚至连想好好端详下这些曾经坐看赵国被困的"战友"们也不行。

因为，这些人的脸，已经快要匍匐到黄土中去了。他们一个个垂头跪拜，称赞着项羽的英武。

有人说："恭喜项将军，秦将王离已经被我军擒获，献给将军！"

有人说："恭喜项将军，秦将涉间被我军包围，已经举火自焚了！"

看着这一幕，听着杂七杂八的表功声，项羽不禁想象这帮人拥挤壁上，观看楚军奋力搏杀的场面，不禁浑身抖动起来，伴随着这兴奋的抖动，人们耳边传来了他摄人心魄的仰天大笑。

这一刻，他注定将成为神话！

重遇刘邦，一心报知己

······

和出发时项羽的复杂心情不同，刘邦并没有花费精力去揣测别人的心思，他坦然地接受命令，带着自己上万人的队伍，离开彭城向西而去。

一路上，由于沛公广纳贤士、知人善用的名声，加上他对各处百姓的仁慈，不少曾经被秦军击败过的部队前来投奔他。这样，"刘"字旗下的部队仿佛滚雪球一样，越来越大。其中，著名的有昌邑起兵的彭越，他和刘邦曾经共同围攻过昌邑城，对刘邦的人格魅力赞不绝口，深深敬服。后来，他们又在陈留碰见了一位六十多岁的狂生郦食其。

这位郦食其可不是一般的书生，他家境素来贫穷，又不愿意轻易投奔任何一方势力，只是嗜酒如命，因此人送外号"高阳酒徒"。不过，郦食其心智过人、谋略和口才俱佳，在表面上的疏狂之下，他时刻在寻找可以贡献自己力量的平台。

郦食其看到刘邦的第一句话，就彻底地激怒了对方："沛公啊，你是打算帮助暴秦攻打诸侯，还是想率领诸侯攻打暴秦？"

刘邦正大大咧咧地让侍女给自己洗脚，一听这话，破口大骂道："你这个书呆子，真是岂有此理，我沛公岂会帮助暴秦攻打诸侯？"

"既然这样，你为什么会这样傲慢地对待一位长者呢？"郦食其眯缝着眼睛，摇头晃脑地继续说道，似乎是在说醉话。

刘邦一听，马上察觉到自己的不对。之前，他结交的是樊哙这样的勇猛之士，敬仰的是张良这样的贵族后裔，利用的是萧何、曹参这样的精干人才，但现在他才发现，将来要成大事，少不了郦食其这样的狂生。

就这样，刘邦在向西的路程中，不断地为自己的营帐中增添新的力量。而此时，刘邦的兵锋，也和张良手下的部队相距不远了。

其实，在这一年内，张良也关注着秦军和楚军之间的战事，但自己实在无法抽身相助。他率领上千人马进驻到旧时的韩地，辗转发展于颍川附近，逐渐壮大起来，开始约束和牵制秦军。张良虽然想入关进攻，但实力不足、补给有限，而抢占的土地，又经常被秦军夺回，结果，恢复韩国的梦想，看起来依旧遥遥无期。

无论如何，听到沛公进驻陈留、攻略开封的消息，张良还是相当高兴的，他立即带领亲信，迅速来到了刘邦的大营中。

和刘邦的队伍分别一年多，张良发现这里增添了许多新面孔，好在樊哙、萧何、曹参、夏侯婴这些人还是那么熟悉，纷纷围上来问这问那，樊哙更是高兴地四处大嚷："这下好了，俺们又有军师出谋划策了！"然后被刘邦狠狠瞪了两眼，方才有所收敛。

　　张良倒是很欣赏樊哙这样的直爽，所以并不见怪。寒暄几句后，他转移话题说道："沛公打算继续向西用兵？"

　　"是啊，"刘邦想了想，说道，"我打算和兄弟们先拿下开封，然后再向西进取。"

　　张良略微沉吟后说："据我所知，开封城防坚固，难以在短期攻破。而且，我认为目前应该尽力消灭秦军的主力，倒不应过于执着于区区城池。"

　　"哦？那么，依张先生的看法呢？"刘邦谦虚地问道，这一路来，他感觉自己听到的太多都是"沛公仁德""归顺沛公"之类的赞美话语，像郦食其那样的人已然是极少数，而张良这样能提出不同战略看法的，更是屈指可数。

　　张良继续说道："按照我的看法，不妨用少量军队围住开封，虚张声势，但并不强攻。这样，龟缩于开封以西的秦军，必然会前来救援。"

　　"是不是等他们全部进了开封再一网打尽？哈哈！"背后又传来樊哙粗放的声音，然后是萧何"嘘——"声的制止。

　　刘邦朝那个方向瞪了一眼，说："樊哙，你这个屠夫，什么时候能长点脑子？张先生的意思，必然是半路设伏，截击秦军主力！"

　　"正是！"张良点头称善，众人也齐声说好。

　　就这样，刘邦将部队安排在开封四周，摆出了强攻围困的意思，而暗地里却将主力部署在开封附近的白马（今河南滑县南）。果然，不出张良预料，秦将杨熊认定刘邦主力围困开封，立刻领兵向东试图解围，在白马附近，遭到刘邦全军突袭，惊慌失措的秦军无法抵挡，向曲遇（今河南中牟）溃败。不久后，义军在曲遇追上秦军，再次将其打得损兵折将。

侥幸捡回一条命的杨熊，只好带着残兵败将败退荥阳，没想到，在战场上逃了出来，却最终逃不过秦二世的怒气。没多久，杨熊就接到了赐死的命令——秦二世已经对这种不断的败退忍无可忍了。

这是刘邦在西征路上所获得的最大胜利，全军上下兴高采烈，张良一面提醒樊哙他们让手下的将士注意警戒，一面建议派出探子打听巨鹿的战事情况。

不久之后，北方的消息就传到了刘邦帐下。巨鹿一战，大大鼓舞了其他诸侯的士气，也让他们感到楚军的威猛，干脆宣布听从项羽指挥。在接下来的战斗中，秦军全线崩溃，秦将王离被活捉，涉间自杀。

听到这个消息，张良感到局势急迫，他让探马再去打听，然后对刘邦说道："沛公，现在形势开始明朗了，在我看来，章邯支持不了多久，失败或者投降都是这几个月的事情了。如果您无法加快速度向西入关，那可就……"

刘邦表面上从来不会显露焦急神色，但只有在张良面前，他才不掩饰自己。于是，他喝退左右，然后诚恳地求教说："先生有什么良谋能教我呢？"

张良说："现在，我虽然不曾占据什么城池，但毕竟都是韩国旧领土，加上这一年来我和韩王的活动，让这里民心思变。如果沛公同意，那么我愿意作为先导，劝说韩人拿起武器，为沛公而战。"

听到这个消息，刘邦当然喜出望外。

张良果然没有说错，很快，辕辕、颍阳等韩国故城，先后被刘邦一一拿下。而此时，赵国的将领司马昂开始试探性地想要渡过黄河，进入函谷关，听说这个消息的张良，立即建议刘邦加以防范。

在张良的谋划下，刘邦转而向北进兵，拿下了黄河的孟津渡口，断绝了司马昂入关抢功的谋划。

看到自己连战连捷，刘邦的野心迅速膨胀起来。他喜不自胜地告诉张良，自己已经决定，要沿着黄河一路西进，攻克函谷关，进入关中。

对刘邦这样兴头上的想法，张良自然不好反对，于是报以沉默。这样的态度反而让刘邦更加确定，于是他挥军直攻洛阳，却在城东被秦军击败。

这一次失败虽然不致命，却让刘邦军损失了不少军用物资，也正是这样的失败，让处于高涨情绪中的刘邦获得了最重要的冷静机会。当他重新获得了应有的理性之后，想到张良当时的沉默态度，更感到张良的重要。

刘邦自己尚且如此，更不用说萧何、曹参、樊哙这些人了。

就这样，不仅刘邦自己看重张良，全军将士们也纷纷传说起张先生的才能来。借着这个势头，刘邦向张良说道："入关的战事想必更加复杂，我军中不可没有先生，如果不嫌弃，就请先生暂且和我一同入关吧。"

张良也发现，自己和刘邦的相处，如同鱼水一般配合默契，全然不像之前和韩王成那样，总是相互难以理解。于是，他将自己的部队留给韩王，告别了自己新婚不久的妻子，打算辅佐刘邦先入关再说。

既然主意已定，张良建议说，不要从西直接进入函谷关，而是向南迂回，通过辕辕关、武关，攻击咸阳。刘邦对此欣然同意，因为他也看出，在西进的道路上，秦军准备了顽强的抵抗力量，不是一时半会就能击破的。

于是，刘邦首先回军阳城，在那里，夺取了将近四千匹军马和大量的兵器。

接着，刘邦又击败了南阳郡守吕齮，拿下了辕辕关。吕齮看见形势不对，干脆仓皇逃窜到宛城（今河南南阳），凭借多年来修建的坚固城防，固守待援。

宛城壁垒森严，城墙高大，一时难以攻破。刘邦在城下也不免急躁起来，如果说，一开始只是抱有一点点希望，那么当胜利越来越近的时候，即使是天不怕地不怕的刘老三，此时也不能不动摇了。于是，在某天夜晚，刘邦根本没有同张良商量，就宣布全军撤离宛城，西行向武关进攻。

张良知道这个决定后，并没有马上加以阻止，他知道，在兴头上的刘邦，不会那么轻易地掉头。

跟着部队走了一个时辰左右，张良感觉时机差不多了，于是便纵马追上了刘邦。

"沛公，你真的打算就这样入关，是不是忘记了什么？"

马背上，刘邦侧过脸来："你说的，是我忘记了的宛城？"

"的确如此啊，"张良在马背上欠了欠身说道，"沛公，关中秦军的实力是否雄厚，尚未可知。但是关中的艰险是天下闻名的。如果一旦放掉了宛城贸然西进，万一在关内遇到阻碍，撤退又碰上宛城这样的钉子，前后夹击，我们该如何自处呢？"

刘邦突然勒住缰绳，战马陡然停了下来，让他的身子晃了两晃。

刘邦却忘我地一拍大腿，说："先生，你又救了我一次！"

闯关要靠头脑和舌头

......

同一时间的宛城，正处于从天而降的喜悦中。

从夜里子时不到，探子前来报告，说刘邦忽然全军撤退开始，郡守衙中就呈现出一股喜气洋洋的局面。吕齮带头脱下了甲胄，瘫软座席上，让仆人给他按摩放松，还留在宛城的几个偏将则接连前来祝贺，说是吕大人英武善战，独守孤城，居然吓跑了反贼，皇上不日必然有厚重赏赐云云，说得吕齮甚为受用，挥挥手示意他们退下，然后在婢女的服侍下宽衣解带，倒在卧榻，眼睛一闭，很快就进入了梦乡。

还没等吕齮从梦中的高官厚禄中清醒过来，榻前惊慌失措的仆人就摇醒了他："老爷，老爷，不好了，反贼刘邦又杀了回来！"

吕齮半晌才清醒过来，他一骨碌坐了起来，摘下榻前的宝剑，对仆人大声叫喊说："什么？哪里的谣言？"

"真不是谣言，大人，城外又被刘邦的反贼围得水泄不通了……"仆人绝望地哀号道。

"这……"吕齮颓然地坐下，佩剑也无力地从手中滑落，在地砖上发出清脆的响声。他知道，宛城虽然坚固，但守军的战力已经快要告罄，很多战士已经两天两夜没有合眼。如果刘邦的军队再来上几波攻击，这座城池必然要更换主人了。

正当吕齮无计可施时，窗外传来了声音："郡守且宽心。"

走进来的人，是郡衙中一个叫作陈恢的小吏。吕齮平时对他不薄，因此，直到此时，他依然留在宛城中，没有像其他小吏那样趁机溜走。

陈恢对吕齮像往常那样施礼完毕，然后用劝说的口气说："将军，您已经完成了臣子应该做的事情，如果现在继续抵抗下去，无非是个死。死虽然对将军来说轻而易举，但也未免过于轻率了。秦二世暴虐无道，我们何必要为他卖命呢？我听说，沛公刘邦素来宽厚仁义，连韩国世代贵胄出身的张良都归顺了他。您不如带领我们归顺他，这样，既保全百姓，又可以保全自身。如果万一不准降，我追随您共同赴死也不晚啊。"

吕齮听完这番话，长叹一声，说："你去安排吧。"

就这样，抓住刘邦部队发动猛攻之前的时间，陈恢急急忙忙地让人用大箩筐将他放下城墙，要求面见刘邦和张良。

张良听说城中有人出来，拊掌微笑说："沛公，投降的使者来了啊！"然后附耳对刘邦说了几句，刘邦点头会意。两人便一同转到帐前。

一见刘邦和张良出来，陈恢立刻不卑不亢地说了起来："沛公，我听说楚怀王和您事先有个约定，说是谁先打进了咸阳，谁就可以做关中之王。将军何必非要占领宛城呢？我为您打算，不如接受宛城的投降，让宛城的官吏们官任原职，让商户百姓各自安守本分，然后，再把宛城的兵士全部编到您的队伍中，一同西征。这样，其他的县城看到宛城这样被保全，官吏们的性命职位都安然无恙，自然也会开城迎接了。到时候，将军就可以兵不血刃，拿下咸阳了。"

"嗯……"刘邦沉吟着，似乎还有点儿不甘心。

"沛公，这倒不失为一件好事，"张良提醒道，"刚才，您不也在思虑是否要给宛城上下一条生路吗？"

这句话让刘邦马上想到刚才两人的密谈，张良劝他一定要接受投降，于是便威严地说道："既然郡守吕齮有这样的想法，为什么不自己来？只要他能真心投降，我便同意。"

陈恢诺诺而去。

吕齮听到这样的承诺，大喜过望，所谓忠诚这张窗户纸一旦被戳破，剩下的也就是对生命的渴望甚至对新的前途的憧憬了。更何况，秦二世这样的皇帝，实在让人无法忠诚。

时间不长，宛城四门大开，吕齮亲自带着所有人鱼贯而出，跪倒迎接刘邦。刘邦也不傲慢，亲自下马将他搀扶起来，宣布封他为殷侯，封陈恢为千户，让他们继续在宛城进行管理。

几天后，刘邦见宛城的局势已经基本稳定，于是宣布出兵，继续西征。

果然不出张良所料，看到吕齮献出宛城不仅没有危险反而加官晋爵之后，不少秦军将领开始动摇。很快，高武侯戚鳃、襄阳侯王陵在西陵地区归顺，番君将梅鋗也在胡阳地区率部队加入，汉中、武关相继攻陷……这样，刘邦不仅增强了自己的实力，也消除了自己进攻关中的一切后顾之忧。

当刘邦的部队来到武关（今陕西蓝田县东南）关下的时候，已经是秦二世三年了，此时，离刘邦受命于楚怀王出兵，已经过了十个月左右的时间。

可以想象，项羽那边一定也在加快步伐，他很快就会一路向西，打下函谷关，然后进入咸阳了。按照现在的两军形势来看，这对于项羽仅仅是时间的问题。

时间，时间，一切都必须要围绕时间说话。

刘邦看着营帐中滴答作响的漏壶，感到脑子都要想空了，究竟怎样才能拿下面前这易守难攻的峣关呢？

很自然地，刘邦想到了十几天前，正是在张良的谋划下，自己才率领周勃、灌婴等将领，一举偷袭武关（今陕西丹凤县东），并得手。武关、潼关、萧关和大散关共同被称为旧秦国的四大门户。正是武关的攻破，让刘邦看到了率先进入咸阳的希望。没想到，关中居然还有峣关这样的要塞，看来，秦国的强大，真是有其道理啊。

刘邦不耐烦地看看漏壶，叫了一声："来人！"

帐外的卫兵立刻大踏步走进来，拱手施礼说："主公有何吩咐？"

"请张先生过来。"刘邦不耐烦地命令道。自从入关以后，他觉得更需要随时和张良商量对策。

很快，在侍卫的陪伴下，张良衣袂飘飘走进刘邦的营帐中。随着战事转守为攻，张良也恢复了自己长期保持的导引辟谷的气功练习。今晚，他终于拟定了计划，打算抽空吐纳运作一番，以便养精蓄锐，没想到刘邦难以入眠，急于获得指点，自己正好可以将计划和盘托出。

实际上，张良前几天也有着和刘邦目前相同的烦恼。他知道，越是在这种胜利即将到手的情况下，危险就会变得越大。峣关这个关隘，占据着峣岭和贵山两道山脉，是整个荆州到南阳盆地连接黄河流域关中的交通要道，可以说是咸阳不折不扣的最后屏障。此时，咸阳城内虽然人心浮动，但峣关里布置的重兵防范之严密，也可想而知。

而咸阳城中发生的事情，多少对峣关守军也有影响。

此时，丞相赵高听说各路义军不断推进，已经惊恐万分，为了缓和紧张的局势，他早在数月前就杀掉了秦二世，并拥立二世的侄儿子婴为秦王，甚至还派出使节，想要和刘邦谈判，以平分关中土地来换取刘邦停止进军。当然，这一套，刘邦是不可能理睬的。

正当赵高一筹莫展时，他亲手扶植上台的子婴反而将其杀掉，然后增兵加强峣关的防守，企图真刀实枪地阻止刘邦前进。

一面是秦王朝的垂死挣扎，一面又是项羽的步步逼近，在这样的情况下，刘邦的压力之大，张良不用问也能知道，否则，他也不会星夜相邀了。

侍卫自觉地退出去后，刘邦马上恳切地问道："张先生，您是否已经成竹在胸了？"

张良说："沛公，峣关的确属于天险，不可强攻。我听说，峣关的守将是屠夫的儿子，可想而知，这样的人必然容易贪财。沛公不妨用重金加以引诱，然后再陈列疑兵加以威胁，这样，峣关就能唾手可得了。"

刘邦听闻之后，顿时转忧为喜，在烛影有节奏的摇动中，两人密谋的身影映衬在营帐布幔上，直到深夜。

第二天，刘邦传令，让夏侯婴带兵，在山头上插满旌旗，以此展现雄壮的兵力。同时，又派出能言善辩的郦食其，带着营中一路征战所俘获的财宝，去关中劝降。

正如张良所预料的那样，秦军守关将领并没有多少坚守的决心，看到这辈子都没见过的财宝，果然动心。再听说关外到处都已经是义军，便知道抵抗下去最终也没什么好的结果。于是，在款待郦食其以后，让已经醉醺醺的他回去禀报，说愿意立刻献出关隘，和刘邦联军，向咸阳进攻。

刘邦听完郦食其酒气冲天的报告，感到非常高兴，提起笔来，就准备写信答应其要求。

张良摇手说道："沛公不可。"

"怎么……"刘邦一脸疑惑地看着张良，言下之意是，劝降是你，不可也是你，究竟还有什么高招？

张良看了看同样困惑的樊哙、周勃他们，解释说："各位，不要把事情想得太简单了。这个秦将，贪财好利，所以才会暂时同意和我们联合。但是，守关的下属、兵士们，恐怕不会这么轻易顺从。依我的看法，不如趁他们现在松懈和内乱，发起进攻，就能将守军完全歼灭，将峣关牢牢抓在我们手中。"

这个意见犹如一枚石子丢进原本安静的池塘中，很快，刘邦面前的文武手下，就开始激烈地争论起来。

进入咸阳后何去何从

......

刘邦无论如何也没有想到张良会提出这样的意见，他马上就表示了自己的反对："不，不，张先生，你怎么能教导我这样去做呢？守将既然已经宣布投降了，那些普通的士兵怎么会不爱惜生命，而贸然反抗？再说，攻打已投降的军队，这个实在说不过去啊。"

同样，萧何、曹参他们也支持刘邦的意见。

不过，武将们倒是站在张良这一边，樊哙高喊着："什么投降不投降？爷爷我就看不惯这样的孬种！"

周勃也站起来说："主公，守关的士兵，大都是关中人氏，的确，他们虽然不一定愿意和暴秦一起覆灭，但是，对我们这些远道而来的外来部队，他们就一定会欢迎吗？如果我们和他们一块儿进入咸阳，情形发生变化，他们的手中有锋利的戈矛，部队中有严密的建制，那么对我们可是天大的危险啊。"

周勃也是刘邦的同乡。最初，他只是个在沛县编织养蚕器具的手工师傅，后来，在刘邦手下表现得智勇双全，先后在攻打丰邑、砀县、下邑时，立下了汗马功劳，被刘邦封为帐前的五大夫。在西征之前，周勃被任命为虎贲令，主管警卫任务，也常常对攻城略地发表自己的看法。

最终，由于武将们一致赞成张良的意见，刘邦便改变了和降将联合进攻咸阳的打算。

当天夜里，周勃按照张良的建议，率领一支精兵，偷偷从贵山上翻越过去，找到了一条小路，从背后摸上了峣关。猝不及防，秦军被击溃，那位投降的将领也被杀，财宝一件不少地又回来了。

这样，最后一道门户终于被打开了，刘邦率军顺利地占领了蓝田县，在这座县城以北，就是这次西征的最后目标——咸阳。

"蓝田日暖玉生烟"，这是许多年以后描写蓝田最著名的诗句。而现在，刘邦眼中的蓝田，俨然是他通向制霸天下的跳板。

蓝田，位于灞河的上游。灞河，则是渭河重要的支流。

在这座城市以南，是难以翻越的蜿蜒秦岭，而在其北面，则是一马平川的渭河平原。更重要的是，在其西，则是进入关中的必经之路。

正因如此，刘邦此时内心的激动，也就完全能够理解了。

这位曾经的小小亭长，像白手起家的行商那样，本小利微，却能卓绝坚持，最终站到了大秦的国门之外，绝对是时代导演下的励志奇迹。

更何况，这样的大秦国门，曾是上百年无人攻破的。

因此，在略微休整了两天之后，刘邦传下命令："全军移驻灞上！"

张良听出来，之所以叫"移驻"，而不叫"攻打"，是因为刘邦相信，咸阳城里上下已经没有什么抵抗意志了。

事实也的确如此，虽然咸阳附近还有着不少秦军力量，但由于之前张良的妙策，沿路的秦军早已被刘军的神速惊呆了。

更不用说咸阳城中那位年轻的子婴了。刚刚接手皇位四十来天，犹如一团乱麻的时局问题就放在自己面前，子婴原本就够头大的了。而在听说刘邦进军灞上之后，子婴突然发现，这个皇帝游戏要是再玩下去，就不是大秦有没有天下了，而是自己有没有脑袋了。

时局问题成了性命问题。

子婴同时发现，绝不是他一个人这样想。

这几天来，入宫面见他的文武群臣越来越少，有人称病，有人告假，有人上书要告老还乡。即使那些能勉强站到自己面前的大臣，也一言不发，默然不语。

子婴觉得，内心的最后一点自信，被周围冷酷的现实迅速吞噬了。他无助地站起身，在空旷的大殿内毫无意义地来回踱步。

"皇上，皇上——"宦官的声音由远及近。

子婴皱起眉头，自己不是早就宣布除去帝号了吗？怎么……

他发火的意向被跪倒宦官手中擎起的那卷竹简转移了。

"这是什么？"子婴定了定神，尽量从容不迫地问道。

"是，"宦官嗫嚅着说道，"是刘邦的招降书。"

溺水之人抓住一根稻草，都会当成救命的神物。

迷路之人获得一点光明，都会当成生路的指标。

恰恰在子婴要完全绝望的时候，刘邦送来了最后的希望，他舍得放弃吗？

细细的汗珠从子婴的脑门上密集地渗出来，他的脸色一会儿白，一会儿红，过了许久，他有气无力地说道："那么，就投降吧。"

这个微弱的声音传到整个咸阳城，传到灞上的刘邦耳中，无疑声若惊雷。

此时，是公元前206年十月。

张良在军士们的簇拥下，来到了咸阳城下，他抬头仰望，看见城头上依然一片宁静，似乎同往昔始皇帝在位时没有什么区别。只是秋风拂动下，一面大大的"刘"字旗帜随风招展，提醒着人们咸阳已经易主。

当年，自己曾经两次只身潜入这里，带着青春的热血，想要刺杀天下共敌嬴政。当时，也是这样的城头，也是这样的秋色，而迎接自己的，却只是失败的痛苦。

想到这里，张良不禁心情起伏，人生际遇和国家命脉一样，如此难以预料。一时之间，张良真不知道是喜还是忧了。

秦朝终于灭亡了。国耻家仇，终于得以洗刷。自己以书生意气辅佐刘邦，运筹帷幄，立下这样的奇功，自然能得到主公的赏识信任。但今后的路，又该何去何从？韩王还在故国的弹丸之地中困守，家眷们则滞留在韩军中，都是早就断绝了消息的。更何况，项羽的四十万大军，此时大概也知道了咸阳的事情，又岂能善罢甘休？

每次想到这里，张良都不禁感到压力很大，比起周围那些不知深浅的鲁莽汉子来说，张良也就显得格外不同了。其实，人们难以理解张良的，还有另一层压力，那就是和刘邦的关系。

张良知道，现在的刘邦对自己当然格外看重，那是因为自己犹如智囊，总是能提供化解危难的妙策。但刘邦毕竟个性粗劣，对儒生的轻慢不是一天两天，未来会如何看待自己？加上刘邦从沛县起兵，生死与共的是那帮兄弟，像樊哙、周勃、王陵他们，自己虽然刻意接近这群人，却总是不远不近地隔着一点距离——毕竟，自己名义上还是韩国的人。

有着这样的忧思，张良当然坐不住。这天，他干脆走出军营，在旧时的帝都里四处走动，徜徉而游，看看正在恢复活力的市井民众，心情似乎变得开朗了许多。

咸阳毕竟是百年经营的帝都，城郭之雄伟坚固，街衢之纵横通达，都是让游历中原多年的张良印象深刻的。他还记得，在秦灭亡六国之后，还将天下十几万富豪全部迁移到这里，将人口扩充到五十万以上，秦始皇的这种野心和手笔，真是天生的王者……

如此想着，张良忽然发现，自己已经走到了咸阳城西。那里，士兵正排列着对进出城门的百姓进行盘查。忽然，远处一团烟尘由远及近而来，直到城门前才些许放慢了速度。百姓们四下散避，士兵们也不敢阻挡。张良再看，原来是樊哙将军身骑战马，想要入城。

"樊将军，何事如此着急？"

樊哙勒住战马，定睛看了看，连忙翻身下来，一把拉住张良："先生，沛公现在危险了！"

张良心里"咯噔"一下，刘邦虽然不是最优秀的，但的确是最合适的。如果真出了什么事，自己后面又要依靠谁来施展抱负？

樊哙看出自己用词不当，连忙解释说："沛公非要进阿房宫观赏，结果看中了那里的美人，脑子已经昏了，非要留宿在宫中。我等苦劝，让他回来，他不但不听，还破口大骂。我看劝不动，就赶快出来找你，没想到在这里碰上了。"

张良明白，沛公是英雄难过美人关了。

想到这里，一丝理解的苦笑浮上了张良的嘴角。他深知，在自己、项羽乃至嬴政这些人看来，钱财珠宝、美女娇儿，都算不上什么人生的奢侈品——这些贵族子弟从懂事开始就明白，这些东西想要多少就有多少，只不过是生活里的点缀罢了。

但刘邦就不同了，从小到大，见过的女人，最多也就是沛县里那些粗布衣服的卖酒西施。而近年一路征战，脑袋都放在刀口上，也自然没有什么想法，就算有想法，恐怕也不能拿性命去换机会。

但今天就不一样了。阿房宫，那是什么地方？是嬴政储藏天下美人的宝地啊！刘邦这样一飞而起的"凤凰男"，怎么可能不为之心动？

樊哙看见张良意味深长的笑容，不知道他究竟什么态度，急得一把拉起张良说："先生，不要耽误，速速跟我一块儿去阿房宫。"

形势所迫，向现实低头

阿房宫中的刘邦，此时却根本没有这么多想法，他想做的就是把自己的脑袋放空，好好体会一下天下第一人的感受。他横卧榻上，面前放着美酒佳肴，左拥右揽着美女，她们或故作媚态，或蛾眉轻蹙，在烛光的映衬下，让刘邦怦然心动，继而狂笑不止。

原来，做皇帝是如此好玩！

他正感觉美得不行，忽然听得外面一阵喧哗，继而是兵器撞击和骂骂咧咧的声音，还没反应过来，就看见黑塔一样的身影压了进来。

又是樊哙！刘邦的眉毛皱了起来：这个不解风情的死娘舅！

"主公，你到底是要取天下，还是在这里当富翁？"樊哙直接让刘邦二选一。

刘邦本来懒得回答，但定睛一看，身体不由微微动了一下，推开了身旁的美人。

原来，樊哙身旁站着张良。

这下麻烦了，他居然会找到张先生。刘邦这样想道，但马上定定神，摆出威风骂道："好你个樊哙，将张先生请来做什么？"

樊哙张口要说话，被张良拦住了。

"主公，是我自己要来的。"张良深施一礼答道，"我听说，秦宫美不胜收、春色无边，所以特地来玩赏一番，不知道主公愿不愿意分享啊？"

刘邦脸上的肌肉松弛了，是啊，大家都是男人嘛，怎么就忘记了张先生？

嬉皮笑脸的刘邦连连点头："当然可以，当然可以，大家一块儿来。"然后解嘲般端起酒杯，打算缓和一下气氛。

张良话锋一转："只是不知道，当年在这里享受的人，现在都到哪里去了呢？"

一股辛辣的滋味从气管边泛起，刘邦差点儿没被刚喝下去的一口酒给呛死。

"秦皇无道，只顾自己的享受，动用天下物力建造阿房宫，所以才会激起民愤，天下声讨。我们才能够兴兵，一路过关斩将获取咸阳。如果今天主公刚来到这里，就想住在不祥的阿房宫中，效仿秦皇纵情享乐，是不是打算走他们的道路呢？"

说到这里，张良看了看刘邦，发现他早就放下了酒杯，低首不语。于是接着说道："古人说，良药虽苦但是对病人有利，忠言逆耳但是对行动有帮助。樊将军虽然强行进谏，说的话难听了点，但实在有一片为主公着想的忠心啊。希望主公能够速速离开这里，带领全军返回灞上，以等待项王那边的动静！"

在"项王"这个词上，张良特别加重了语气。

这一招果然有用，略微几秒的沉寂之后，刘邦突然蹦了起来，一脚踢翻了面前的桌案，吓得美人们尖叫着退散开。

"樊哙啊樊哙，你的苦心我当然知道，何必请张先生过来？"虽然内心有所触动，表面上刘邦依旧一副无所谓的样子，"我来这里也只是散散心，不过，子房，你说得对，项羽迟早要来，我们还是现在就去灞上，早做准备！"

一弯新月挂在阿房宫的檐角上。当马蹄声伴随着一行人离开宫殿时，樊哙偷偷伸出手，使劲拍了拍张良的肩膀。

不知怎的，张良发觉，之前总能感觉到的那种距离感，正在悄然消失。

与此同时，对刘邦来说不利的另一种距离也在消失，那就是项羽和咸阳之间的地理距离。

时间回到数月前，巨鹿之战，结束于那个神一般的场景——项羽高坐马上、诸侯跪伏在营帐前。

这个场景很快就传遍了漳河两岸，即使是敌对的义军和秦军双方，都在添油加醋的传言中，更加栩栩如生地在脑海中复制着这样的场景。很快，秦军的士气因此而更为迅速地下降，诸侯军队却变得更加统一团结——几乎所有的诸侯将领都宣布，他们从此开始听从项羽的调配，协同作战。

这一切，都被心急如焚的秦军大将章邯看在眼中。

在巨鹿一战中，秦军主力受到严重打击，负责包围巨鹿的原本都是秦军精锐，没想到，王离那次愚蠢的临场用兵，将这些关中子弟全都变成了他乡的一堆白骨！

章邯一想到这里，就难以自抑地伸手去拿佩剑，好像这样的动作能缓解内心的紧张和懊恼。但是，他转念一想，虽然秦军主力在巨鹿受到重创，但他自己还有二十万左右的军队，此时正驻扎在巨鹿城南的棘原。虽然这些军队的主要组成部分是骊山刑徒，缺乏军事训练和作战经验，但毕竟有着不怕死的蛮勇，何况绝对优势的人数，也能多少阻吓士气正旺的楚军。

章邯这么想，并不算离谱。果然，在巨鹿之战之后，项羽并没有马上发起攻击，他缓缓地将楚军主力重新移动到漳南。和秦军暂时形成了对峙状态。

抓住这个宝贵的机会，章邯立刻写好了求援信。虽然局面得到暂时的稳定，但章邯很快发现自己正面临着新的危机：整整二十万人的部队，最害怕的就是缺少粮食，而这种情况出现的可能性越来越大。因此，章邯必须要向咸阳请求运输后续补给来稳定军心。

章邯将求援信递给手下的长史司马欣，面色凝重地说道："你这次去咸阳，一定要求到援兵，否则，我大秦江山不保！"

司马欣眼眶红了，沉重地跪倒在地，再拜而去。

没想到，司马欣好不容易回到咸阳，受到的却是冷遇。在朝廷中掌握大权的丞相一听章邯打了败仗，居然还要回来求援，立即让人在相府门前拦住司马欣，说自己正有紧急公务，无法接见。

等了两天两夜后，司马欣终于打听明白——赵高根本就不愿意施以援手，他甚至想办法和秦二世奏报，将作战不力的罪名推到章邯头上。于是，司马欣连夜偷偷出城，抄小路回到了棘原。

忧心忡忡的章邯一看见司马欣，立刻流露出欣喜的目光，司马欣却顾不了那么多，直截了当地说："将军，赵高那个家伙，居心叵测，蒙蔽皇帝。我听说，他早就准备好了，如果你胜了，战功就都是他的；你若是败了，他就会把罪责推到你的头上。现在巨鹿新败，他又不愿意给援兵和给养，我看，咱们是进退两难，不免一死啊！"

说完，司马欣将牙齿咬得嘎嘎作响。

章邯原本热切地希望司马欣能带来一些好消息，没想到听到的却是这样令人沮丧的事实。他想到司马欣走后，赵国的陈余让人送来的那份劝降书，在信中，陈余明明白白地告诫他，说赵高此人嫉贤妒能、心狠手辣，什么事情都能够做出来。将军如果胜利了，恐怕日子也不好过，何况这次已经被项羽将军重挫。与其回朝面对处罚和死亡，不如和诸侯军共同举起反秦的大旗，打下咸阳，裂土称王，总比束手就擒好。

当时，章邯不屑一顾地将这封书信丢进了火堆中，看着不断高蹿的火苗，章邯高傲地想道，自己世代都是秦人，怎么可能做这种反秦国的事情。

但如今，章邯后悔了，他发现，自己无路可走，也会让二十万部下也无路可走。

第二天，章邯就向项羽军中派出使节，请求讲和。

听说使节前来，项羽头都不抬，平静地说道："推出去，杀了！"好在项伯马上制止了应声行动的士卒们，然后说："将军，我曾听说，斩杀使节，不是王者应有的风度。您现在已经是所有义军的统帅了，不可只想着家仇啊。"

项伯毕竟是自家叔叔，心性高傲的项羽不得不考虑一下话中的分量，加上范增也在旁劝说："将军，我们虽然在巨鹿城下取得了胜利，但是，我军将士也有所折损，军粮的供应也日渐紧张。章邯手下现在有二十万的大军，如果一旦断绝了他们的活念，恐怕对我军压力也不小啊。现在章邯既然想投降，不如我们加以接受，然后尽快向关中咸阳进军，才是最重要的！"

听到"关中咸阳"，项羽原本沉浸在为项梁复仇欲望中的内心不由得动了一下。他仔细思考了一下，觉得自己的确有些莽撞了，于是便转怒为喜，热情地招待起使者来，宣布接受章邯的投降。

听说可以不战而胜，楚军大营很快沸腾起来，然而，在这样的沸腾中，哪怕是最靠近项羽的人，也没有看到此时他脸上掠过的一丝瘆人的阴影。

第二天，章邯来到楚军大营，失败的耻辱和懊恼，让他趴在地上痛哭流涕，口中还念念有词，感谢项羽的再造恩情，表明自己投降的诚意。项羽轻轻拉起章邯，带着安慰的口气说："章将军，以前的事情也就不说了，但愿今后我们大家齐心协力，能够消灭暴秦，才是最重要的。"

章邯的手下们忙不迭地搀扶起他，也有人跪在地上奉上秦军将士的花名册、军用物资册等。项羽随意地翻看了两卷，并没有说什么，只是顺手交给了负责接收降军的部将龙且。

当天晚上，章邯和跟随他前来的部将司马欣、董翳留在了楚军大营中。项羽特地准备了盛大的宴会，表示对他们弃暗投明的欢迎。酒酣耳热之际，项羽下令，不日就要请楚怀王给他们封赏，听到这个消息，再对比赵高的态度，章邯当然又是唏嘘一番，然后是对项羽更多的感谢。

就这样，章邯一行人便留在楚营，成了项羽的部下。

几天后，项羽的大军带着新投降的二十万秦军，浩浩荡荡地启程了。可想而知的是，那些昨天还在战场上你死我活敌手的部队，现在彼此之间却成为战友，一时之间，不知道如何相处。沿途居民听说到的，是此番景象：楚军们谩骂着秦军士兵，而秦军虽然不敢明显反抗，背地里却充满了牢骚。

接下来的历史，因此而蒙上了神秘的面纱，让人无法真正一窥真容。

有人说，当军队走到新安（河南渑池城东）的时候，项羽下令，在暗夜中以挖掘古代宝藏来补充军用物资的名义，让二十万秦军给他们自己挖出了巨大的坟墓，当二十万人进入地下后，楚军迅疾出动，将入口用黄土填充结实……

也有人说，项羽没有必要做出这么残暴的事情，之所以有这样荒谬的传说，根本是因为后来历史抹黑成功者对手的需要……

但无论那些秦军的命运如何，当大军沿着黄河向西走到函谷关下时，整个大军中只有三个秦人了：章邯、司马欣和董翳。他们茫然不知秦军士兵的去向，似乎这些士兵从来就没有跟随他们走出过函谷关。

不过，即使是这三个秦国人，注意力也很快被更要命的事实改变。

在高耸的函谷关关头上，悬挂着一面日光下迎风飘扬的大旗，旗帜上绣着斗大的金字"刘"。

范增脱口而出："刘邦，刘邦先到了！"

项羽的视线就此被那个字牢牢吸引在旗帜上，一刻也不曾转移开。

重要交锋之前的策划

……

在项羽到达函谷关之前，刘邦就听从了张良和樊哙的进谏，关闭了阿房宫的宫门，将咸阳大小府库封闭起来，远离财宝美色，率领军队离开咸阳，重新驻扎到咸阳城南的霸上。

这一举动，大大出乎关中百姓的料想。由于城池陷落后必定会出现烧杀抢掠，城中不少人原本已经举家出逃，但听说沛公如此仁德，秋毫无犯，他们又回到了咸阳。

在张良的建议下，刘邦干脆将咸阳和附近德高望重的老人和贤者们召集到灞上，说道："各位关中父老受到的暴秦统治太苦太久了。那时候，谁要是敢议论朝政，就会被定罪而斩首，甚至会被诛杀三族。这种日子，再也不能继续了。"

父老们被说到痛处，表情凝重起来，有的人想到在暴政下失去的家人，眼眶已经湿润了。

刘邦看看大家，继续说："我奉怀王命令，进军关中，只是为了替大家解除痛苦。当初，怀王有约，只要能先进入关中的，就可以在这里做王。如今，我最先入关，理所应当是王了。所以我就和各位约法三章：杀人者，处死；伤人者和盗窃者，严惩不贷；其他的秦朝律法，一概废除。从此后，不管任何官员百姓，都可以安安心心地过日子，不必担心什么了！"

刘邦浓厚的江淮口音让父老们一时没有明白，营帐里寂静了一会儿，很快，响起了低低的赞叹声，这片赞叹很快转变成为感激涕零的称谢。父老们纷纷行礼，称颂沛公的恩德。

很快，关中百姓自发地组织起来，给刘邦军队赶来牛羊，送来酒食，准备犒赏义军。樊哙看到这样热闹的场面，高兴地咧开大嘴，刘邦却威严地说道："列位父老，我军中尚有粮草，各位不必破费，你们的好意我军将士心领了。另外，如果父老们发现我军将士有骚扰百姓、敲诈勒索的事情，请千万不要害怕，可以马上前来举报，我一定严加约束、定斩不饶。"

原本就称颂刘邦的百姓们，更是将义军看作救命恩人，相互庆贺着关中来了这样体恤下民的贤者。因此，投奔刘邦的关中人士也越来越多。为了得到刘邦的看重，有投奔者给他出主意说："秦地沃野遍地，财富冠绝天下，四周都是险要的关隘可以防守，正所谓一夫当关万夫莫开。听说，秦将章邯已经投降了项羽，项羽封他为雍王，占据关中，项羽的大军马上就要来这里了。如果他们真的入关，主公您可就当不上关中王了，现在，您应该尽快派军队把守好关隘，防止出现这种情况。"

刘邦早就对关中王封号垂涎已久了，听到这样的主意，也没去请教张良，便连声称好。他立即下令加强关隘的防守，尤其是增加函谷关的兵力守卫。

因此，当项羽来到函谷关的时候，面对的是严阵以待的刘邦军队。

项羽催马向前,仔细看清楚了"刘"字大旗,愣了一会儿,便高声向关口喝问:"尔等究竟是哪里的军队,在此驻守关隘?可知道我们是楚国大军?"

关隘上的士卒纷乱地回答说着:

"我们是沛公的部下!"

"沛公已经是关中王了!"

听到"关中王"三个字,项羽就气不打一处来,他既气楚怀王的偏心,也后悔自己就不应该去救那个没用的赵国,反而让刘邦捡了个大便宜。

看到项羽如此懊恼,范增连忙劝谏说:"您无须懊悔,现在刘邦军力弱小,以我军的实力,拿下函谷关并不是问题。"

项羽转念一想,觉得范增说得没错,于是命令前锋章邯挥军攻关。关上的士卒原本就不多,更没有什么坚守关中的意愿,看到武装精良的楚军蜂拥而上,发出一阵喊叫,便四下奔逃了。

项羽顺利地进入了关中,关口的"刘"字大旗也很快被抛掷下去,"项"字大旗升了起来。

楚军既然过了函谷关,便继续沿着渭水向西,很快也如法炮制地攻下了潼关。潼关是关中东部的最后屏障,对于楚军来说,胜利已经毫无悬念。

很快,楚军就走到了戏地(今陕西临潼东北)。项羽听前哨骑兵回报,说咸阳城内部安定,一切如常,唾手可得,便放心地传令全军在戏地西边的鸿门村安营扎寨,并设酒摆宴,犒赏士卒,共同商讨下一步的行动计划。

酒宴上,楚军将领和各路诸侯议论纷纷,说着各自的想法。

有诸侯说："暴秦既然灭亡，我们都受了怀王的命令，现在理应把怀王接来，然后拥立为皇帝。"

项羽听了，不发一言，从鼻子里哼道："就是那个放羊娃？你愿意听他的？"说着，他的眼神横向说话的人，对方吓得一缩脖子，再不敢说什么。

范增想了想说道："刘邦先入关中，没有接到怀王的命令，就擅自派兵封守了关隘，摆出不许诸侯进来的姿态，这分明是打算独占关中。我看留着这个人，以后必然是后患，尽早将他铲除才是正理。"

范增说得语气坚决果断，脸上发出寒光，似乎刘邦要是下一秒出现，就会立刻被他拔剑砍杀。其他将领和诸侯看着范增，一时不知道是赞成好，还是反对好。半晌，有人说了一句："刘邦毕竟也是一路诸侯，这样贸然去攻打他，恐怕也不好吧……"

项羽摸摸自己刚硬的须髯，说："亚父说得在理，刘邦的野心太大了，不过，此事还要容我考虑一下。就算处罚他，也要符合天下的道义名分……"

范增早已带了几分酒意，听见项羽这样说，便叹气说："将军，您英武过人，就是有时候性格太过仁慈，决断太过犹豫啊。"

诸将听见范增这样批评项羽，未免替他觉得尴尬，立即相互议论起来打圆场。有人赞成范增的意见，也有人奉承项羽说他天性仁厚。恰在此时，有传令兵进入营帐，对范增附耳言说了几句。

人们只看见范增脸上的皱纹纷纷舒展开，面露喜色，胡须一抖一抖的。等传令兵出去，范增立即示意项羽结束宴会。

等到众人散去，杯盘撤下，范增让传令兵将人带进来。

来的正是刘邦麾下左司马曹无伤的亲信，说是有要事相告。项羽不耐烦地摇摇头，说："曹无伤是谁，我怎么没听说过？"

来人一脸尴尬，范增连忙打圆场，说："你不妨详细地向项王禀报来意。"

那亲信这才明白过来，一五一十地禀报起来。原来，那曹无伤原本也是沛县的小吏，在当地多年未有出头之日，听说沛公刘邦拉起了一支队伍，曹无伤权衡再三，决定跟着刘邦赌一把。但是，曹无伤水平实在平庸，即使一直跟随刘邦征战，始终也没有立下大功，因此即使破秦之后，他也只是担任了左司马这个普通的官职。

曹无伤这种人冒险参加义军，当然不是只为了做个司马。于是，在灞上驻军的每天，他都在等待机会，投奔比刘邦更加看重他的势力。现在，楚军四十万大军像潮水一样涌入关中，项羽则是那个弄潮儿，这不能不让曹无伤心动。他想，无论双方开战与否，刘邦在关中的地位都保不住了，与其跟着他品尝失败的痛苦，不如暗中先和对家联系好，也算是立下大功，将来封赏的时候自己就能获得高官厚禄了。

正是出于这样的考虑，曹无伤才派出亲信前来拜见项羽。

项羽很快就明白了曹无伤的想法，他鄙夷地撇撇嘴，说："那好吧，曹司马到底有什么事情要汇报？"

那亲信慌忙地说道："左司马想报告项将军，自从沛公入关以后，听信小人进言，派兵对关隘严加把守，想要阻止您的大军进关。另外，沛公他还关闭了皇宫，封了府库，说是要供他以后在关中称王的时候享用。现在，他听说大军到来，就跑到了灞上，还邀集了关中父老，搞了个约法三章收买民心。接下来，沛公打算安排各地官职，并且任命子婴为丞相，很快就要布告天下他是关中王了！"

项羽起初还能保持镇定，越往后听，情绪越难控制，他的拳头捏得越来越紧，最后"砰"的一声，砸向面前的案几。面前的兵符、令箭和酒爵被震得颤抖不停，发出细微的"嗡嗡"声。

"主公息怒。"范增故意劝解着。其实，他心里比谁都高兴——项羽终于对刘邦动怒了。

"我怎么能不生气！"项羽站起身子，激动地走了起来，步子急促而有力，曹无伤的亲信已是惊得呆住了。

"好个忘恩负义的沛公！当初，他损兵折将，无路可逃，全是靠了我叔父和我带领的江东子弟鼎力协助，才让他能够重新拉起队伍。那时候的刘邦，发誓和我结为兄弟，要共同讨伐暴秦。没想到他偷空一步，进了关，就马上翻脸，不仁不义，将我等恩人看作仇人了。这种不知道廉耻的家伙，怎么能留下来？"

项羽气得甩过脸，盯着范增，那目光让愣在那儿的使者不寒而栗。

"亚父，您果然有先见之明，明天，就是明天，只要我点头，刘邦的人头就要落地……"项羽说完，恶狠狠地坐回席上，兀自喘着愤怒的粗气，像是一块被红布挑起了血性的公牛。

范增捋了捋花白的胡须，向使者一摆手，那人如蒙大赦，急急地向项羽和范增施礼完毕，掉头就溜出营门回去报信了。范增这才满意地转过头，和项羽商议起明天的大事来。

然而，无论是范增还是项羽都没有想到，从酒宴散去后，项伯就屏退卫士，一个人在营帐外，始终没有远离。

项伯知道是刘邦手下的人夜晚前来，就留了个心眼，特地在帐外做出护卫的模样。而刚才的对话，他已经听得一清二楚。

一场鸿门宴上的众生相

......

这天晚上，项伯听到的对话远远不止这一些。在接下来的时间，他听到范增和项羽的谈话时而紧密，时而舒缓，正当他为营帐中降低的音量而发愁的时候，耳边传来了项羽粗犷的声音。

"传令兵！传令兵！"

项伯立即走进去，说："我在。刚才卫士太多，恐怕走漏什么消息，我特地将他们屏退了。"

范增满意地点点头，项羽也很自然地请叔父坐了下来。

"刚才，我和亚父商议了一番，打算今晚就写信让快马送到刘邦那里，请他明天到鸿门来赴宴。我打算在宴会上再观察一下他，如果这家伙真的忘恩负义，打算自己在关中称王，我一定要杀了他！"项羽恨恨地说。

项伯自然连连称是，范增却还有些许不悦地说："将军，刘邦的意图已经很明显了……"

"哎，"项羽伸手阻止范增说，"亚父，我们项家乃是楚国名门之后，杀人当然可以，只是要杀得让天下人心服口服啊。"

范增也就不好再说什么。他叫人拿来笔墨，开始草拟书信。

看着运笔如飞的范增，项伯并没有太担心刘邦，但他想到了当年的兄弟张良。张良现在名义上是韩王的下属，但留在了刘邦身边，一旦真的爆发冲突，张良肯定会有危险。

于是，项伯找了个借口，辞别了项羽和范增，走出营帐。

他抬头看看天色，已经不早了，便迅速去马厩挑了一匹快马，来到刘邦军中，找到张良。

张良看见项伯，惊喜不已。他抛下手中的书卷，把住挚友的臂膊问道："项兄，近来可好？"

项伯咽了口唾沫，擦着汗说道："好，好——只是，张兄你要不好了！项将军明天打算杀掉你们沛公，你今晚先跟我走吧，或者，你跑回韩国也行！"

张良却从容不迫，他安抚着项伯坐下来，喝了口水，请他详细说了事情的经过。然后，张良将事情转告给刘邦。

刘邦后悔不已，他怎么也没想到，自己听了无名小辈的建议，封锁了关隘，结果却招来杀身大祸。

跑，是来不及了；打，面对项羽的四十万大军，刘邦又知道自己不是对手。

"那么，这位项伯现在还在我军中吗？"刘邦脸色苍白，半天挤出这么一句。

得到张良肯定的答复，刘邦喜出望外，连忙让张良将项伯邀请入内。

张良刚介绍完双方，识趣的刘邦立刻称呼项伯为兄长，并约定了彼此两家的婚姻。项伯原本不想蹚这趟浑水，硬是挂不住朋友的面子，无奈之下，只好将事情一一告诉刘邦。刘邦自然是千恩万谢，拿出当年在沛县混江湖的义气，说是将来一定鼎力报恩。

临走前，项伯再三吩咐，第二天一大早，就要来向项羽道歉，刘邦唯唯诺诺，将项伯送出军营。

回到军中，项伯左思右想，觉得还是不放心，于是他找到尚未就寝的项羽说："我听说，偏听则暗，兼听则明。曹无伤是个背叛主公的小人，他的话不可不信，但也不可全信。刘邦派军队守卫关隘，这是安境护民的职责所在，至于关闭宫室和封锁库府，也足以证明他并没有胆量在关中称王。如果现在杀掉有大功的刘邦，必然会失掉天下民心，更何况，我听好朋友张良说，刘邦原本就俯首帖耳等待将军，半点儿在关中称王的勇气也没有。"

此时的项羽已经从怒气中平复过来，他听到项伯说的情况，又想了想，觉得并非没有道理，便同意暂时不杀刘邦，决定第二天观察后再做定论。

第二天，刘邦果然早早地带着上百骑兵来到鸿门，一同前来的还有樊哙和张良。

刘邦急急地来到项羽帐中，跪倒在地，口称"迎接来迟、望将军恕罪"，然后又立刻解释，说自己在咸阳做的一切，都是为了保护好地方治安，是为了等待项羽的到来，并没有任何称王的想法。

看着年纪比自己大而此刻又无比诚恳的刘邦，项羽心软了，他想，是不是情况真的像项伯所说的那样？是不是自己太性急受到了曹无伤的挑拨？

刘邦看都没看项羽，更没敢看范增，继续絮絮叨叨，模仿着沛县的那些老大妈，仿佛随时就流下眼泪来。

他说："臣和将军，原本是共同攻打秦国，将军在黄河以北作战，臣在河南作战，只是一不小心走运，就攻破了关隘，推翻了秦国，才有幸能和将军在这里相见。现在，都是一些小人故意挑拨，想让将军和臣有矛盾，他们好从中得利啊！"

范增赶紧向项羽示意，没想到项羽却坐不住了，他不好意思地站起身，扶起刘邦说："沛公，这个也不能怪我项籍啊，都是你手下那个左司马曹无伤说的。"

张良看了看樊哙，发现樊哙眉头皱了起来。

项羽扶起了刘邦，两人落座，交谈起战场上的事情来，矛盾一时间缓和了不少。看看天色过午，项羽传令，准备酒宴，要和沛公共饮。

很快，酒宴准备好了，士兵们鱼贯而入，将丰盛的酒菜一一送上来。

项羽、项伯朝东而坐，范增年纪最大，面向南坐在帐内，刘邦谦逊地坐在面向北的下手位置，张良则面向西侍奉。

酒宴开始后，气氛似乎有些尴尬，模糊着一种怪怪的感觉，既不是上下级的欢饮，也不是主客之间的客套。只见刘邦不断地赔笑敬酒，项羽对此还算过得去，频频还礼，而范增只是冷冷地用鼻子对刘邦，懒得搭理。

过了一会儿，范增开始不断地举起身上佩戴的玉珏玩弄。珏的发音同于"决"，无疑，他是想以此引起项羽的注意，催他立即处决刘邦。

但项羽好像是忘记了之前的决定，并没有动手，而是同项伯谈笑自若，听着刘邦不断说出的奉承话。

范增急了，他起身走了出去，叫来项羽的兄弟项庄，向他面授机宜。

范增刚回到位置上坐好，项庄就大踏步走了进来，说："我们君王和沛公饮酒，军中没有什么助兴的，就让我来舞剑吧。"

项羽点点头，项庄立刻起身舞剑。

反应过来的项伯马上也起身舞剑，用身体遮挡刘邦，项庄围绕着刘邦转圈却没办法刺出最要命的那一剑。看到这种情况，张良立即来到营帐门口，找到樊哙。

樊哙粗声粗气地问道："情况怎么样了？"

张良装作很惊慌的样子说："危急了！现在项庄舞剑，意在沛公啊！"

樊哙立即蹦起来说："那这就是要命了啊！我要进去，跟主公同命！"

说完，樊哙也不管张良，带着剑、竖着盾牌就冲入营帐，门口的卫士交叉起戟阻挡，被樊哙用盾牌两下就撞开了。于是樊哙冲了进去，瞪着项王，气得头发都要竖起来，眼眶就要瞪裂了。

项羽虽然杀人如麻，看到如同恶魔一般的樊哙，也不由吃了一惊，于是按住剑竖起身子说："你要做什么？"而项伯、项庄俱惊呆了，手中的剑也早已停下。

喘着气赶来的张良连忙说："这是沛公的卫士——樊哙。"

项羽这才放下心来，便命令赏赐酒肉。樊哙一口气喝了一斗酒，吃着刚煮好尚未再加工的猪腿，毫无惧色。项羽看他吃得高兴而无畏，不由得也赞了声："真是壮士！"然后又问道，"怎么样，还能喝吗？"

樊哙大大咧咧地重新竖立起盾牌说："我死都不怕，还能怕喝点儿酒吗？只是秦王如同虎狼，杀人无数，天下都反了。怀王曾经和大家约定说，谁先进入咸阳，谁就当王。我们家沛公先入了咸阳，什么财产也没动，将宫室封闭起来，驻扎灞上，等着大王您来。所以派遣将领镇守关口，只是为了防范强盗啊。现在这些功劳在这里，大王您不封侯也就算了，还要听从内奸的建议，杀了沛公这样的有功之人，真是为大王觉得不应该啊！"

项羽低下头，不知道如何回答，只好说："坐吧。"于是樊哙坐在了张良身边。

过了一会儿，沛公出去上厕所，樊哙也跟随了出去。两人商量了一会儿，决定逃走，于是让张良留下来向项羽道歉。

张良并没有马上答应，而是反问说："沛公您带了什么礼物来？"

刘邦回答说："我带了一双白璧、一双玉斗，刚才他们正在发怒，我不敢献。你帮我献了吧。"说完，开始四下打量道路，然后招呼一同来的夏侯婴、纪信他们，准备步行而走。

张良笑了笑，他当然理解刘邦的紧张，从四十万大军的虎狼之口逃出来，不紧张的人恐怕天下少有，平心而论，刘邦今天演技发挥得相当不错。于是，张良便接下了东西，看着刘邦一行远遁而去，然后重新走入帐中。

项羽早就等得不耐烦，看到张良便问："沛公去哪里了？"

张良不愿意说谎，便说："听说大王想处罚他的过错，便脱身而走，现在已经到了军中了。"说着献上了东西。

项羽"哦"了一声不置可否，只是将玉璧放在座位上，观赏了一会儿。

一旁的范增却站起身来，猛地把玉斗摔在地上，然后拔剑砍碎，怒气冲冲地说："哎！真是个竖子，不能够跟他们一块儿谋事！夺取项王天下的一定是沛公啊！"

然后，范增一连串痛心疾首地咳嗽，项羽安抚他，劝解他，似乎和刘邦有大仇的是范增，而项羽是个和稀泥的……

张良没有去多理睬这略显讽刺的一幕，他深施一礼，走出了营帐。

帐外，皓月当空，繁星密布。张良深深吸了一口夜色中清凉的空气，告诉自己：刘项两家的争斗才刚刚开始，鸿门宴只是序曲而已。

想到这里，张良向在黑暗处张望的项伯注视良久，心中暗暗表达着谢意。过了一会儿，他爬上马背，一拉缰绳，向远方疾驰而去。楚军的卫兵们看见，张良那瘦削的身躯逐渐远去，军营的火在黑暗中把光芒剪影成令人难忘的画面……

第五章

下定决心的追随者

项羽大肆封王牵制刘邦

......

鸿门宴的情况，远远比刘邦设想的好。

在鸿门宴上，刘邦用最实际的姿态，承认了项羽的领袖地位，这让项羽内心感到无比顺畅，他拒绝了范增杀掉刘邦的建议，并舒心地感到，天下很快就会像刘邦那样，对自己低眉顺眼、推崇无比了。

确认这一点之后，项羽才带领着数十万大军，耀武扬威地开进了咸阳。

和刘邦截然不同，项羽从来不喜欢约束手下的士卒。他的逻辑很简单：士卒拼死战斗，为的不就是占领敌方城池之后的放纵和肆意？加上暴秦的压迫实在让关东士卒们感同身受，几乎家家户户都有一本血泪账单，于是，这些全副武装的复仇者开始对咸阳城进行疯狂的洗劫。

他们首先杀掉了投降的秦王子婴，然后，纷乱的脚步响彻秦始皇留下的每一处宫殿，火把照亮了这些宫殿的每一处角落，财宝和美女被抢劫一空，最后烈焰包围了这些由无数工匠心血浇筑的建筑。咸阳的百姓们看见，每天都有新的宫殿被焚烧和点燃，烟雾弥漫在城市上空，终日不散，而到了夜间，整个咸阳也会被大火照得如同白昼。

这样的疯狂洗劫在咸阳足足持续了三个月，当洗劫结束后，咸阳城内几乎已经没有完整的建筑物了。而在此期间，项羽做的则是饮酒作乐、会见诸侯。等他终于发现咸阳几乎已被夷为平地之时，他想到的第一件事情就是东归。

其实，项羽的部下们早就在这样传言了，他们大多是江东子弟，如今战争已然结束，对咸阳的洗劫又让每个人都收入颇丰，没有道理还留在异乡。项羽的意思马上就得到了大多数人的赞成。

此前，也有关中人士劝告项羽不应放弃，说咸阳虽然被毁弃，但关中的土地辽阔而肥沃，也有长期储蓄的物产，加上四周关塞形成的天险，很容易成就霸业。项羽却傲慢地笑笑，说道："富贵的人如果不回故乡，就好像穿上了美丽的锦缎却在夜里行走，谁能知道呢？我已经决定回去了。"

这位关中人士见项羽这样说，便没有再做解释，悻然退出。路上，他对别人这样抱怨："我曾经听人说过，楚国人天生目光短浅，我看他那样子，的确如此。就跟猴子戴上了王冠一样，终究做不成大事的啊。"

很快，这话传到项羽耳朵中，他干脆派人把这个爱多管闲事的人给杀了。至于引起了秦人怎样的骚动，就不是项羽所关心的了。

项羽关心的是自己怎样做好安排，以便顺利启程。

首先要解决的是怀王，在项羽看来，自己手中的实力已然如此，这个傀儡的价值也就不大了。更何况，如果按照怀王的命令，那么现在应该做关中王的，是刘邦。

思来想去，项羽决定派人去探探怀王的口风。他希望怀王能够知趣点，找个理由改变以前的说法，然后名正言顺地把问题解决掉。

然而，日夜兼程到达彭城之后，使者得到的答复是：一切都按照原来的约定。

项羽听后，怒不可遏，他召集众将，把事情说了一遍，众人也纷纷漫骂不止。项羽摆摆手，当所有人安静下来，他说道："我看这个怀王，实在太不明白。当初，天下大乱，四方出兵，如果不是我们项家的军队会盟群雄，起兵伐秦，他不要说做这个怀王，就是小命也保不住。现在，我和你们大家披坚执锐、出生入死，才算推翻了暴秦，他这个小小的放羊娃，有什么资格来说三道四。既然这样，我就送他一个帝号，然后让他自己在彭城待着吧。"

很快，项羽发布檄文遍告诸侯，奉楚怀王为"义帝"，也就是个空头皇帝，而所有的军政大权，都在项羽的手中。

这样，在项羽眼中，天下就如同他小时候吃过的吴地烙饼那样，可以随意分割了。但是，天下实在太大，而拥有军队的人又实在太多，对于究竟怎样封赏，项羽犯难了。他整天面对帐中的地形图，愁眉不展。显然，比起战场上的冲锋陷阵，政治上的折冲樽俎，并非这位英雄的长处。

谋士范增也在紧张地思考着，他真心地希望这个青年将军能够从此走上平定天下的道路，能够为这片大陆的普通百姓带来和平生活。

终于，范增想到一个全盘平衡的分封计划，他第一时间找到项羽陈述。

"以目前天下之大，最险要的地方，莫过于关中；以当今拥兵之众，最危险的对手，莫过于刘邦。将军，既然你在鸿门宴上心慈手软放了他，那么，如果不按照义帝的承诺来加以封赏，必然会失去民心，但是，如果真的将他封在关中，也是天大的祸患啊……"

项羽在下属面前一向高傲，唯独对于年龄可以做他父亲的范增尊敬有加，此时，他认真地听着范增的分析，两道剑眉紧紧地扭结起来。看来，范增说到了他的心坎上。

范增想了想，举起桌上的蜡烛，来到地图前，项羽也不由自主地跟了过来。

"将军，你看，八百里秦川，属于关中地区。但是，汉中在南山（今秦岭）以南，一样也属于关中。只是，汉中地处偏远，道路显要，自古到今，都是许多囚徒的流放所在。您不妨就给刘邦一个汉中王的名义，让他在汉中老老实实地做王，想他刘邦也和我们一样，起兵于自己的家乡，在那里恐怕语言都不通，很难形成气候。"

项羽点点头，说道："亚父好计谋。只是，恐怕刘邦此人不会那么规规矩矩地待在汉中吧。"

"当然，"范增满意地笑了，大约他很欣赏项羽能提出这样的问题，"将军，我早就想好了。想要把老虎关进笼子里面，就要有关好它的锁，我看，将军手中的几把锁，相当不错。"

"锁？哪里有锁啊？"项羽莫名其妙。

范增诡异地一笑，胡子在烛光下闪闪发光，他移动着蜡烛，将两人的影子在地图上拖得老长："刘邦待在汉中，想要出关，唯一的道路就是通过关中腹地的八百里秦川。这八百里秦川，就是关住老虎的笼子，我们给秦地封上几个王，让他们相互限制，但又共同监视刘邦，把他活活闷杀在汉中，这样，将军在江东，就能安然高卧了。"

接下来，范增详细地阐述了他的计划：

将沛公刘邦变成汉王，占有巴蜀、汉中的土地，以南郑（今陕西汉中）作为都城。

将关中的战略要地一分为三：降将章邯为雍王，占领咸阳以西的所有土地，定都在废丘（今陕西兴平）；司马欣为塞王，占领咸阳以东到黄河流域的土地，定都在栎阳（今陕西富平东南）；都尉董翳，跟随投降有功，被封为翟王，占据上郡的土地，定都在高奴（金陕西延安）。

这样，既让秦国的旧土有了妥善的管理者，也让刘邦有了所谓的王位，更重要的是，两方的相互制衡，会让他们在彼此的仇恨和防范中，减小项羽所面临的压力。

范增这一招，的确相当老辣！即使是极少真心佩服别人的项羽，此时也流露出了崇敬的神色。

不过，在范增的眼中，还不仅仅有这些计划。很快，他接连为项羽计划出了其他更多的分封方案。

魏国方面：将魏王豹封为西魏王，管理河东地区，定都在平阳（今山西临汾西）；

赵国方面：让跟随项羽入关的张耳成为常山王，在原来的赵地称王，定都在襄国（今河北邢台）；将张耳的手下申阳封为河南王，定都在洛阳，以此作为他对楚军在黄河边迎接的功劳；将赵将司马昂封为殷王，称王于河内，定都于朝歌（今河南淇县）；而原来的赵王歇改封为代王，定都在代（今河北蔚县）；

燕国方面：燕王韩广，改封为辽东王，在无终（今天津蓟州区）定都；而燕国将领臧荼，由于在巨鹿之战的尾声中表现突出，后来同样也跟随入关，因此被封为燕王，定都在蓟（今北京）。

齐国方面：原来的齐王田市，被改封为胶东王，定都即墨（今山东平度东）；齐国将领田都曾经跟随项羽一起渡过漳河，营救赵国，也同样进入咸阳，于是，被封为齐王，定都在临淄（今山东淄博东）；旧齐国最末统治者齐王建的孙子田安，也曾攻下济水北边的一些城池，后来率领全军投降项羽，因此，项羽也封他做了济北王，都城设立在博阳（今山东泰安东南）。

　　另外，赵国的大将陈余并没有参加这一次入关行动，原因多少和他在巨鹿之战以后与张耳无法相处有关。不过，对于这个手握军权、敢于杀伐的汉子，项羽通常都表现出很大的欣赏，所以他还是破例将南皮（今河北南部）附近的三个县封给了他。

　　而项羽原来的部下获得的封赏自然更大：当阳君英布，在部队中有很高的威望，因此被封为九江王，定都在六县（今安徽六安）；鄱君吴芮，曾经率领百越民族的部队协助义军，后来又跟随项羽入关，因此被封为衡山王，定都于邾县（今湖北黄冈）；还有将领共敖，曾经和项羽一同攻打过南郡，有着不小的功劳，因此被封为临江王，在江陵（今湖北江陵）定都。

　　范增的这些方案中，有一个明显的规律——他将所有原来的诸侯王和诸侯将领实际地位调换，将领们几乎全都跃升到原先主公之上，同时，他们的领地依旧犬牙交错地相互间隔着。

　　在范增看来，这样的安排，足够让这些诸王们因为彼此之间的新旧关系和大小利益，而相互制约抗衡。能够有权力对他们做出裁决的，只有最终的王者——项羽。

　　当然，项羽虽然是实力最雄厚的，但是，名义上推翻暴秦的还是来自各国的诸侯军。何况，在义帝尚在的情况下，项羽也实在找不到理由登上帝位。

　　最终，项羽给自己设立了一个史无前例也后无来者的名号：霸王！

刘邦赴任汉中王

......

没有人知道，项羽在拥有"霸王"名号之前，究竟是否想过成为皇帝。即使是张良，也从没看懂这一点。项羽就是这样一个无法按常理推论的人，他会因为手下某位士卒的重病哭得像个小姑娘，也会毫不犹豫地斩下无辜者的脑袋，他会整斤整斤地将珠宝赏赐给战功赫赫者，却也会因为是否提升某个小军官而犹豫不决……总之，他的原则就是，一切都听自己的。

这一次，项羽给自己的原则就是，暂且也去做一个地方诸侯。

由于其他诸侯基本上都是分封到自己的原籍或者发迹的土地，项羽当然也希望能回到故乡，用"楚王"的封号来荣耀整个家族。但是，现在的那个义帝、原楚怀王的存在，却让这个想法无从实现。况且，现在新封的那些衡山王、临江王、九江王，都是从楚地瓜分出去的封地，如果再做楚王，也显得名不副实。

范增看出了项羽的困境，他再次给出了绝妙的建议。

原来，楚地幅员辽阔，分为三楚：北起淮汉、南接岭南，以江陵为中心的地区，历史上一直叫作南楚；江淮附近东到海滨的楚地，以吴地为中心，一直叫作东楚；而淮水以北，泗水、沂水以西的楚地，是以彭城为中心的，一直叫作西楚。项羽的部队虽然叫作楚军，但其根据地在彭城一带，自然属于西楚。但是，叫作西楚王，又无法和其他诸侯有所区别，范增考虑再三，想到王道、霸道的区别和联系，便将两个字联系起来，成为新的封号"西楚霸王"。

这个封号一提出来，就得到了项羽的首肯，也获得了他帐下将士的衷心赞成。这样，西楚霸王就此诞生，而其封地以彭城为中心，占有今天的浙江、江苏全境和山东西部、河南东部。

就这样，起码在表面上看来，全国已经获得了基本的安定，项羽志得意满地走上了东归的道路。

然而，刘邦和他的手下却没有任何志得意满的感觉。

从鸿门宴回到自己军营之后，刘邦的情绪就一直不高，想到鸿门宴上生死危机一线间的危险，他就满怀受制于人的尴尬。更何况，自己明明在沛县起兵，率领部下和项梁在薛县会盟，由此，诸侯都称呼他为"沛公"。而他没想到的是，项羽会把他塞到汉中这样偏僻的地方，然后找来三个秦国降将堵住他出关的道路。

刘邦这样想，部下更是这样想。

一天，在军中议事时，话题很快就延伸到了刘邦的心病上。刘邦不满地说："楚怀王是楚人的共主，项羽和我，都是怀王的部下将领。项羽究竟何德何能，能将并无过错的怀王名号废除，然后大肆分封？"

"是啊！他项羽是什么东西！"樊哙大骂道，"不就是靠他老子和叔叔吗？"

刘邦这一次没有指责樊哙，继续对众将发牢骚说："再说，当初怀王说，谁先入关，谁就是关中王。他项羽也是同意的，如今，却公然背信弃义！他如果怕我在关中当王，就是让我回自己家乡过两天风光日子，也是好的啊！"

"的确如沛公所言。"萧何接话说，显然，他还习惯按原来的称号叫刘邦，"齐王田都、济北王田安、胶东王田市，都是齐国人，他们现在都封到了齐地。还有燕王臧荼，辽东王韩广，原来就是燕人，也封到了燕地。另外，韩王成也封到了韩地，魏王豹也一样到了魏，就连项羽的属下英布他们，都回到各自家乡，偏偏把我们给发配到如此偏远的巴蜀、汉中，这不是要把沛公您放到囚徒的位置？实在太可气了！"

一番话激得手下那帮将领个个无法安坐，樊哙跳将起来说道："项羽竖子，太欺负人！将我们要发配到那鸟都不拉屎的鬼地方，明明是要灭了我们兄弟！主公，干脆，我们宣布起兵，和楚军拼个你死我活！"

看见樊哙如此表态，周勃、灌婴他们也纷纷站出来，说是宁愿浴血沙场，也不愿意去汉中受辱。萧何、曹参、郦食其他们，也沉默不语。

事已至此，刘邦反而沉吟未决，他转过头，看看坐在旁边一言不发的张良。

张良冷静地观察着大家的表情，视线从一张张脸上扫过，发现刘邦看向自己，便不慌不忙地说道："汉王，项羽的确是在欺负您，想要战场上一决雌雄也是我军将士的英武。不过，我想问一问汉王，您觉得自己现在在个人武力、一骑冲锋上，比得过项羽吗？"

这句话迅速平息了所有人的争论，大家一起看向刘邦，刘邦先是一愣，然后老老实实地回答说："我不行。"

"您觉得士兵的众多、土地的广阔上，您比得过项羽吗？"

"比不过。"

"您觉得粮食的储备、战马的数量上，能够超过项羽吗？"

"无法超过。"

随着刘邦不断地回答，他内心的怒火逐渐平息下去，而周围所有人的情绪也同样因此而安稳下来。张良看到大家逐渐冷静，便开始思路清晰地分析起来。

张良告诉众人，项羽一定是靠范增制定了这样老辣的计谋，从效果上看的确能够既不违背誓言，也能很好地制约汉军发展，但是，这套计谋有着其明显的败笔。

败笔？听到这个词，众人不由得为之凛然，原来，当大家还在发泄不满情绪时，张先生已经看到了其中的漏洞。

漏洞在于人心。

张良说，且不说项羽将原来不同国家的诸侯全都加以贬低，而让武将们超越其上，打乱了人心应有的上下秩序，就看对付我们的这一招，也很有问题。沛公率先进入咸阳，约法三章，秋毫无犯，就算项羽不请赏赐，也不能将沛公发配到秦朝流放罪犯的地方，这样等于是公开地惩罚贬谪，想想看，从老百姓到诸侯会怎么想、怎么看？

更何况，用秦朝的那三个降将来镇守关中，更是愚不可及的方法。章邯他们三个，劳师远征、巨鹿败仗，这还不算，最终居然手握二十万重兵不战而降，带着项羽在咸阳烧杀抢掠。对于这样的秦人，关中的百姓会不满心憎恶？可想而知，他们根本在那里待不下去。

因此，这一招锁住汉军的计划，纵然思虑完全，却在一个环节上铸下了大错。那三把锁，根本就不牢固。

另外，齐国的田荣手中掌握重兵，也占有不少地盘，但是他偏偏没有从项羽手中得到任何一个王位，这样的人怎么会罢休？说不定哪天，他就会站出来挑战项羽的权威，中原很快就会重新陷入战火的混乱！

看张良分析得头头是道，刘邦彻底恢复了理性，他转身看了看鸦雀无声的众将，然后说道："那按照张先生的看法，我军该如何是好呢？"

张良拊掌笑道："汉王，我听说，吴越两国相争，越王勾践十年报仇，终于成功。现在，您千万不要贸然行事。这是因为汉军士卒们背井离乡、风餐露宿，已经连续数年作战没有休息。而现在暴秦已经被推翻，他们不会还想作战，只是迫切地想着回家乡，过日子。因此，目前形势下，我军最重要的是稳定住军心，手中留下军队，将来就好和项羽对抗。"

"可是，将来拿什么和项羽干呢？"营帐中回荡起樊哙瓮声瓮气的嗓音。

"是啊，"曹参也不无担心地皱眉说道，"我担心，将来汉王想要回去就不容易了。张先生，巴蜀之地不同江淮，而是有着高山阻挡的。部队一到那里，就是与世隔绝了，项羽却占据了经济繁华、人口众多、物产丰富的西楚，将来只怕实力对比越来越明显。"

张良说："两位担心的，正是我所考虑的。各位，暴秦当初尚且拥有整个天下，还是一样被推翻了，项羽现在拥有的是西楚九郡，推翻他又有何难，只是目前时机还没有到罢了。"

说到这里，张良顿了顿，像看穿所有人心事一样说道："那么，什么时候才是最好的时机呢？各位，其实时机很快就会到来。不妨看看现在这些诸侯，他们暂且有了自己的一些地盘，谁也不会愿意丢失，所以，都急急忙忙去各自封地做王了。但是，他们中间有的人是骤然得势，有的人却被缩小了地盘，这样的差距很快就会暴露出来，并逐渐产生彼此间的冲突。像田荣这样被无视而没有封王的人，就更不用说了。这样，最终的冲突，会集中到项羽的头上来。"

"是啊，说得没错。"萧何感慨地说道，"这就好像我负责的钱粮账目，最终总会算到一个来源上的。"

这个比喻让刘邦更加豁然开朗："也就是说，现在大家都没想到和项羽算算账？"

张良微笑点头。

樊哙摸摸脑袋说："娘哎，看来还是你们文化人懂得多，这么一说，我也明白了。原来就是像我杀狗，还没到敲倒狗头的时候啊！"

这么一说，众人顿时哈哈大笑，刘邦也憋不住笑骂道："你都是带兵的将军了，怎么还是张嘴闭嘴杀狗！"

一阵笑声后，张良总结道："大家应该听说过，自古成就大事业的人，不会害怕小的耻辱；成立大功绩的人，不应该计算小的怨恨。因此，孔子才会说，小不忍则乱大谋。我想，不仅是汉王，就是各位将领，也不要表现出对项羽的怨气，而是要高高兴兴地去当这个白得来的汉王，在那里治国安民，静观时局变化，等待机会的出现。依我的看法，不出三年，天下就会产生变化，到时候只要汉王您上应天时，下得地利，中有人和，超过项羽并没有什么困难！"

一席话说得大家如梦初醒，刘邦恭敬地说道："幸亏有张先生指教，否则，我真会一时乱了分寸。"

想到张良之前屡屡给出建议，指点迷津，再加上鸿门宴上的果断出手，让自己大难不死，刘邦赠送给张良黄金一百镒、明珠两斗。然后，刘邦派郦食其去转告西楚霸王项羽，感谢其封赏的恩情，并宣布，即日就会离开霸上，率军一路朝西南进军，远赴汉中就封。

依依不舍终分别

……

在见到郦食其之前，项羽并不完全放心刘邦。对于项羽来说，刘邦和其他那些庸庸碌碌的诸侯不同，但具体不同点在哪里，又说不上来。正因为存在这样的不安，从命令颁发以后，项羽就始终在考虑刘邦是否会接受汉王的封号，他是否会顺从地离开灞上改去南郑，是否会拒绝封号然后起兵对抗……

项羽做好了许多种方案，但终究并不相信实力平平的刘邦会站出来反对。而郦食其带来的谢赏回信，则充分证明了这一点。

郦食其用难得的谦卑态度说道，汉王听说获封巴蜀、汉中地区，感到荣幸和不安，荣幸是因为能被西楚霸王封赏，不安的是自己何德何能敢与诸侯并列。一番话说得项羽眉开眼笑，顿时忘掉内心仅存的一点不安。加上郦食其说，刘邦今天之所以没有自己来谢恩，完全是急于去南郑就封的缘故，这让项羽心中一块石头落下了地。

虽然项羽完全放心，但范增却依然认为刘邦的表现有问题。在他的再三劝说下，项羽答应，给刘邦三万人马，"帮助"他治理汉中地区。当然，实际上是为了监视刘邦部队的动向。

当郦食其回到汉军大营的时候，刘邦和手下诸位将领已经开始调兵遣将，准备向汉中进发了。萧何刚刚被任命为丞相，也在组织士卒搬运自己在咸阳城中及时保护下来的图书、典籍，曹参则统计着军中的物资、粮草、马匹和兵器。

然而，郦食其却没有看到张良的身影。来到张良帐外和侍卫悄悄打听一番，老酒徒才理解地点点头，悄无声息地走了。

原来，张良接到了来自韩王成的书信。

将近大半年的相处，已经让张良融入了整个汉军的氛围中，不管是和刘邦之间的君臣理解、默契相知，还是和文官武将之间的交谈讨论、日夜相处，都让张良感到自己没有跟错队伍。然而，天下没有不散的筵席，韩王成写信告诉他，说自己被项羽分封到了韩国，邀请他前往故国辅佐，这让张良骤然醒来：原来，自己还不算是刘邦的部下。

这时候的张良，心情是复杂而矛盾的。他不想离开汉军队伍，但转念一想，自己不正是为了复兴韩国、推翻暴秦才如此颠沛流离了十几年？如果没有这个愿望，或许自己早就选择一处山林隐居、安度天年了。如今韩王相召，作为臣子的本分，还是应该尽的。

就这样，张良几次欲言又止，矛盾重重，最终还是向刘邦说明了归意。

这一次，刘邦已经相当不愿意让张良离开汉军了，通过这大半年的行军作战、攻城拔寨，刘邦发现，军中不仅需要有文官武将，更要有张良这样一位负责统筹战略的大人物，需要他来为自己指点全局，帮助自己打通思路。现在是自己要去汉中就封的关键时期，一旦张良离开，之后的路如何走，自己一点儿头绪也没有。

然而，刘邦也知道，张良和韩王成有君臣的名分，自己向来以宽厚自许，不能做出违背大义名分的事情来。最终，他也只能无比惋惜地同意张良离开。即便如此，刘邦还是给出了一个条件，那就是请张良先跟随部队进入汉中，这样，自己或多或少还能得到一些指点迷津的机会。

张良毫不犹疑地答应了。

处理好刘邦这边的事情，张良决定去见一见项伯。他俩早在下邳的时候就认识了，后来一同进入义军，曾经朝夕相处。从彭城分兵之后，始终未通音讯，直到关中相见，可惜已经是在鸿门宴这样危险的情境了。纵然如此，张良也感激项伯感念旧情，毅然搭救刘邦，这不仅仅是恩情的回报，更有彼此共通的政治眼光和人生哲学。

想起来，张良很快就要跟随韩王去阳翟就封了，此后一别，天下大势还不知道如何变化，今后还不知道和项伯成为怎样的关系，抓住这出发前的时间去探访故友，方能不负兄弟的情谊。

就这样，张良让人将刘邦相赠的礼物装上车，带了几个卫兵，行色匆匆地来到了鸿门。

老友相见，自然有难以言表的激动和开怀。张良告诉项伯说："上次鸿门宴上，幸亏兄弟能够鼎力相助，为沛公谋得一条生路，感激之情，自不多言。沛公特意让我将这些小小薄礼相赠，略表寸心。"

项伯不断摆手说："张兄，古人说，君子之交淡如水。上次在宴会上出手相救，实在是不想让项羽背上宴会中暗杀盟友的骂名，如果接受你这样的礼物，那么，真是要将兄弟我放在不仁不义的位置上了。"

两人推让一番，项伯才同意收下礼物。

走入项伯的营帐中，两人的话题逐渐转移到当前的天下局势上，这本来也是张良特地前来的另一个意图。

张良说："实不相瞒，我虽然才疏学浅，却总是蒙韩王错爱。今日来此，是想请项兄去韩国住上几年，帮助我将政事厘清，也有利于当地百姓。"

其实，张良知道项伯必然不会去，他这么说，是为了探清项伯对天下形势的看法。

果然，项伯面露难色说："不行啊，楚军军中，我是必然无法脱身的。"

"哦？"张良不解地问道，"项羽将军如此英勇，天下拜服，难道还有什么问题？"

"兄长啊，你有所不知。我这个侄子，心性太高，又多少有点儿刚愎自用、独断专行。加上范增这个谋士出主意，他更是觉得自己天下无敌。你看，这次分封诸王，我们都没有插话的权力，一切都是他们两人决定的。依你看，诸侯们真的会从此平息战乱、俯首听命吗？我看不见得吧。不说别人，就是齐国的田荣，居然连王位都没有，他能善罢甘休？更何况汉王，恐怕也不会就那么喜欢留在汉中吧？"项伯说道。

张良没想到，分别这么几年后，项伯的政治眼光有了如此的长进，他看出项伯还有所顾忌，就果断地说道："兄弟间有什么话尽管说，我是韩国臣子，为刘邦效力既是因为韩王的命令，也是因为我想要推翻暴秦而借助其力量。"

项伯叹了口气说："其实，你我既是兄弟，说说也没什么关系。依我看来，将来同我们项家争夺天下的，必然是刘邦啊！"

张良心中一惊，问道："何以见得？"

"你看，刘邦是什么出身，能够进入咸阳却秋毫无犯，甚至连宫女都不碰一个。这是什么样的志向？再说了，现在各处都流传着他身世的故事，什么他起兵时斩杀的白蛇，也是白帝之子的化身，还有个老婆婆来哭诉，说刘邦是赤帝之子之类。这样的传言，不正是刘邦想要收服人心的证据？只可惜，项羽从来没有想到这些，也不愿听我说这些话，只愿意相信范增啊！"项伯说着说着，逐渐气愤起来。

张良心想，其实，项羽也并不是只相信范增，否则，鸿门宴上他早就动手了。说来说去，项羽实在太有武力、太有个人能力了，他只愿意相信自己的判断。

看到项伯情绪不高，张良便换了一个口气，殷殷叮嘱说："兄弟，其实我也曾经担心过，楚军如此强大，项王又如此不凡。我担心迟早会成为诸侯们眼中的……"

"别说了。"项伯摆摆手，"张兄，你的意思我都明白，我何尝没有这样的担心。但是，谁让我和他都是项家人呢？谁让我是楚国人呢？没办法，只能走一步看一步了。你放心，我会自己多留意，将来天下太平、百姓安居乐业，我还要找张兄学道呢。"

说到这里，项伯故作轻松地笑笑，意思是自己一定会坚守在项羽身边到最后一刻。

张良虽早知道有这样的结果，但是，作为当年的好友，他必须要抓住最后的机会，说完自己要说的话。现在，他内心终于轻松下来，便与项伯握手而别，返回汉营。

第二天，张良便跟随刘邦的队伍向汉中出发了。此时，由于敬佩刘邦的宽厚仁义、秋毫无犯，加上对项羽军队破坏咸阳的切齿痛恨，不少关中子弟自愿加入了刘邦的军队，加上原先入秦带的部队和项羽那三万人，使得整支部队迅速膨胀到了十几万人。张良站在部队之前，放眼望去，只见浩浩荡荡的队伍看不到头，更为刘邦感到高兴。

这支部队离开灞上，沿着渭水向西，一路上但见河水翻腾、原野平坦，又见远处的南山（秦岭）高耸入云、犹如天险，来自江淮的士兵们不由得感到新奇，一时忘记了思乡之苦。连刘邦他们也在精熟地理的张良的指引下，一一了解着各处的地理地形、人文典故，忘记了项羽带来的压迫感。

就这样，张良在刘邦军中走过了西周发源地的岐山，走过了姜子牙曾经垂钓所在的斜水，走过了鬼斧神工的斜谷关，走过了"烽火戏诸侯"中宠妃褒姒的故国褒国。终于，南郑就要到了。

刘邦愧疚地说："张先生，自从灞上出发，不知不觉，就让您送了几百里远，现在，邦已经感谢不尽了。前面道路艰险，先生返回不便，还是不要再送了。我们就此别过了。"

张良想到，此时项羽也已经掉头东去，其他诸侯也大都去往他们的封地，自己应该赶赴韩国，去见韩王成了。

临别时，张良想了想，用马鞭指了指前方重重的山川，不放心地告诉刘邦说："汉王，前面山川险峻，只有靠山间修筑的栈道，方可通行。不过，就我和项伯的谈心可见，虽然您已经前往汉中，但项王依然没有完全放心。他似乎总在担心您重返汉中，出关进攻。现在，大军过后，不妨将栈道全部烧毁，这样，一来能够让项羽消除顾虑，二来也能够保护汉中免受侵犯。大王完全可以在汉中养精蓄锐，待时而动。"

刘邦点头称善，决定予以采纳。于是，这两人再一次因为时代的变迁而各道珍重，留待他日再书写君臣缘分。

军事天才被忽略

......

看着张良远去的背影，刘邦感到怅然若失，良久，他才拨转马头，跟上浩浩荡荡的队伍，向南郑前进。

几天后，刘邦的部队终于翻越了重重山川，进驻南郑。然而，将士们的心思并没有因为抵达目的地而安定下来。他们不仅没有适应这里的新生活，反而开始偷偷地成群结队伺机跑回故乡。虽然萧何、曹参他们尽力维持，为将士们打气，但逃亡的现象依然层出不穷。

这天，刘邦正独自坐在王宫中，想着怎样在南郑这里巩固好自己的基业。忽然有人急匆匆地走进来，报告说，丞相萧何也逃亡了。这个消息让刘邦吃惊不小，既而哑然失笑——在沛县最艰难的那段日子里，萧何都始终坚持，现在怎么可能逃跑？

刘邦告诉传令兵，不得传播这样的消息，继而依旧安稳地高坐等待。

几天之后，萧何行色匆匆地赶了回来。刘邦故意装作怒气冲冲的样子喝骂道："你这家伙，别人逃跑也就算了，我们兄弟是一同起兵的，我也没做过什么对不起你的事情，为何你要逃跑？"

萧何笑着赔不是："汉王您误会了，我哪里是逃跑啊，是去追赶一名偏将啊！"

刘邦听完以后，倒真的有些生气，骂人的声音也提高了八度："什么？逃走的士兵都有上万了，逃走的将领也有十几个，我都没听说你去追过，怎么你现在想起来去追哪个将领了？分明是你故意隐瞒本王！"

萧何说："汉王，你且听我仔细道来。以往逃走的那些士兵将领，都是不肯吃苦、不愿做大事的庸碌之辈，逃走倒可以减少点儿军粮的消耗，倒没有什么危险，而且这样的人，将来随时随地都能招募而来。但我追回的这位将领，就与众不同了。"

"哦？"听萧何说别人与众不同，刘邦感到好奇起来，他感兴趣地问道，"怎样与众不同？"

萧何回答道："汉王，这位将领叫作韩信，他可是天下奇才，国士无双，实在难得。我只是跟他探讨过几次兵法的运用，观察过他管理手下，就感觉在军事上自叹弗如了。如果汉王您觉得在南郑这个地方待下去也能满足，不愿意向东争夺天下，那么，韩信就这样跑了，我也不会去追回；但您分明是想获得天下啊，那这样的人才假如到了其他诸侯那里，岂不是对您有天大的危险？"

刘邦这才转怒为喜，笑着说道："难得丞相这样爱才，看在你甘愿背着逃亡名义去追他回来的辛苦上，我就让他当个将军如何？"

"汉王，一个普通的将军头衔，恐怕留不住这样的人才啊。"萧何坦率地说道。

刘邦从没有见到过萧何如此坚决地推荐一个人，他陷入了沉思，半晌才回答说："难道，你的意思是让我封韩信做大将？"

萧何坚决支持："正是请汉王封他做个大将军，这样，韩信才不会背弃我军。"

说完，萧何面色严肃地在席上拜了两拜。

汉王眉头纠结到了一起，说："如果韩信真的有这样的才能，大将军的头衔当然不算什么。只是，他好像是刚刚投奔我军不久的吧，又没有立下什么战功，就这样封他做大将，那樊哙、周勃、夏侯婴他们，心里会怎么想？"

萧何坐直身子，双目炯炯有神地回答说："汉王，自古让有才之士担任他们应有的位置，是天经地义的事情。至于众将士心中究竟怎么想，那要看大王的意思了。只要您态度坚决，再对他们详细解释，晓之以理，动之以情，众将士又怎么会不服呢？"

刘邦又想了想，下定决心地点头说道："好，萧何，我就听你的，让韩信做汉军的大将。不过，你先把他召来，本王想亲自看看他配不配得上这个大将的名号。"

萧何诚恳地劝解说："大王，这样万万不可。古人说，如果对人才不敬重，对贤者不讲信用，那么，有能力的人都不会投奔了。恕我直言，大王平时经常不拘小节，对下属傲慢不已，韩信心高气傲，自然看不到自己晋升的希望，才会选择逃走。既然您现在相信我，愿意让他做大将军，就千万不能还像我们在沛县那样，召别人就像呼唤小孩子那样。我认为，大王应该郑重其事地搭建一个高大的拜将台，然后挑选良辰吉日，大王您再事先更衣斋戒，并通告全军参加。在众人面前，由大王您亲自拜将授印。这样，不仅可以让韩信了解您的诚意，还能安定军心，让所有将士都愿意服从他的指挥。"

刘邦虽然半信半疑，但他想到萧何跟随自己起兵这么久，很少做出如此坚决直接的建议，也就同意了。

不久后，一座高大的拜将台出现在南郑城的兵营大门外，文武官员们也早早接到通知，说是要集合观礼，认识新拜的大将军韩信。然而，绝大多数人在听到这个名字时，都面面相觑，毫无头绪，根本不知道韩信是谁。

说起来，韩信的出身也实在普通。他是东海郡淮阴（今江苏淮阴）人，因为父亲早逝，与母亲相依为命，家庭十分贫寒。十五六岁时，母亲又不幸撒手人寰。结果，韩信只好独立谋生，他不喜欢农活，也不愿意去学做生意，更没有当工匠的手艺，而是整天舞刀弄枪、结交朋友，曾经因为窘迫，而被迫从一个小混混的胯下钻过去。

有钱的时候，韩信便游走四方，没钱了，就饿着肚子到淮水边钓鱼果腹。

正是在那些钓鱼的日子里，一个人改变了韩信的人生追求。

那是一位在淮水边漂洗衣服的老婆婆，她看见面色枯黄的韩信，感到于心不忍，便常常分一些食物给他。韩信感激涕零，一边吞咽食物，一边对老人家说道："您的救命之恩，我韩信永世不忘，将来一定会报答。"但这位老婆婆听了以后并不高兴，反而说道："我是看你可怜才送一点儿东西给你吃，谁又会指望你将来的报答呢？更何况，堂堂男子汉大丈夫，还要靠别人施舍，有什么出息呢？"

韩信用尴尬的沉默来回答。

老婆婆的这句话让羞愧难当的韩信决定不再过任侠游荡的日子，他决定外出闯荡，找正经事情做。

当个人的命运和时代的巨变奇妙地走到同一个轨迹时，机会就会毫无预示地出现在人们的面前。在二十岁那一年，韩信加入了项梁的队伍，参加了几次战斗，后来，项梁阵亡，韩信又跟随了项羽，并参加了让项羽一战成名的巨鹿之战，接下来，还和楚军一起入了关。

虽然韩信在楚军中屡次立下战功，也被人多次举荐过，然而，看重门第出身的项羽并没有把他放在眼中，只让他做了个职权卑微的侍卫武官。不久后，韩信意识到，在项羽手下没有自己人生中的下一个空间，于是，当部队来到咸阳附近时，他毅然偷偷离开军营，投奔了刘邦的部队。

或许是命运改变的交叉路口总是没有来到，在刘邦这里，韩信也没有遇到什么太好的机会。他起初只是做了个下级军官，后来，因为夏侯婴的赏识，又成了"治粟都尉"，负责军队中的粮草供应。但是，韩信还是觉得自己没有充分的用武之地，难以在钱粮计算和分配上体现出自己的能力。

好在主管军中物资供应的是丞相萧何，他几次和韩信打交道，发现他的确有常人不及的奇才，因此才打算向刘邦提议。没想到，由于时局变化太快，萧何还没来得及提议，部队就要向南郑进发了，萧何一直没有找到建议的机会。而韩信则因为绝望而加入了逃亡者的队伍，幸亏萧何连夜骑快马追赶，才将其带回。

如今，接到了汉王要正式拜他做大将军的消息，韩信怎能不激动万分呢？从淮阴一个任侠，到汉中一个大将军，人生的起伏变化中，他实现了多年夙愿，更是可以展现自己隐藏许久的才能了。想到这里，韩信的内心更是震颤不已、激动万分。

然而，更加感到不可思议的还是汉军将士们。当汉王真的用隆重的仪式，将特地铸造的大印捧给韩信时，所有人都惊呆了，那些自认为是从刘邦最弱小时就忠心跟随的将领们，一个个窃窃私语，满脸狐疑，耐不住性子的樊哙则涨红了脸，抓着每个人就问："韩信这家伙，到底是怎么骗了我们汉王的？"

其实，刘邦在萧何的提醒下，早就想到了这一点。因此，当拜将的仪式结束后，刘邦便给韩信赐座，请他当着将士的面谈谈对天下大势的看法。

韩信知道，刘邦希望他能够向汉军展现才能，以便提高士气。于是，他从容地说道："大王，您在南郑做王，其实并不想久居于此。"说完，韩信又将视线扫向台下的将士，大声说道，"你们所有人，既然跟从汉王从沛县起兵，想来也是不愿意待在这异乡客土的！"

不管韩信究竟是怎样的人，但这句话起码说中了在场所有人的心思，刚才闹得最欢的樊哙也停止了折腾，愣愣地看着韩信。

刘邦点头说道："韩将军，你说得对，我们都不愿意在此困守。只是，请问您有什么好的计策呢？"

韩信反问说："大王，您不妨想一想，在个人的英勇善战、对手下的封赏奖励以及兵力的强弱多少上，大王和西楚霸王项羽，究竟孰优孰劣呢？"

如此直接地被在众人面前提问，刘邦还是第一次。在场的所有将士也都凝神静气，等着汉王的回答。

从此一心为汉王

......

刘邦沉默了一会儿，然后如实地回答说："我的确不如霸王。"

韩信看到刘邦态度确实诚恳，而且坦率真实，一点儿也不像项羽那样刚愎自用、文过饰非，于是便离开自己的座位，向刘邦跪拜。刘邦立即亲自将他扶起来，请他继续说下去。

韩信说道："项羽的确英勇善战、刚猛无敌，就是他一声怒吼，也能将千百人吓得腿软。但是，我曾经在项羽的帐下待过，他不能任用那些有才的人，所以其勇猛也只不过是个人的匹夫之勇罢了。项羽平时看起来对人相当慈爱，言语也比汉王您温和，连普通的士兵生病，他都能同情地流泪，还把自己的食物分配给他们吃。然而，这只不过是妇人之仁罢了！"

韩信停顿了一下，提高声调说道："项羽虽然有这种感情上的仁义，可是他压制诸侯，又不据守关中，还把义帝赶走，这样，就是如同暴秦一样的倒行逆施啊！"

众人纷纷点头。

韩信的话继续敲击着所有人的心门："如果大王您能够反其道而行

之，任用那些果敢英勇的人，如何不会战胜项羽这样的强敌？如果大王您能够把天下城池封赏给那些有功的部下，还有谁会不努力向前？大王率领义军东归，是顺应全军上下的意愿，加上关中那所谓的三个王是秦朝的将领，他们带领关中子弟出战，阵亡者不计其数，他们自己却飞黄腾达了。所以，关中父老对他们早就恨之入骨。而对比他们，大王您当初入关，秋毫无犯还约法三章，因此深得民心。所以，大王只需要发一道檄文，就能重新占领关中了，然后再联合其他诸侯，何愁不能击败项羽，何愁不能占有天下？"

随着韩信冷静的讲述，刘邦的眉头渐渐舒展开，嘴角也放松了，最后向上弯起，释放出多日不见的笑容。随着这样的笑容，将士们高声呼喊起来："天下！天下……"

在越来越大的声音中，韩信感到，脚下的土地正在慢慢发烫，烫到就要像他的雄心那样燃烧起来。

萧何看着振奋起来的士气，向表情释然的刘邦说道："大王，如果张先生在这里，就好了。"

"是啊，张先生，张先生……"刘邦的视线投向远方的群山，似乎要看到群山背后的中原，看到在那里不知如何的张良。

张良现在的境遇，的确让人有点儿揪心。

他在离开刘邦队伍之后，便急急忙忙赶往咸阳附近，去拜见韩王。原来，当初项羽率军入关，并没有带上韩王的队伍，而是让他们就地驻防。后来，在分封天下的时候，项羽才特意将韩王唤入咸阳，并让他和部队在咸阳附近驻扎。

张良满心以为，韩王成还会在驻扎地等待他前来会合，然后一同去韩地就封，没想到，当他来到营地的时候，却大吃一惊，原来，这里早就变成了一片旷野，只有依稀的杂乱痕迹，凌乱地表现出这里曾经有军队居住过的特征，给广袤的旷野带来几分凄凉。

张良不知道情况发生了怎样的变化，他一边向东赶去，一边到处打听部队的下落。而打听的结果是，项羽已经率领楚军向彭城而去了。

"既然如此，韩王成大约也去了属地吧。"张良这样想着，因为函谷关向东不远，就是韩国的封地，项羽回彭城，也要经过韩国，韩王成一定是带领部队追随项羽一路向东了。

在这样的希望下，张良顾不得休息，就继续沿着渭水向东而去。几天之后，他来到洛阳，听说楚军已经向河东而去。

张良想，大约和自己估计的没有错，洛阳再向东就是彭城了，但韩王成应该是向自己的国度阳翟（今河南禹县）而去了，那是在东南方啊。

就这样，张良匆匆地离开名城洛阳，沿小路从嵩山翻越，然后向阳翟而去。

虽然外界有了翻天覆地的变化，但阳翟如同这片大陆上众多的小城市一样，没有多少对外界变化应有的敏感性。这个未曾被战火波及的城市中，依然如几年前一样，按照既有的节奏缓慢生活着，没有任何变化。

张良很快回到自己的家中，说这里是"家"，其实对张良来说并不完全合适，因为他在过去数年内在这里待过的时间太短。只不过因为妻子和岳父住在这里，作为张良心中朝思暮想的一个港湾，这里才称得上是"家"。

张良走进院门，看见妻子和往常一样，正在岳父照料的花圃之间散步，只是，她怀中抱着的婴儿让张良很是吃惊。

大概是看到了张良错愕的表情，妻子连忙解释说："夫君，您跟沛公走了之后，我才知道，自己有喜了……"

张良坦然地说道："是啊，其实都怪我走得太急了。连孩子出生时，都没有陪在夫人的身边。"

张良一边说着，一边将孩子接了过去，仔细端详说："此子天庭饱满，看上去也是个聪明孩子。起名字了没？"

"当然没有，"妻子娇嗔地回答说，"先生不回来，我怎敢随便起名。"

原来，妻子有时候也喜欢用"先生"来称呼张良，两个人早已经习惯了。张良便想了想说："天不疑，方可泽被人间；地不疑，方可承载万物；人不疑，方可立身行事。这个孩子，就叫不疑吧。"

孩子听见这个名字，似乎心有灵犀，在襁褓中手舞足蹈着冲张良微笑起来。

然而，张良随之产生的笑容，很快就被岳父带来的噩耗而终结了。

张良的岳父，原本也是韩国世家贵族的后裔，正因如此，两家才会缔结婚约，而夫人也甘愿在这个小城市里隐居十年，等待张良。等张良走入厅堂，对岳父行礼完毕后，看到的是岳父憔悴的面容。

"父亲大人，您……"张良张口说道。

"不要问我了。"岳父无力地说道，"我已经两三天没有安眠了。之所以如此，是因为旧友让人带来了一个坏消息。"

张良内心"咯噔"一下，油然升起一股不祥的预感。难道，韩王成在途中遇到了什么变故，还是他被项羽带到了彭城？然而，岳父告诉张良的事实是，韩王成不仅被项羽带往了彭城，而且，就在几天前，已经被项羽处死了！

原来，当初韩王成出于保护自己实力的考虑，没有跟随楚军一起入关，项羽本来就对此耿耿于怀，只是勉强将其放在韩王的位置上。但是，不久后有人对项羽进言，说正是韩王成的背后支持，张良才会去投奔刘邦，并给他出谋划策。

项羽虽然没有在鸿门宴上杀掉刘邦，但这并不代表他不敢杀掉韩王成。在项羽眼中，所有人是否该杀，很大程度上取决于自己有没有实力去杀掉他。尤其是听说张良的事情以后，项羽更为不安，当这种不安刺激到他时，他就变得无法自制起来。

韩王成的末日很快来到了。项羽下令将其带往彭城，接受讯问。韩王成没有任何实力与项羽对抗，只好任人摆布，来到彭城后马上就被剥夺了王号，改封为侯。然而，项羽对这个缺乏实力的韩侯依然感到放心不下，担心留下后患，他干脆将其杀害了。

张良听说这个消息后，泪水顿时溢出了眼眶。的确，这个韩王成没有多少才能，但同样，他也没有什么过失，因为同样是韩国的宗室，他和张良一样有着复国的梦想并为之奔波。早在项梁会盟的时候，他们就彼此相识，韩王成对张良的能力也钦佩不已，引为左膀右臂。回想起两人在颍川附近一带的游击战中，也曾留下过共同战斗的足迹，暴秦被推翻后，韩王成写来的书信中，也频频流露出邀请张良回去辅佐的热忱。虽然韩王对军事作战并不擅长，但张良期待的是他治国安民的能力，却没想到，他居然就这样不明不白地死在项羽手中。

张良思来想去，觉得韩王成的死和自己有着很大的关系。他在家中安放了韩王成的灵位，哭祭了一番，并暗暗立下誓愿，一定要为韩王成复仇，为韩国人向项羽复仇。

然而，张良唯一可以倚靠的汉王刘邦远在南郑养精蓄锐，而韩国故地则群龙无首，官吏们一个个都依附着彭城。对于张良来说，情况似乎又回到了十几年前，韩国刚刚被秦国所攻占的时候。

究竟要怎样才能向项羽复仇？张良左思右想，不得其法。正在此时，从彭城来的征召使者来到了家中。

项羽杀死韩王成以后，多少有些后悔。因为毕竟对方是一国之王，贸然杀害，未免过于草率。更现实的问题是，应该如何安顿韩国内部。在范增的建议下，项羽任命韩国大夫郑昌做韩王，又听说张良已经离开刘邦回到阳翟，不由得心里一动——如果能招得张良来相助，岂不是如虎添翼？

就这样，张良被项羽"请"到了彭城。

两人一见面，张良根本就没表现出对于韩王成之死的过多关心，而是直接向项羽介绍了刘邦的情况。他告诉项羽，刘邦现在的日子相当难过，士兵们逃亡的情况一天比一天严重，为此，刘邦不得不派大将在军队背后压阵，不仅如此，为了断绝士兵的归路，他还烧毁了全部的栈道。

项羽起初对张良是否支持自己还无法确定，但听到这里，他脸上露出了满意的微笑，并连连称赞范增的智谋。张良则更进一步说，刘邦虽然侥幸先进了咸阳，却没有能力和勇气与项王争夺天下，只是希望能够据守汉中，保境安民。这种说法和项羽的心思完全一致，于是，他便真正相信了张良，将他留在彭城加以热情款待。直到数月之后，张良才留下告辞信，说自己思念韩国，连夜悄悄离去。项羽听说后，也只是嘲笑读书人恋家而已，并不以为意。

然而，张良这一次的离去，目标并非是他在阳翟的家，而是远在南郑的汉军大营。

第六章

高明的玩家

明修栈道，暗度陈仓

......

张良的离去并没有引起项羽多少注意，并非是他不想关注，而是他已经没有多少注意力了。项羽的注意力，被天下迅速变化的形势吸引了。

原来的燕将臧荼首先发难，率军攻击原先的燕王韩广，凭借着项羽这样的后盾，臧荼很快斩杀了韩广，吞并了其领地。

接下来闹事的是齐国原先的大将田荣。之前，齐将田都成了齐王，以临淄作为都城，而原来的齐王田市则被改封为胶东王，以即墨作为都城。这些分封让田荣内心的平衡完全失去，他很快派遣部队去拦截前去就封的两个人，很快，田都被赶到了项羽那里。接下来，田荣又杀死了田市，并自立为齐王，树起了和楚霸王项羽对抗的旗帜。

当然，田荣也知道，自己手中的力量还是无法战胜项羽的，因此，他想到了老朋友彭越。彭越原本是早在项梁会盟诸侯时就活跃在齐国一带的反秦义军首领，虽然其手中有着数万人的兵马，在和秦国的交战中也立下了不少功劳，却同田荣一样，最终因为出身平凡而没有被项羽封王。此时的彭越正有着一肚子火无处发泄，听说田荣自立为王，还送来了偌大的将军印，不觉喜出望外，决定为新的事业大干一场。

就这样，两个不得意的人走到了一起，点燃了新的战火。彭越很快按照齐王田荣的命令，出兵向北进攻，打败了济北王田安。就这样，整个山东半岛都属于了田荣。然后，彭越又带领身经百战的士兵们向西击溃楚将萧公角的部队，在魏国的土地上也树起了反楚的旗帜。

就这样，新的一轮多米诺骨牌效应迅速产生了。

赵国大将陈余发现，自己因为在巨鹿大战之后和张耳决裂，没有跟随项羽入关，结果，成了仅仅只有三个县的侯，而原来和他平起平坐的张耳却飞黄腾达成了常山王。陈余心中自然不满，加上田荣的出兵，更加挑动得他的野心迅速膨胀起来。

很快，陈余的书信送到了田荣的案头。他说，只要田荣能够出兵和他一起驱逐张耳，重新拥戴赵王歇，那么，两国就可以一起联手对付项羽。

田荣正愁自己没有帮手，于是立即发兵和陈余夹攻张耳，在猛烈的攻击下，张耳放弃了王位，向关中逃去，投奔了刘邦。而得势的陈余摇身一变，成为代王，赵王歇则坐回了他原来的宝座，三国联合起来加上彭越，正式对项羽宣战。

可想而知，面对这样的情况，项羽哪里来得及管张良的去向？

他明白，如果不迅速弭平挑战者田荣，各地都会效仿而天下大乱，于是，他开始调集军队，前往齐国平叛。

虽然关外重新点燃了熄灭不久的战火，关内却显得相对平静许多。

雍王章邯、塞王司马欣和翟王董翳原本都是秦朝投降的将领，本来只想保住性命，没想到居然成了关中三王，这种意外的发达令他们感到昏眩的同时，也感到充分的压力。正是因此，他们决定好好报答项羽的封赏，堵住刘邦东进的可能。不久之后，他们听说汉军在进军南郑的时候为了防止逃兵居然烧毁了栈道，不觉哈哈大笑，为刘邦的无能懦弱感到释然开怀。

然而，当田荣在关外开始挑战项羽权威的时候，章邯得到了一个绝密的消息：汉军开始修复栈道了。

汉军的确在修复栈道，按照韩信的命令，将军樊哙率领一万死士，背着开凿山道的工具，攀缘上绝壁，试图修复那些栈道。

司马欣和董翳证实了这个消息后，感到坐卧不安，只有章邯宽心地说道："我还以为刘邦有什么本事，原来也就是个草包。大家想，从汉中进入关东的谷道，少说也就有几百里，全都是悬崖峭壁上的栈道。当年这栈道修建了数年才算完工，又经过了历朝历代的改造，死了多少民夫，刘邦他一把火烧毁了，现在想重新修好可就难了。等他修好，起码还要两三年吧。"

虽然三王因此而放下心来，但他们还是在谷道的关口部署了军队，整顿工事，做好迎战刘邦的准备。

然而，正当章邯感到一切尽在掌握的时候，一条新的消息传到耳中，让他大吃一惊：汉军已经越过南山（秦岭）占领陈仓了！

原来，在褒斜谷道的西面，有一条山间小路，这条小路连接着关中和汉中，称为故道，又叫作陈仓道。它从陈仓（今陕西宝鸡市东）开始，向西南，出散关，然后沿着故道水峡谷，经过凤县，向东南方推进，进入褒水峡谷，和褒斜谷道会合。

这条道路的历史要比褒斜谷道更长远，而且道路坡度也比较平坦，只是，如果从这条路行走，从咸阳到南郑之间的距离要远上数百里。因此，无论行军还是行旅，人们都不愿意选择这条道路，从而导致这里日久荒废，无人开辟。章邯世代为秦人，自然对此了如指掌，但也恰恰在这样的思维中栽了跟头。

这条计策的制定，正是韩信给刘邦献上的见面礼——明修栈道，暗度陈仓。

　　按照韩信的计划，刘邦应该首先派兵修复烧毁的栈道，并故意给执行者下死命令，让他三个月内完工，在这表面的虚张声势下，军队故意到处散播消息，说马上就要顺原路返回，帮助项羽平定齐国叛乱了。而与此同时，韩信自己却率领大军，秘密地从故道上插到陈仓背后，突然袭击，让章邯措手不及。

　　听完这个策略，刘邦高兴得合不拢嘴，也惊讶韩信在军事上的谋略艺术和张良也能一较短长。别的不说，这个计谋无疑能加快自己东进的速度，稳定军心，并且迅速击溃关中三王。

　　就这样，刘邦做出了统筹的安排，让萧何留守汉中地区安抚百姓、发展经济、收取赋税进行补给；修复栈道的工作交给了大大咧咧而善于统御士兵的樊哙；将军曹参则在韩信的指挥下开辟故道，准备偷袭陈仓；刘邦自己则带领周勃、夏侯婴、灌婴他们，率领十万大军后续跟进。

　　就这样，韩信的部队和樊哙的部队分头出发了。

　　当章邯的目光还停留在那些被烧毁的栈道上时，韩信的部队已经走过了羊肠小道，靠着双脚双手，到达了秦岭北麓的陈仓附近。这支突然出现的部队让陈仓不多的守军吓得手足无措，很快就宣布投降。

　　受到更大惊吓的还是章邯，这是因为陈仓就在渭水的岸边，如果从那里沿渭水东行，就是一片平坦的秦川了。汉军用不了几天，就能陈兵在章邯都城废丘城下了。

　　在这样的形势下，章邯一面动员自己的军队，一面向塞王司马欣和翟王董翳写信求援，很快，三王组成了联军，一同面对着气势正旺的汉军。

　　然而，现在的汉军已今非昔比，韩信成为大将后，不仅提升了汉军士气，更利用在南郑休养生息的时间，对汉军加以严格训练，强调阵法和命令的重要性。加上之前士兵的逃亡无形中淘汰了那些懦弱胆小或者家有负担的士兵，剩下的士兵无不以一当十、作战勇猛。结果，第一仗，韩信率领的汉军就将三王联军击败，同时，曹参和樊哙率领偏师南下，试图切断章邯主力的退路。

章邯久经战阵，自然知道这次失败打击的力度，于是舍弃了已经溃败的军队，逃回废丘。

韩信建议说："常言道，困兽犹斗，如果现在攻打废丘，一定会付出很大代价，不妨现在派出军队去分头占领关中各地，废丘自然是囊中之物了。"

果然，塞王司马欣和翟王董翳很快投降，只剩下了章邯和弟弟章平困守废丘，已经无法对强大的汉军形成威胁了。

不过，刘邦如此高调的表演，将在东部如同猛虎蹲踞的项羽激怒了。比起田荣，项羽当然更在意刘邦的行为。

更令人没有想到的是，刘邦不仅没有去关注项羽的变化，还做出了一个可以理解却相当愚蠢的行动——派兵去沛县。

刘邦觉得，自己扫清关中已经不在话下，就是将来夺取天下也有了起步的希望。然而，想到自己的老父和妻子还在遥远的沛县，这又让他在兴奋之余有着无比的惆怅。更何况，沛县离项羽的地盘太近，谁也不知道自己什么时候就会和项羽翻脸，既然如此，不如尽早将家小们接来团聚。

就这样，刘邦和谁也没有商量，就派出将军薛欧、王吸率兵，从武关出发，然后同南阳的地方武装首领王陵一起去沛县，接太公、妻子和子女们前来团聚。

王陵这个人，原来是沛县的任侠，和刘邦早就相识。他虽然没有什么学问，却性格直爽，自幼行走江湖，一把剑使得神鬼莫测，而为人处世却又最看重仁义道德。因此，刘邦在沛县时，总是称其为兄长。当刘邦起兵之后，王陵也率领手下起兵，不过，他也和田荣、彭越一样，没有率领部队入关，而是驻扎在南阳一带。

　　由于王陵的势力弱小，项羽分封天下时根本都没考虑他。这让王陵愤怒非常，后来，他想到过去和刘邦的交情，便毅然和汉军联系，成了刘邦的属下。这次，刘邦正是考虑到他在中原活动的时间较长，能打开通道，才选择了他作为迎接家小的先锋。

　　但是，这个消息很快传到了项羽耳中，杀意再次从这个男人的心中升腾起来。

设置陷阱坑霸王

　　项羽原本考虑的是如何出兵去打击田荣、陈余、彭越这帮他眼中的跳梁小丑，没想到，汉王刘邦迅速占领了关中，他还没反应过来，又听说刘邦居然派出王陵来迎接家人。火冒三丈的项羽派出骑兵，将前去沛县的汉军在阳夏（今河南太康）拦住。作为威胁，他还派人将王陵的母亲抓了起来，想要用此来逼迫王陵投降。

　　王陵是个大孝子，他听说母亲被项羽抓走了，便专门派遣使者前去探视。项羽并不想再为自己树立更多的敌人，于是特别传下命令，要求手下对使者热情招待，还专门让王母出来和使者相见，希望能够借此来软化对方。不料，王母却是胸怀天下而富有骨气的刚烈妇人，她坦然地告诉使者说："请你们为我这个老妇人带个消息，告诉我的儿子王陵，让他忠心跟随汉王。我一直听说，汉王才是个值得敬重的长者，他最终会取得天下，而项羽只懂得暴力，迟早会被推翻。"

使者含泪记下，刚要说话，王母又说道："古人说，忠孝难以两全，我今天被项羽抓来扣押，王陵当然会因为担心我的安危而发生动摇。所以，我决定用死来坚定他的决心，就让我以死来送你吧！"

说完，王母趁众人不备，抽出使者的佩剑自刎身亡。

在场所有人都惊呆了，有人立刻报告给了项羽。项羽原本并没有想杀王母，只是希望利用这样的人质来招降，结果，她居然宁可自断生路，都不愿让儿子跟随项羽。气急败坏的西楚霸王立刻传令赶走使者，然后堆积好干柴、架起了大锅，烹煮了王母的尸体。

王陵从使者口中听到这样的消息，悲痛欲绝，刘邦这次试图迎接家人的军事行动也宣告失败了。

此时的项羽在范增的建议下，开始着手向关中进攻。他首先看到地图上的韩国，那里是从关中向东进攻的必经之地，于是，他拨出军队给韩王郑昌，让他阻挡汉军锋芒，而自己则打算厉兵秣马，带大部队向关中进攻，将刘邦彻底剪除。

正当战争的态势越来越明显时，楚霸王接到了张良的一封书信。

原来，自从离开彭城以后，张良就随时随地打算加入反楚的队伍，但是，在混乱的局势下，张良无法确定下一步的准确行动，便隐居在阳翟，等待时机。不久后，他听说汉王刘邦采用了"明修栈道，暗度陈仓"的计策迅速拿下了汉中，不由得击节赞叹——实际上，当初他要求刘邦烧掉栈道，正是想要以后找机会运用这样的计策，没想到居然被不知名的韩信提前使用了。

一种惺惺相惜的感觉很快击中了张良的内心，随着刘邦进攻节奏的不断加快，这种感觉不断强烈，同时让他重新回味起那段在汉军中的日子。就这样，他下定了最终归汉的决心。

但是，张良并不打算马上就展现出这样的态度，他决定利用好自己现在中立的身份，给项羽布置一些陷阱。

第一个陷阱很快就打开在项羽的面前，只不过，它看起来只是一封薄薄的帛书。

项羽听说是张良写信过来，终于想到了张良已经好久没有踪影了，于是，便打开来信观看。

张良写道："近日大王于彭城养精蓄锐，分封诸侯，安定黎民，众人仰慕。最近，汉王夺取了关中，秦川燃烧起战火，实在是胆大包天、肆意妄为。不过。张良以为，刘邦采用计谋打进关中，只是为了实现之前的诺言，满足自己的面子。实际上，刘邦兵微将寡、军粮也不多，必然不敢东进的。"

项羽看完书信，举起帛书向范增递了过去。范增看完以后，默然无语，过了一会儿，他满怀担忧地对项羽说："霸王，这个张良说的话不可全信，也不可不信啊。"

"嗯，亚父，我也在内心有所怀疑。"

"是啊，"范增继续说道，"他早就和刘邦有所交往，又帮助汉军先于我军进入咸阳，如果说他不愿意帮助汉军，恐怕难以令人相信啊。"

项羽说："亚父，我也考虑过这件事。不过，我觉得，无论张良的原意如何，他说得都有些道理。想当初，我们将刘邦放到偏僻的汉中，的确是违背了约定，失信于天下……"

范增不自觉地在席上调整了下坐姿，这件事情当时是他力主，没想到，所谓的锁，根本就经不起刘邦的一番敲打。

　　好在项羽并没有任何责怪范增的意思，他继续说道："既然事已至此，我想，只要能让局势安定下来，不去管刘邦的话，是不是也可以考虑呢？"

　　范增听闻，犹豫不决地说道："霸王，当时我的计谋就是想要将刘邦压制在汉中的。没想到他这么快就翻身了。现在，以刘邦手上的军力，想要马上向东进攻，也的确不容易。所以，张良的这封信很可能是刘邦的意思，想要向我们示弱，从而保住自己的关东地区……"

　　"是啊，亚父，就算刘邦想要东进，在中原还有韩王郑昌的阻挡。不过，他真的挡得住？"项羽又提出了另一个问题。

　　"这……"范增一时也拿不定主意了。

　　结果，这几天内，项羽和范增忽而觉得应该继续向西征讨刘邦，不相信他通过张良释放的缓兵之计；忽而又觉得，刘邦本来和田荣那些人就不同，他已经是实质上的关中王了，还急于反对项羽做什么呢？

　　在两人的不断讨论中，张良的第二封信又被快马送到了彭城。

　　这封书信中，张良只简单地写了几句，然后附上了他从秘密渠道弄来的一份密函。这份密函是彭越写给田荣的。

　　项羽打开密函，仔细地看了一遍，脸色顿时变了。

　　原来，这份密函的内容是彭越和田荣商量究竟如何再去发动其他十几路诸侯反对项羽，两个人甚至在密函里相互安排，将拉拢不同盟友的任务一一分配。

　　看着密函中缜密周全的计划，范增的额头出现了一层密密的汗珠。他掏出自己的丝质汗巾擦了擦额头，说道："项王，这封信的确是真的，彭越的笔迹，我在项梁将军手下是见过的。"

"的确，"项羽说，"何况张良在六国都有朋友，他说的事情，我觉得应该要仔细想想啊。"

"项王，下定决心吧。关中毕竟离我们这里还远，何况，章邯兄弟还在废丘继续支撑着。就算刘邦拿下了关中全境，我们也不能不注意自己身边的火啊。如果田荣和彭越的计划真的实现了，那他们南下可是指日可待的事情！"范增的口气坚决得不可置疑。

看见亚父也做出了决断，项羽没有理由再怀疑下去，于是，他传令已经准备好的全军将士，立即向北出发，目标直指齐国的田荣。

实际上，这份所谓的密函是张良精心准备的，他在会盟时，特地留下了所有诸侯的笔迹，然后请来了最好的书法家加以模仿，打造出了这个陷阱。正是这个的陷阱，同时迷惑了楚国的最强武者和最高智者。

当张良听说楚军的调动已经开始后，终于松了一口气。这些天来，他像一个将筹码放上桌子的赌徒一样，始终等待着来自彭城的消息。从内心来说，张良也知道这是一次冒险，是他很多年来都没有做过的冒险。一旦成功，楚霸王项羽的目光将会转移到北方，忘记最可怕的敌人刘邦，而一旦失败，张良的倾向就会彻底暴露，而成为项羽抓捕乃至杀害的对象。

现在，那个命运的骰子终于停止了转动，出现了对张良来说最吉利的数字。

张良并没有欣喜多久，他想到，这个计谋应该很快就会暴露，再这样在韩国待下去，很可能会遇到危险。于是，踏上了向西的旅程。

正义之师众望所归

……

几乎是在张良向西而行的同时，项羽也离开了彭城——他的目标在北方的齐地。

正是张良先后的两封密信，让项羽和范增都意识到刘邦并非心腹大患，近在咫尺的田荣才是。于是，楚军主力迅速调整了战备计划，打算尽快平定齐国的纷乱。项羽临行前又派出了使者，星夜赶往六安，要求九江王英布也同时率军北上。

英布手下的部队原本是一支独立的反秦武装，后来，他率领这支部队投奔了项梁。项梁战死沙场后，他选择了跟随项羽，并屡立战功。因此，项羽才在封赏天下时，让他成了离自己属国最近的九江王。

然而，接到催促后，英布并没有像项羽所预想的那么配合，而是推说有病，无法出征，只派出了九千人马应付。实际上，英布并非没有政治头脑，他想到的是，今天的项羽和昨日已然完全不同。仅仅是在一年前，项羽还是义军的首领，还代表着大多数人，不能说一呼百应，起码也是正义的化身。然而，现在局势完全不同了，暴秦已经被推翻了，项羽成了所谓的霸王，却没有得到霸王般的拥护，如果英布这时候再盲目跟从，就不亚于闭上眼睛赌博了。

就这样，项羽等来的是英布那老弱病残的九千人马。项羽虽然满心不快，却终究明白自己不能继续树敌，只好悻然接收，踏上了向北的征程。

虽然齐国在诸侯中实力不俗、土地广阔，但项羽的楚军毕竟也是在巨鹿之战等一系列战役中历练出来的精兵。因此，他们一路作战攻入齐国，几乎是势如破竹，一直打到了齐国的重镇城阳。田荣看到项羽的推进速度如此之快，慌忙继续向北逃到平原。在项羽的进逼之下，当地百姓对田荣的不满全部爆发，很快作乱将田荣杀死，把人头献给项羽。

就这样，齐地在短期内获得了一段宝贵的平静时间。项羽扶立田假为齐王，让他在城阳坐镇，自己则继续率领大军北进，决心将田荣的势力全部铲除。然而，楚军纪律素来混乱，在项羽的纵容下，楚军将齐国当成了当初的咸阳，他们依旧纵兵焚毁房屋、破坏城墙、屠杀降兵、侮辱妇女、抢劫财物，让齐国百姓经历了更加可怖的灾难。

就这样，齐国的人心很快又发生了变动。百姓们从一开始的痛恨田荣，变成了痛恨楚军，然后变成了痛恨项羽和项羽扶植的傀儡田假。在田荣弟弟田横的率领下，地方武装很快集结成大部队，并将田荣的儿子田广立为齐王，重新召集其散兵游勇，将田假赶出了城阳。

当田假急急忙忙如丧家之犬一般将这些事情禀报给正在南归路上的项羽时，项王感到一阵厌恶：这个没用的田假，居然连我军辛苦打下来的城池都守不住！

项羽受不了这种弱者带来的厌恶感，他传令杀掉田假，然后重新进入齐国进行第二次平叛。

对此，范增也没有反对。毕竟，现在西部还算平静，赵国和彭越虽然做出策应的姿态，但实际上还在观望形势。田横刚刚重新整理组织起队伍，如果这时候不给予痛击，那么，等回到彭城以后，情况还是会和田荣在的时候没什么两样。

就这样，楚军第二次包围了城阳。

但这一次，这座城市没有起初那样容易攻下了。不仅因为这一次守城的是更足智多谋且身先士卒的田横，也因为守城的部队心态上发生了很大的变化。在楚军第一次进攻时，齐国士卒不愿意牺牲自己的性命去保卫田荣，但目睹楚军的暴行后，齐人开始明白，守住城阳，就是守住自己的家人。

齐国能成为最后一个被秦国攻灭的国家，并非没有道理。当乡土意识极重的齐国人为百姓和家族杀红眼的时候，是天下最强的军队也会为之失去锋芒的时刻！

果然，在重新加固的城墙面前，楚军士卒不断地攀登上云梯，然后不断地坠落下来。城楼上的守城士兵将一簇簇火箭射下，瞬间点燃了楚军士兵的盔甲衣袍，让他们在火焰中惨叫翻滚。

很少被坚城阻挡的楚军，出乎意料地在城阳这座城池下停住了他们的脚步。此时，项羽还没有意识到，这是一个不祥的开始。

当项羽的锐气在城阳城下遭到阻挡时，张良已经顺利地来到了刘邦军中。这一路相当顺利，因为刘邦的名声早已经不像被函谷关压制的时候了，而是在中原如日中天，甚至不少地方官吏和士绅已经开始偷偷摸摸地和汉军方面联系，打算到时候率先投奔。

当然，张良在和这些人的接触中也发现，刘邦对他们没少给出承诺。他以汉王的名义发布命令说：凡是能够占据一个郡的土地，然后率领上万人来投奔的，都是汉军的万户侯。这样，不少郡守纷纷选择或明或暗地投降了汉王。同时，刘邦还将原来秦王朝的皇家园林猎场，全部开辟成农田，分给那些因为项羽纵兵掠夺而倾家荡产的百姓。另外，对于巴蜀、汉中支持过自己的百姓，刘邦下令，凡是有服兵役的，都免除租税两年，而关中百姓愿意从军的就再免除一年。这样，许多百姓都因为感恩戴德或经济因素而选择加入汉军——此时，章邯最后的据点废丘已经被攻破，章邯在烈火中自杀，成就了自己忠诚于项羽的名誉。

关中既然已经平定，为了能够更好地聚拢民心、体察民情，刘邦下令从每个乡中选取一位五十岁以上、德行服众而能够做出好事的老年人，担任乡间"三老"，而每个县则从所有的"三老"中选择一人为县"三老"，同县令或县尉共同掌管本县的教化公事。

张良一路上听到这些传闻，不由得在心中赞叹刘邦的进步神速，显然，此时的刘邦，无论从其政治眼光还是行事手段上，早就不可同日而语了。

这样想着，张良感到胸中有股烈火在熊熊燃烧，他加快了向西行进的速度。十几天后，他终于来到了咸阳，见到了刘邦。

刘邦看到张良，感到胸中一块大石头终于落地，他紧握住张良的手，把他拉到众人面前，高声宣布："子房，你果然如前所约，重回我军，从今天开始，你就是我汉家的成信侯！"

成信侯，何其陌生的称号，张良一边回味着这个称号，一边同曹参、樊哙、周勃、夏侯婴他们一一见过。当然，人们也没忘记将大将军韩信介绍给他。张良早就听说了韩信的大名，今日一见也甚为高兴。但是，透过韩信谦恭的外表，张良却看到更加深层的东西。他暗自在心中说道：韩信这个人，将来似乎会是决定天下的锁钥之人啊。

不过，刘邦并没有看出张良的这种疑心，张良的到来让他感到更多的信心。几天后，他宣布，自己将要率军队出函谷关，进驻陕县（今属河南）。

这样的计划是大胆的，但也可以说是顺理成章的，刘邦希望，自己的这个行动能够更好地扩大汉军在关外的影响，同时试探楚军的反应。结果，这样的试探大获成功，由于项羽此时正被齐国的田横拖住而无暇西顾，河南正（地区官衔）申阳感到压力太大，干脆选择跟随了刘邦。

这是刘邦势力出关之后的第一收获，也是他开启征程的起点，伴随着正义之名，刘邦会将其日月般的光芒不断推进到更远的东方。

君臣合力聚拢反楚力量

......

刘邦的前锋刚刚出关，张良很快就意识到，战火要再一次烧到自己的乡土上了。如果说，前几次他还是无能为力的话，现在的他，已经是堂堂的成信侯了，他必须要为故土上的韩国人民努力一把。

于是，张良找到机会，向刘邦阐述了自己的计划。

张良对刘邦分析说，项羽之所以要将郑昌分封到韩国，是为了让他抵挡汉军出关。因此，汉军如果能打败郑昌，就会像当年秦始皇吞并六国时一样，从进攻韩国开始走向统一天下。更何况，现在项羽的根据地在彭城，只要汉军据有韩地，就能够顺河直下，长驱直入，占据彭城。

刘邦点头称是，但他多少有些犹豫，因为汉军出关之后始终没有得到休整。张良似乎看到了这一点，他提醒说："汉王，其实有一个人可以轻而易举地赶走郑昌。"

"哦，谁有这个本事？"

张良提起桌上的算筹，在沙盘上写了一个字：信。刘邦恍然大悟。

这个"信"并不是韩信，而是跟随刘邦的韩国宗室。他是已故韩襄王的孙子，名字也叫信，由于是韩国王室之后，加上在不久的将来他会被刘邦封为韩王，因此此处称其为韩王信。当初，刘邦从关东向咸阳进军时，曾经派遣张良在故土广收义士和宗室，驱赶秦军力量，正是在这样的作战中，张良发现了骁勇善战的韩王信。于是，他将韩王信推荐给了刘邦。

现在，看着沙盘上的"信"字，刘邦的记忆一下子被唤醒了。他想了想，试探着说道："子房，那我就先许诺他做韩王，然后让他以宗室的名义来夺取韩地、号召民众如何？"

张良简洁地说道："可以。"

刘邦也不再多问，让卫士请韩王信过来。

刘邦发现，自己在不知不觉中养成了这样的习惯，就是当他和张良两个人产生默契时，很多事情的决策和行动已经不言自明。尽管这些事情在外人看来，或许是不明就里的。更何况，韩王信并非仅仅得到了张良的认可，在大将军韩信拜将之前，韩王信已经建议刘邦趁着将士想要东归的士气讨平关中，从某种程度上来说，正是这两个韩信，让刘邦坚定了信念。

刘邦对韩王信说："项羽毫无仁义，无故杀害韩王成，还让毫无关系的大夫郑昌去担任韩王，真是人人得而诛之。现在，我想封将军你作为韩国太尉前往讨伐。一旦收回了全部的韩地，就封你做韩王。"

韩王信当然大喜过望，于是，他立刻跪下受命。

刘邦又简单交代了几句后，张良便扶起了韩王信，然后请他来到地图面前，授予机宜，指点山河关隘，将进攻路线和防守重点

——指出。

第二天，韩王信就带上自己的部队，加上刘邦另外拨出的部队，向韩地进攻。

不久之后，捷报就雪片般从韩地向汉军的大本营飞来，汉军也因此士气高涨、上下齐心。于是，到了汉二年（公元前206年）冬天的十一月份，刘邦决定，正式将都城从汉中南郑迁到关中的栎阳。这里既能够控制关中的广袤土地，又方便作为未来出关大军的东进基地。

这样，原来在南郑负责后勤供应的萧何他们，也就来到了关中和刘邦、张良会合。自然，萧何与张良又做了一番长谈。

开春之后，刘邦正式宣布，自己要带领汉军主力出关。跟随他的将军有曹参、周勃和灌婴等。但是，刘邦这一次并没有从函谷关出发，而是从临晋关（今陕西朝邑东、黄河西岸）出发，横渡黄河之后，直接进入魏国土地。

这也是张良的建议。

张良认为，既然韩王信在函谷关外发展顺利，那么，刘邦的主力不如直接进入魏国。因为那里有原本就反对项羽的魏王豹、赵将陈余和殷王司马卬，完全可以考虑和他们联合伐楚。

魏王豹原本是六国时期的魏国宗室，后来因为伐秦有功，被楚怀王封为魏王，占有整个魏地。但项羽成为霸王后，魏王豹却成了所谓的西魏王，这当然令他怀恨在心。于是，刘邦率大军亲临之后，魏王豹第一个欣然归顺。

而陈余和司马卬，早在田荣起兵时就开始反对项羽，现在看到魏王豹投靠刘邦，自然也愿意归顺。然而，陈余听说他的仇敌张耳也投奔在刘邦帐下，感到无法释怀，他提出要求说，除非将张耳杀了，赵军才能和汉军联合。

没想到，十几天后，刘邦真的将张耳的头颅送到了陈余帐下。陈余看了看血肉模糊的首级，大喜过望，当即决定和刘邦联合。

但是，陈余不知道的是，刘邦送来的人头只是跟张耳相似的死囚头颅。就这样，赵国在一颗假首级的劝诱下，也加入了汉军阵营。

随之，被汉军和赵军联合击败的司马卬也很快宣布投降，加入联军阵营。

这样，汉军阵营的总兵力已达几十万。这样浩大的人马漫向东方，逼近朝歌。另外，韩王信那边也传来了好消息，韩地民众很快拿起武器，参加战斗，将"外来者"郑昌逼到了阳城。当刘邦接到这个消息的时候，韩王信已经发动了决定性的猛攻，郑昌无法抵挡，只好献城投降。

于是，在刘邦渡河之后的几个月内，他接连收降了魏王豹、殷王司马卬，并和赵国成了联军，同时还得到了韩王信的策应。一时之间，几乎整个中原都成了刘邦的地盘。于是，喜不自胜的刘邦立即派人传令，宣布韩王信正式成为韩王，然后率领韩军立刻和汉军主力会合，向彭城进攻。

在这段时间内，刘邦又从敌军那里获得了一位重要的辅佐之才——陈平。

陈平从小就喜欢读书思考，并善于构建奇谋计策。如果说张良是宏大局面的策划专家，那么，陈平就是技术精湛细微的情报大师，而刘邦此时缺少的就是这样的情报大师。

陈平身为情报大师，经历也相当复杂，他一开始跟随的是魏王咎，后来又投奔了项羽，和韩信不同，陈平在项羽手下颇受重用，先是被封为信武君，后来又被封为都尉，甚至还负责在咸阳时监视刘邦军队的行动。

不过，这一切都伴随着殷王司马卬的投降一笔勾销。原来，当司马卬战败宣布跟随刘邦后，项羽满腔的怒火无从发泄，就打算杀光那些曾经平定过殷地的将领。而陈平也赫然名列其中。于是，陈平就这样顺理成章地因为项羽而成了刘邦的手下。

其实，刘邦自己也记不得这是第几次有人因为项羽的那些无厘头命令而投奔过来了，他只知道，即使有范增这样的谋士，项羽还是不明白人才的重要性。更关键的是，陈平这样的情报大师，是再多的武将也换不来的。因此，刘邦马上下令，陈平在汉军也担任都尉，和他原先的职务一样。

好事情接踵而来，张良又听说，彭越将军也带领部下三万多兵马赶来了。

对于彭越来说，刘邦的到来太迟，迟得让他烦躁不安。在齐国的楚军尽遣主力，大大压缩了他的活动范围，但他和汉军联合以后，情况就大为不同了。

在欢迎的宴会上，刘邦主动对彭越说："将军攻伐不义暴秦，功劳天下共闻，却被项羽小看。现在，将军已经攻占了魏地作城池，一直想扶立魏王，不如请你担任魏王豹的相国。"

看到彭越略有犹豫，张良也说道："彭将军，魏王豹是魏王咎的堂弟，的确是魏国宗室，何况现在也是联军中的重要力量，将军不妨就任。"

"只是……"彭越犹豫了一下，说，"魏王豹此人，素来反复无常，而且我们两边也一直很少有联系。"

张良看向刘邦，刘邦很快读懂了其中的意思，于是笑嘻嘻地举起酒杯说："将军的意思我都知道，这样，将军可以领受魏相国的名义，但军队不需要受魏王豹的制约。而且，将军可率部去攻打梁地、牵制楚军，如何？"

彭越欣然领命，立饮三盏烈酒，表示共讨项羽的决心。

此时，联军部队的总兵力已经上升到五十六万，当如此声势浩大的部队离开洛阳时，一个叫作董公的乡间官吏带来了中原地区正在传播的噩耗：

项羽已经杀害了义帝！

大不了重新一无所有

……

当董公传来这个消息，刘邦和张良商量之后，决定举行声势浩大的悼念仪式，并作为誓师，以便鼓舞士气。

在萧何的筹划下，这个仪式果然举办得充满了悲愤的色彩。全军上下数十万人，全部穿上了雪白的素服，大张旗鼓地发出檄文，向四方宣布义帝已经死在了项羽的手上。为了让悼念仪式更加隆重，刘邦还让人用白色布匹装饰起一辆灵车，并专门挑选了几匹白马驾车，车上放着义帝的牌位。

仪式举行的那一天，洛阳城愁云惨淡、哀声阵阵，刘邦慷慨陈词，将项羽的残暴彻底地揭露在人们的面前。而想到江淮之间那群楚人曾经给中原带来的战乱，许多人也心有戚戚焉，随之号啕大哭，甚至有不少年轻人当场加入了汉军的阵营。

这样，刘邦的军队很快成为一支哀兵。而所谓的哀兵，是最容易取得胜利的军队，更何况，他们面对的不是项羽的主力。

此时，项羽本人和他的主力依旧被城阳的田横紧紧钉牢在齐地。因此，留在后方的楚军战斗力乏善可陈，根本抵挡不住这样一支强大联军的进攻，没有几天，彭城就陷落了。

由于彭城得来得太容易，刘邦高兴得手舞足蹈。而且，这一次他特地留了个心眼，早早地让樊哙和张良负责其他地区的攻略，然后自己一头扎进了彭城的安乐窝。

从离开南郑之后，刘邦过得太顺利了，以至于到此为止，他认定自己得到了最终的胜利。因此，他得意扬扬地躺在项羽的卧榻上，把玩着宫殿中的奇珍异宝、美女娇娃，每天都和诸侯们纵情饮酒作乐。与此同时，进驻彭城的联军也缺乏统一的约束，士兵们趁机在楚地四处抢掠破坏、无恶不作。

项羽接到这样的消息，气得拔出宝剑，大吼道："刘邦小儿，欺我太甚！"

范增还保持着起码的冷静，等项羽发作之后，他立即建议项羽带精兵迅速回救彭城。显然，范增已经听说了刘邦在彭城的丑态。

项羽马上同意了，他还下令，让九江王英布立即派兵火速救援。

就这样，当刘邦还在彭城高卧时，项羽的骑兵马蹄声已经越来越逼近了。

在起起落落的马蹄声中，项羽想象着彭城中的惨状，恨不得整个人都立即飞回彭城。因此，他不断地呵斥着从不忍鞭打的乌骓马，而乌骓马也似乎明白情况的危急，用最快的速度向南奔驰。

不久后，信使来报，九江王英布说身体不适，无法立即率军前来。这样，项羽更为着急，他来不及诅咒如此反复无常的英布，只是用仇恨的眼光看看南方，继续向彭城奔驰。

在项羽身后的三万精兵，原本都是经过长久战争洗礼的精兵强将，他们中的绝大多数人也都是楚人子弟。因此，面对身陷灾难的家乡父老，他们同样焦急万分，因此，行军的速度完全超越了五国联军的反应速度。

这支人数并不算多的铁流，挟带着死亡的气息，经鲁县，过胡陵，在萧县（今安徽萧县西北）抓住了联军的左翼。这部分联军很不幸地成了最先触碰楚军怒火的牺牲品，他们很快被击溃消灭，与此同时，彭城的联军实际上也陷入了后无退路的困境中。

然而，彭城中的联军此时还处在晕头转向之中，大多数人忙于纵情庆祝、分配财物，少数人接到了警报，却当成乱兵流言根本没有放在心上。因此，直到项羽的大旗出现在彭城城门前，有效的防线也没有组织起来。

仅仅半天的"战斗"（不如说是"混乱"）之后，整个彭城中的联军部队就像一堆灰烬那样被楚军的铁帚扫了出去。大多数人退到了城外东北的谷水和泗水交汇处，前方是滔滔东去的河水，后方是大开杀戒的楚军，联军撤退形势一片混乱，人人都争抢着向船上攀爬。结果，被歼灭和落水而亡的士兵共有十余万人。但楚军在项羽的率领下根本不愿放松半步，把溃退的联军继续追杀到灵璧（今安徽宿县西北）以东的睢水附近，然后再次上演河边围歼的拿手好戏，结果，联军又损失了十余万人。

可以说，这是刘邦从起兵以来从未经历过的大溃败，在这样的险境中，他却毫发无损地全身而退，不能不说是个奇迹。

原来，刘邦被周围的喊杀声惊醒后，发现楚军已经将他抢占的项王王宫包围起来，刀剑碰撞之声越来越近。于是，刘邦在随从侍卫的保护下，匆匆找到一条偏僻小道冲出王宫。没走几步，一队楚军随后追来，领头的正是楚将季布。刘邦清楚，这季布是楚军中的猛将，在战场上总是驰骋无碍，如入无人之境，被他盯上，这次恐怕是逃不过去了。

就在刘邦惊恐地快要闭上眼睛听凭命运发落时，一阵狂风忽然自西北铺天盖地而来，将城外荒凉所在的无数飞沙走石悉数席卷，然后狠狠砸向楚军。刹那间，季布胯下战马受惊高立，长嘶不已，季布面前的世界也变成一片昏暗。

当楚军视线重新清晰后，刘邦一行人已经无踪无影了。季布懊恼地拉起马缰，掉头去扫荡其他奔逃的联军了。

大难不死，必有后福。刘邦心里念叨着这句话，安抚着随从的情绪，向西奔逃。几天后，一行人等来到了某个小镇中。这里有一家姓戚的富户款待了他们，当家的老翁还特地让家人腾出一间屋子，给汉王刘邦居住。

接连几天的惶恐奔逃后，突然来到了这种原本无比熟悉的农家生活环境中，刘邦感到全身心都放松了下来。和戚家老翁相谈之下，刘邦惊喜地得知对方有位小女儿尚未许配，于是便觍着脸求相识。老翁当然有意攀附，就这样，一次上层社会和基层社会的联姻再次发生在刘邦身上。

当晚，刘邦就亲自为老翁斟酒敬奉，改口称"丈人"，表示今后将戚氏以夫人相待。相比较那些无辜死在战场上的联军士兵，刘邦的命运似乎在这一刻得到了讽刺般的眷顾，而找遍历史，好像也找不到任何一个帝王将相能在率领 56 万军队输给 3 万人的对手后，还忙着纳妾娶亲，最后还登上了皇帝的宝座。这样看来，刘邦这种天才喜剧演员般的优秀心理素质，实在是人所不及的。

刘邦毕竟知道，自己不是真的来楚地度蜜月的，他现在要做的是继续逃命。于是，两天后，他带着不舍的心情告别了戚家，向西赶路。

刚出村不久，一队车马忽然经过，为首的那人一看见刘邦立即跳下车来，原来是部将夏侯婴。夏侯婴是汉王亲封的滕公，兼太仆，掌王车，但现在有车无王，他也只好自顾自地从彭城逃出。没想到现在偶遇刘邦，于是，王车的宝座上又有了应得的主人。君臣在这样的际遇下相见，不免省掉一番礼仪，唏嘘几句后，刘邦匆匆登上王车，在夏侯婴的保护下向西奔逃。

似乎是坐回到王车带来的好运，一路颠簸中快要昏昏欲睡的刘邦，突然被夏侯婴的一声惊呼叫醒："大王，大王，你看，是公子他们！"

马车同时停下，刘邦立即扶车向外张望，原来，路边的一群难民中，有着一对灰头土脸、衣衫褴褛的儿女，虽然乍看起来和其他孩童无异，但定睛一看，他们却生得眉清目秀、唇红齿白，透着一股从小养尊处优的贵族气。这不是自己的孩子，却又是谁？

刘邦立刻跳下车，一手拉起一个孩子，眼眶立即红了："怎么就你们两个？娘呢？爷爷呢？"

大一点儿的女孩子"哇"的一声哭起来，说道："我们和娘走散了，娘和爷爷好像被一群骑马的人带走了！"

刘邦心里"咯噔"一下，似乎看见吕雉和老父陷于楚军的画面，又想起自己和美人戚氏温柔缠绵的时光，不由得心中泛起一丝酸楚的内疚。但情况紧急，他不能再耽搁下去了，于是在夏侯婴的帮助下，他把孩子抱上车，继续逃命之旅。

没想到，车子刚刚拉动，后面的难民像波浪一般散开，有人高叫："楚军来了，快跑啊！"

"什么？"刘邦整个人半站起来，看到车后的道路果然灰尘高起，于是他一边命令夏侯婴加快速度，一边抱起身边的孩子说："乖，先下去，过会儿再来接你。"说完，也不顾孩子的闹腾挣扎，就要往车下推。

"大王，这可是您的亲生骨肉！"夏侯婴紧张得声音都变了，"就是我不要命，也不能眼睁睁看您将他们丢掉啊！"

看着胡须都竖起来的夏侯婴，刘邦抱起孩子的手不知不觉地松下了，孩子滑坐回车中。这两个差点被亲生父亲刘邦送到乱军马蹄下的孩子，就是后来的汉鲁元公主和汉惠帝刘盈。

过了一会儿，后面的烟尘渐渐散了，大概是怕夏侯婴有什么不应该有的看法，刘邦讪讪地笑着说："好险，好险，刚才想放掉孩子，是因为担心速度太慢，大家都会死啊！"

夏侯婴没说什么，但他内心觉得，有刘邦这样的心理素质加舍弃儿女的赌徒精神，重回彭城的时刻，一定不会像今天这么狼狈。

的确，对刘邦这种原本就一无所有的人来说，失败，又算得了什么呢？

第七章

算无遗策的帝王之师

下邑画谋重新布局

......

奔逃多日之后，刘邦终于来到了下邑（今河南夏邑县），这里是吕雉兄长吕泽屯兵驻守的地方，也是刘邦当年起兵后曾经活动的地方，无论是从民众还是地理来说都对汉军较为有利。于是，在彭城被打散的属下们相继以这里为中心，重新结集聚拢起来。

张良是第一批赶来的。

实际上，在汉军中，最富有险处脱身经验的就是张良。他有逃避十余年暴秦追捕的经验，加上毫无军旅作风的语言行为态度，还有那看上去如同普通读书人一样的容貌神色，都不会引起楚军太多的注意。因此，张良没费多少力气，就逃过楚军的数条封锁线来到了下邑。

和张良一块儿到来的是一大堆坏消息：

在楚军对彭城的突袭作战中，联军中的殷王司马卬战死。不过，这一支司马家族的血脉将在十三世后重新崛起，以司马懿和其子孙的名义震动天下；

原本就是因为形势逼人而参加联军的塞王司马欣和翟王董翳，看到形势反过来逼人，于是带上部队就投奔了楚军，动作跟当时投奔汉军一样快；

陈余这时也发现，仇人张耳居然依旧健康地活着，感到自己被像傻子一样愚弄了，于是宣布与刘邦决裂，同项羽和解；

而最让张良替刘邦感到难堪的，是魏王豹的逃跑。他原本跟着汉军跑到了下邑，但观察几天后，他打算也仿效其他诸侯一样叛逃。思来想去，魏王豹找了个回家看望八十老母的借口，离开了汉军大营。结果，魏王豹一回到魏国，就封锁了黄河渡口，意思是刘邦别想从这里过去，然后又重新派人和项羽联系，商量怎样对汉军实施合围……

　　这样的一个烂摊子，就摆在刚来到下邑和刘邦会合的张良面前。

　　其实，一路走来，张良早已有了定策。面对骑马出城前来迎接自己的刘邦，张良打算找个机会向他进谏，但问题是，这个定策，恐怕不是刘邦那么容易接受的。到底怎样张口呢？张良一时间陷入两难。

　　正当犹豫之时，刘邦勒住了缰绳，翻身爬下马来，众人不知道何故，也跟着下马。刘邦靠着马背，看着远方的落日，那里山脉绵延，如凝固的波涛一样向东延伸。张良看着刘邦，心中一动，预感到这个汉子在做决定。

　　"子房，我有个想法。"刘邦自顾自地说道，他也能感到张良的沉默背后必然有着思考后的积蓄，于是干脆自己来抛砖引玉："我起兵以来，并非未尝败绩。从雍齿反叛，到开封受挫，洛阳东之战，都是吃的败仗。但没想到能有彭城这样的全军大败，甚至到了孤身逃窜。"

　　张良没有说话，静静等待刘邦的结论。

　　"这种事情都怪我大意骄纵！"刘邦狠狠地说道，瞪着自己在荒草丛中的影子，继续说道，"他项羽有什么了不起？狠？好，那我就找狠人来跟你玩！"

　　转过脸，刘邦高高扬起马鞭，在空中荡起一道灰尘，马鞭从彭城方向，划到截然相反的西方，那里正是当时出关进军的方向："我以汉王之名宣告天下，今天开始，我不要函谷关以东的地方了，谁能和我一同击败项羽，建功立业，地方就是他们的！"

此话一出，众人皆惊，汉将们固然知道自己并非是能和刘邦一同对抗项羽的人，但谁也想不到刘邦能做出这样的决定。

只有张良脸色安详如初，只是露出淡淡的微笑，果然，刘邦必然会走出这一步，以张良对刘邦的了解，赌输到此种地步，说出这样的许诺也是理所应当的事情。而张良等的，也正是让这位王自己说出如此重大决定的机会。

张良在荒寂的草丛中挪步向前，走到刘邦的马边，将视线投向和他一致的方向。

"子房，你看我究竟能找哪些人一同建功呢？"

"汉王，"张良不紧不慢地说道，"九江王英布虽是楚国猛将，但和项王素来有相当隔阂，这次彭城之败，如果英布也来，我等必然更为狼狈；梁地的彭越、齐国的田广，一直在反对项羽，这两个人也应该加以利用；而汉军中的将领……"

说到这里，刘邦和张良对视一眼，张良用不为人察觉的低低的声音，靠近刘邦说道："我军将领，能够独当一面的，目前只有韩信。"

刘邦点了点头，然后扫了一眼身后那些不知所措的武将们。

张良重新恢复声调说："如果大王想要舍弃关东来建功立业，为万民造福，就应该把这些土地许诺给这几个人，这样，项羽就能够被打败了。"

刘邦听出张良还有后话，连忙做了个手势，请他继续说下去。

张良看刘邦如此看重自己的意见，不由得内心感动，便深入解释说："目前的形势，的确相当严峻。原本汉王您率军出关，将反楚的诸侯联结成军，声威大振。然而，这些诸侯并不是什么靠得住的盟友。您看，彭城一战，我军大挫，结果赵国、魏国这些诸侯立刻背叛，据我所知，我军的主力已经退到了荥阳，这样退下去，恐怕要返回关中了。如果再出来，恐怕比登天还难了。不过，汉王您也应该看到，英布、彭越和韩信这三个人，自始至终都没有改变立场，他们原本就和项羽有着种种矛盾冲突，始终不愿站在楚军阵营中听从项羽的摆布，这正是因为他们三个人有那种实力和信心啊。现在，大王如果能把关东之地封赏给他们，他们必然会将此当作良机，不遗余力地为您效力。那么，我们汉军只需要从正面对抗楚军，而韩信、彭越则从侧翼包抄，英布在彭城楚地后方骚扰，就能让项羽失去明确目标、疲于奔命，而彻底扭转局势了！"

"说得好啊！"刘邦长出一口气，拉起张良的手说，"子房，你真是一语惊醒梦中人。原本我只想到要找到靠谱的帮手，没想到，这些帮手，你早就为我选择谋划了。看来，你真是我的良师！"

其实，在刘邦如此感慨的背后，也透露出一股发自肺腑的悔意。现在他听起张良对这三人的分析来，觉得的确到位精辟，可当初出关之时，未能将此三人重用的也明明是他刘邦。尤其是对韩信，在汉中虽然进行了拜将仪式，并让他纵论天下决策，也采用了其"明修栈道，暗度陈仓"的计策，但最终在出关时却将韩信留在关中，而自己担任主帅。这样的决定，不能说背后没有刘邦作为一个领导者的私心。

其实，张良又何尝不明白刘邦的担心，像自己这样的出谋划策者，刘邦是深深信任的，因为自己除了策划，并不掌握真正的实力。而像韩信那样一旦握有军权就能独步天下的将领，刘邦再大度量，又如何能这样轻信？

但问题是，如果再不选择神一般的队友，那刘邦和整个汉军就可能在狼一般的对手面前被碾碎了，甚至连猪一般的盟友都不会伸手援助。

因此，张良必须要在这里把话说清楚，这也等于告诉刘邦——你做决定的时候到了。现在不是你去担心韩信、英布、彭越这些狐狸的时候，他们就算有野心，也不会现在就吃掉你。你要做的，是用利益把狐狸们统御起来，去干掉那个下一步就要咬穿你脖颈大动脉的豺狼。

这样的话，张良觉得自己不需要说透，以刘邦那种光棍儿脾气，在短短几分钟内就能听懂。

事实的确如此，刘邦懊悔的情绪过去以后，看出张良的决断是自己唯一的选择。于是，他立即挥了挥手，叫来身后的传令兵。

传令兵跪在夕阳下，甲胄折射着金色的光芒，张良将头偏了过去，看着远处起伏苍莽的群山剪影。耳中，传来了刘邦熟悉的号令声，听起来，他已经恢复了当初出关时坚实催人的能量。

在接连发布的号令中，刘邦布置了下面的事情：

首先，派人疾驰入关中，请韩信到前线来；派出谒者随何，去英布处策反，商量联合事宜，当然，英布的要价，随何可以加以充分满足；派出大夫郦食其，去刚刚背叛的魏王豹那里劝说他重新归顺；再派出使者，鼓动一直和汉军站在一处的彭越加紧从北方骚扰楚军……

所有人都能感受到，在下邑城外，张良的一番话后，整个汉军的战争机器，又重新回到了应有的节奏上。

比的是心理素质

......

汉四年（公元前 203 年）十月，趁着项羽东归，汉军渡河，目标是成皋。

向成皋进军之前，刘邦特意请教了张良。张良对曹咎的性格有所耳闻，因此，他特意对汉军的战策提出了精到的四个字——激敌出战。

果然，曹咎奉命守卫成皋，起初倒能够记住项王临走时的将令，任凭汉军在城外狂呼呐喊，始终都坚守不出。不久之后，汉军的挑衅行为升级了，他们按照张良的命令，用草堆扎成人形，上面大书"项羽""曹咎"的字样，作为练习的箭靶，放在楚军能够看得见的地方，任由士兵练习射术。这样，性格火暴的曹咎实在无法忍耐下去了，他挥军出城挑战。张良看见对方果然中计，便让刘邦带兵后退，佯装不敌，曹咎以为汉军又一次败退，于是分兵追杀渡过汜水。不料，在楚军渡河到一半的时候，汉军突然伏兵四起，发动攻击，大破楚军，楚军死伤无数。有辱使命的曹咎无法突围，只好选择自杀，翟王董翳、塞王司马欣也同样死于乱军之中。

就这样，成皋和敖仓再一次回到汉军手上。

与此同时，项羽又一次赶走了前来骚扰的彭越，但他还来不及喘息，就要面对西部战线情势的恶化了。

听说项羽回军救援成皋，正在荥阳东部围攻楚军钟离眜部的汉军在刘邦的率领下，撤退到用来防守的广武城中。这样，对抗的均衡形势再次形成。项羽已经多次面对这样的形势，他很讨厌面对这种战不能战、和不能和的局面，但刘邦占据险要，拥有敖仓，充分享受着这种脚踏实地的防守乐趣。

转眼数月之后，楚军的粮食已经接近告罄，显然不能再拖了。部将们焦急不已，一个接一个地前来找项羽。项羽也很难想到什么方法，电光石火之间，他忽然想到，刘邦的家人还在自己军营中。

很快，一个令人不齿的主意形成了，这个主意不齿到项羽必须安慰自己说，虽然这件事情不光彩，但毕竟是为了楚国。

第二天，项羽在广武城下摆好阵地，然后在阵前放上一个偌大的杀猪案。一切布置停当，项羽吼了一声："带上来！"

话音刚落，刘太公被拖拖扯扯地拉到杀猪案上，只见他浑身上下只穿了个大裤衩，光光净净地被士兵们捆在了杀猪案上。

刘邦在城头看得分明，扶着城墙的手不由自主地哆嗦了两下，张良看了看他，说："大王，不必惊慌，项羽他不敢动手做这种事情。"

张良的话语简短有力，仿佛给刘邦注入了一针强心剂，刘邦回头看看张良，说："嗯，明白。"

说也奇怪，刘邦马上就松开了扶着城墙的手，站立得稳稳当当。

这时，项羽感到气氛已经做足，于是他从乌骓马上一跃而下，运足气对城楼上叫道："刘三！你如果还不投降，老子就将你家太公剁了，然后做成肉羹喝了！"

刘邦已经有相当长时间没有听到项羽的声音了，又加上这样的情境，不由得再一次伸出手，将身体的重量转移到城墙上的青砖上。他回头看了看张良，迎接他的是张良坚毅的目光。

"项王，别来无恙！"刘邦站直身体，面朝下喊道，声音似乎充满了调笑意味，听起来举重若轻，"当初，为了天下福祉，你我共同推翻暴秦，一起举起义旗，还曾经以义兄弟相称。那么，我家太公也就是你家太公了，如果你今天打算把自己家老爷子做成肉羹，那不如就分我一碗尝尝吧。"

"什么？"项羽就像运足了千斤力气的大力士，挥出的致命一拳后，却打在松松软软毫无弹力的棉花堆上，这反而让挥拳者的重心完全丢失。

项羽一下子抽出刀来，作势砍向太公。站在一旁的项伯连忙揽住他的胳膊说道："战场相争，胜负关乎天下。您现在杀了太公，就算能挫败敌军士气，也会给我们楚军带来不仁不义的名声，将来又如何获取天下？再说，留下太公，以后还能用来牵制刘邦。"

项羽不得不承认项伯说得没错，他只好让人将太公扶下杀猪案，给他穿戴整齐，扶回后营歇息。

太公经过这一番折腾，早就吓得心慌腿软，到了后营便缩成一团，好半天才缓过来。与之相比，项羽却根本没有半点儿的安全感。他知道，自己在广武耗的时间越久，彭城再次被彭越偷袭的可能性就越大，因此，只有迅速解决战斗，才能让楚军从两面受敌的困境中摆脱出来。

第二天，项羽的使节来到汉营面见刘邦。

他提出了一个很可笑的主意：决斗。

使节堂而皇之地建议说：天下百姓，生灵涂炭，田地荒芜，都是因为楚汉两军长期对峙的结果。因此，项王希望能够早日结束争斗，用决斗的方法，和汉王一对一地搏杀一番，这样决出雌雄，也就不必再连累两军将士、天下百姓。

这番话刚一说完，一向淡定的张良就掩饰不住自己的笑意了。他看看陈平，发现陈平也乐呵呵地望着自己。两人都知道，项羽实在是撑不住了，连这种主意都能想得出来。

刘邦这次也不需要别人提醒他了，他当然清楚，跟项羽决斗，对于任何人来说恐怕都是自杀。于是，他嬉皮笑脸地把玩着手上的兵符，半晌才抬抬眼皮，对着使节蹦出来一句话："麻烦您回禀项王，我刘三只愿意跟他斗脑子，不愿意跟他比力气。"

使节悻悻而去，回报了项羽，项羽也只能长叹一声，无可奈何。

看到主意都不奏效，项羽只好重新逼迫楚军出阵挑战，然而，楚军士气原本就不高，汉军又早有准备，将一批善于狙击的弓箭手安排在阵前，负责统领的是楼烦的神箭手。这批弓箭手箭无虚发，楚军一排排地倒在汉军修筑的工事前，尸体累积起来，让后续的楚军士气大挫。

项羽听说以后，勃然大怒，亲自披挂整齐，带上近卫骑兵，跃马来到汉军阵前破口大骂："刘三，你这个胆小怕死的懦夫，有本事不要缩在营中，出来速与我一战！"

愤怒的声音如雷声滚动在山谷，加上回音的共鸣，让汉军士兵心惊胆战。连职业雇佣兵出身的楼烦射手，也立刻退回营中，心跳得如同击鼓一般不能自己。

然而，刘邦见过的世面比士兵们多多了，耍光棍、骂街、恐吓，项羽可不是刘邦的对手。他稳稳当当地站在山头上，看着深涧对面纵马来回驰骋的项羽，大声斥责说："项王啊，你知不知道自己有十大罪恶？"

项羽说："什么十大罪恶？我只有一个过错，就是鸿门宴时没有一剑将你杀死！"

刘邦伸出食指轻轻摇了摇，说："非也，非也。项王且听我说说你的罪状。当初，楚怀王约定，先入关中者为王。我浴血奋战才入得关中，你却背信弃义，将我转封汉中，这是第一罪；你假托怀王的命令，杀害冠军将军宋义，夺走军权，这是第二罪；救援赵国之后，你不去请示怀王，反而胁迫所有诸侯和你一起入关抢功，这是第三罪；你入关以后，焚烧了秦朝的宫殿，攫取秦朝的珍宝，放纵士兵抢夺民女、骚扰百姓，这是第四罪；秦王子婴并没有什么罪恶，还交出了玉玺投降，你却擅自将他处死，这是第五罪；巨鹿之战中，二十万秦军投降，你却残忍地屠杀了他们，这是第六罪；你将自己信任亲近的将领，分封到天下富裕的地方，而将那里原有的诸侯王贬斥迁都，这是第七罪；你把义帝赶出彭城，还杀害韩王，抢走梁地，扩大你自己的地盘，这是第八罪；义帝为天下共主，对你也没有威胁，你却难以容他，将他杀死，这是第九罪；你自封为西楚霸王，想要号令天下，却不讲公平仁义，这是全天下都难以接受的，这是第十罪！"

一番话说得项羽毫无辩驳之力，但实际上这些事情几乎全是板上钉钉的，连楚军将士自己都一清二楚。将士们看向项羽，看得项羽脸上一阵红、一阵白，壮硕的胸脯迅速起伏。

刘邦并没有放过这个时机，继续声讨说："当初，为了推翻暴秦，我才聚义沛县，一路西征。现在，我就是要代表正义的力量，联合天下的诸侯和百姓，征讨你这个残暴的贼子。就是那些受过刑罚的罪人，也抢着要攻打你，还需要我汉王亲自上阵吗？"

刘邦这番话，一半是自己的真实感触，一半是张良在分析敌我形势时曾经教过的话语。这两年刘邦被项羽压制得喘不过气来，今天终于找到机会一吐为快了，所以说的话铿锵有力、不容反驳。

项羽怎么也没有想到，在自己眼中一直是个二流子的刘邦，居然短短时间内变成如此大义凛然而理直气壮的样子，还能让自己在部下面前如此窘迫，他勒住马缰，向后退了几步，正看见马边的弓弩手。

"还不放箭！"项羽没好气地命令说。

弓弩手还在回味着刚才的十大罪，此时如梦初醒，连忙称"诺"，然后俯身扳动了弓弩。

箭镞在太阳下闪闪发光，带着凌厉的风声射向深涧的对面，对面立刻传来了刘邦的一声惨叫："啊——"

心理战术也要玩

......

刘邦被射中了！

坐在马背上的张良眼看着刘邦口若悬河地历数完项羽的十大罪状，再看深涧对面出奇的寂静，不由得生起一股寒意。他正准备提醒汉王，却眼见得一支飞箭"嗖"的一声，插入其胸口，幸亏刘邦身穿数重软甲，才未伤及要害。但纵然如此，他也已经"啊"的一声惨叫，趴倒在马背上。

"大王，您没事吧！"张良轻唤一声，此时，身后的士卒已经一拥而上，竖起重重盾牌保护着诸人向后撤退。

刘邦直起身来，手上多了一支箭，胸前鲜血淋漓。

"哎呀，项羽，你好阴险的伎俩！居然暗箭伤人，还射中了寡人的大脚趾！"刘邦硬撑着，梗起脖子朝对面喊去，一边还偷偷地观察周围将士们的反应。看到大家训练有素地正向后撤退，这才放下心地瘫软下去。

张良立刻指挥着亲兵上前，将汉王抬了下去，还嘱咐所有人，对外一律称汉王大脚趾中箭。之后，张良还不放心，便又在营中大致查看了一番，嘱咐各营将领小心防守，才又绕回到刘邦的大帐中。

"汉王，伤势如何？"张良在刘邦榻前问道。

"箭头虽锋利，好在有软甲保护，不会致命。"刘邦强忍着挤出一丝笑容说，"只是，寡人的伤千万不能伤了军中的士气。"

张良说："微臣其实也正是为了这件事情而来。"

刘邦一听，眉头皱了起来："难道军中有什么传言？"

"非也。"张良说道，"大王刚才在阵前痛斥项羽，义正词严，让军中将士战意大盛。只是项羽用这样的诡计偷袭，未免会让将士们过于担心……"

"是的，子房，我也在担心这一点。"刘邦语气沉重。

"汉王，您的伤势虽然危险，但并不沉重。与其让将士们猜疑，心里产生动摇，不如干脆走出去，在营中上下巡视。这样，我军将士们眼见为实，自然不会军心动摇。而项羽知道大王照样在掌管军情，也就会不明就里，不敢轻举妄动。然后，大王您再偷偷回成皋养伤，不知您意下如何？"

樊哙此时也站在一旁，他恨恨地说道："汉王，张先生说得对。项羽以为他能射死你，你偏不死，看他能怎么办！"

刘邦听到"死"这个字，觉得相当刺耳，但转念一想，觉得樊哙话糙理不糙，便摸了摸胸口说："我不敢隐瞒先生，这一箭再偏一寸，寡人恐怕真的会有不测。不过，士气为大，寡人就是咬紧牙关，也要按照先生您说的，在军营中徒步巡视一番。只是，先生您一定要助我一事。"

张良没想到刘邦如此爽快就答应下来，不由得在心中暗暗夸赞。又听到刘邦有要求，便聚精会神地听他说下去。

刘邦说："我回成皋养伤，项羽必然会骚扰骂阵，先生深谋远虑，自然会将之看作小儿啼哭，像樊哙、周勃这些人，我却甚为担心。就请先生替我监督全军，一如既往，深沟高墙，决不出战。"

张良没想到刘邦如此细心，更觉得他在军伍指挥上老练了许多，再也不是当时茫然无知的那个亭长了。

果然，到了晚间，刘邦更换衣服，步出营帐，虽然脸色苍白，但夜间看起来并不明显，加上身边随从簇拥，也并不显得虚弱乏力。他所到之处，汉军将士们纷纷围拢过来，大家看到汉王安全无虞，心中的大石头便落了地。仅仅一夜之间，汉军士气就重新稳定下来，消息传到项羽耳中，他百思不得其解：明明射中其胸，为何他一点儿事情也没有？项羽叫来那弓弩手百般盘问，最后也不明所以。

项羽不明白的事情一件一件到来，自从范增走后，他总是懊悔地感觉到自己眼前缺少谋士，哪怕是一个能和自己真正谈得来，些许能够提醒自己的下属都没有。

说到谈得来，此时汉军的辩士郦食其正在齐国都城临淄的王宫中大谈特谈汉齐两国的美好未来。

郦食其是奉刘邦之命前去齐国的，此时的齐王是田广，已故的齐国大将田荣的儿子，辅佐他的则是田荣的弟弟田横。数年前，项羽企图率领大军北上，一举攻降齐国，但齐国反抗不断，无法安定。恰好此时刘邦偷袭彭城，项羽回军，齐国成了空白地带。因此，田横便乘机归附了项羽，拥立侄子田广。但实际上，他只是名义上归附项羽而已，真正的姿态可以用"骑墙"二字来形容。比如，彭越经常骚扰楚国，田横并不帮助楚国打击，反而提供地盘给彭越养精蓄锐，就更不用说会帮助楚国去进攻汉军了。

田横这么做并非没有原因，他和刘邦并没有什么仇隙，对项羽却是既恨又怕，因此，他希望的只是楚汉之争能够尽快有个明确结果，自己好去收获利益。

然而，韩信的步步紧逼让田横的美梦破灭了。在郦食其到来前，情报显示，韩信已经将大军驻扎到了平原县（今山东德州南），很有可能马上南下攻齐。这让田横紧张万分，随即在历下（今山东济南）集结了齐军主力，让大将田解、华无伤统帅，准备迎击汉军。

就在这千钧一发的时刻，和平的曙光仿佛来到了。酒徒郦食其不仅带来了酒气，更是带来了洋洋洒洒的喜气。

郦食其看见田广，第一句话就是个思考题："秦朝灭亡，诸侯并起，现在最强者就是汉王和项王，楚汉也因此相争数年了。大王英明，请问天下将会归于其中哪位呢？"

齐王的确不清楚，就老实地说道："此事难以预料啊，依先生的看法呢？"

"我看天下最后会是汉王的。"

"哦，所为何故？"齐王来了兴趣。

郦食其便历数汉王刘邦的仁义行为，从反抗暴秦时的亲冒矢石，到安定秦地时的约法三章，然后又是安定三秦所获得的民心支持，还有出关之后对诸侯后裔、有功之人的封赏，等等。的确，刘邦原本在百姓、士人和军人眼中的形象就不算坏，这一回有了郦食其的一番描述，便显得越发伟岸起来。

看齐王听得投入，郦食其便又站在另一面描述起项羽的过往来，从他性格的残暴冲动，到对部下的多疑多心，还有曾经屠城的恶名，以及分封诸侯时明显的缺乏公平。最终，郦食其得到这样一个结论：项羽虽然曾经不可一世，但现在已经成了孤家寡人。

得道多助，失道寡助，其实这句话也可以反过来说，那就是多助者必然得道，寡助者将失其道。郦食其对这一套规则摸得门儿清，在口若悬河中，就将这里面的道义利害一一阐述清楚了，听得齐王田广连连点头。更何况，齐国原本就和刘邦没有什么冲突，倒是被楚国占领过，田广想起自己父亲死于阵前，就不由得热血沸腾。但他想了一想，重新提出问题："先生说的是非、利害，寡人都已经明白，只是，齐国和楚国交界，又无力和楚国对抗，如果放弃和好，必然会被楚军攻伐，只怕我齐国人民又要遭殃了啊！"

郦食其早就知道对方担心这个，微微一笑，信心十足地说："非也，大王多虑了。您要知道，汉王从出关以后，和项羽对战虽然数战数败，却并没有伤及根本，这是人力可为吗？乃是天意啊！如今，汉王握有敖仓的粮食，可以支撑数年，同时扼守住了成皋关口和白马渡口，这样，天时、地利、人和汉王全都具备。反观项王，不仅四面受敌，而且总是不断东西奔跑，疲于奔命，其战力已经明显下降了。如今，两军相持于广武，楚军想进不能进，想退不能退，粮草供应困难，士气不断下降，眼看就无法自保了，怎么还会有能力进攻齐国？再说，单单一个彭越就已经将楚国骚扰得不堪其苦，连项羽也不能将他如何，何况大齐国的实力呢？"

最后这段话将彭越和齐国相比，显然打击了田广的自尊心。他动了下嘴唇，想说什么，又咽了回去。

站在齐王身边的田横忍不住插话，说道："既然汉王有意和我国联手，为何还要派遣相国韩信到平原征集军队，打算渡河攻打我齐国？"

郦食其果断地回答说："这件事情汉王的确知道，但齐王在上，我不敢隐瞒，相国的行动并非汉王本意。如果齐国能和我国携手，那么，我只需要一封书信，说清楚汉王的意思，韩信自然会退兵。如果齐国执迷不悟，那么，韩信想要做什么，恐怕就不是我能够约束得了的了……"

听闻此言，田广和田横不由得对视一眼，他们知道，一旦韩信过河，那么楚军也就会进入齐地抢占，到那时候，局势真的不是自己能控制的了。于是，两个人商议了一番，便同意郦食其的建议，由他修书给韩信，说明齐国已经归汉，请勿用兵。

消息传出，原本在历下集中驻扎的齐国将士是最兴奋的，他们原本听说刘邦仁义、韩信部队约束得力，都并不想抵抗汉军的进攻，现在听说齐国国君、相国主动归顺了汉军，不由得欢声雷动，置酒高歌。

笼罩在双方边境上的沉重战云，在这个时刻，悄然无声地消失了。

韩信与平齐之战

......

没有了战争的威胁，齐国士兵们是开心的，田广、田横比起齐国士兵们更为开心。相比较将士们的生命，他们更加重视自己在齐国的统治地位，现在眼见得已经保住，便更加由衷地感谢郦食其的到来，感谢汉王刘邦的仁慈宽厚。

为了表达对郦食其的感激之情，田氏家族拿出齐国最好的美酒款待郦食其。郦先生觉得自己建立了盖世奇功，酒徒的习性未免发作。于是今天到相国府宴饮，明天到将军府应酬，后天又到宫中答谢，每天沉醉在杯盘狼藉、觥筹交错的美梦中。

然而，此时在黄河的那一边，韩信的心情堪称五味杂陈。

本来，刘邦在清晨直入军营拿走兵符，已经让韩信感到多少下不来台了，再加上他遵照命令来到平原征集军队时，汉王又特地派来了曹参和灌婴，名义上是协助韩信破齐，但如果理解得更阴险一点儿，就是对韩信不放心。

在这样的心理压力下，又来了个多事的郦食其，居然凭借三寸不烂之舌说下了整个齐国，这是韩信所无法忍受的。但问题是，郦食其的背后不是别人，正是那个让韩信既感到无奈又感到不服的汉王刘邦。

踌躇了几日，韩信传出命令：全军原地驻守待命，原本征发的渡船也归还给百姓。

命令传出以后，第一个做出反应的是一直跟随韩信的谋士蒯通。

蒯通当然知道郦食其的事情，但他还是找到韩信问道："是否是汉王传令让相国收兵的？"

韩信脸色阴沉地说道："不是，但是齐国的使节所送来的一封书信，的确是郦食其的笔迹。"

"既然这样，"蒯通摸摸胡须说，"将军就要慎重了。您想想，当初可是汉王的命令，让您准备攻打齐国的，现在郦食其的一封书信就能抵得上汉王的王令？再说，郦食其不过是一个书生，他靠着自己的辩才就说服了齐王，一下子为汉王拿到了七十多个城池。反观将军您呢？身为三军统帅，和士兵们一同风餐露宿、跋山涉水，在赵国转战了一年有余，亲临险境，也不过才平定了五十多座城池。您的功劳都比不上一个书生，这不是让天下人耻笑吗？"

韩信说："蒯先生，您说得很有道理啊。可是，我现在应该怎么办呢？"

蒯通走近一步，附耳以低低的声音说道："相国，依我看，汉王或者有意，或者是疏忽，总之就是没有将派遣郦食其劝降齐王的事情告诉您。那么，您就当作完全不知情，照样进军，现在齐国上下已经因为郦食其的活动而完全放松警惕，正是您一举拿下齐国的好机会。"

韩信听完蒯通的话，沉默了一会儿，说道："蒯先生，请容我思考片刻。"

蒯通也不说话，拱手而立，静静等待。

韩信犹豫了半炷香的工夫，也正是在这半炷香里，许多人的命运都改变了。

半炷香之后，韩信下令收回刚才的命令，然后亲率大军，趁夜偷渡黄河，而后向历下城发动全面攻击！

在历下城驻防的齐军，早就因为齐国上下一片的和平气氛而丧失了抵抗意志和防范意识，统帅田解和华无伤根本就没有做任何准备，哪里又能抵挡得住韩信部队蓄势已久的攻击。他们稍事抵抗，知道形势不妙，便丢下齐军狼狈逃窜。

这下田横和田广感到上当了，他们马上命令手下将郦食其从酒宴上拖进了王宫。

郦食其喝得晕晕乎乎，看见田横如凶神恶煞一般站在面前，还以为又要请自己喝酒。等田横一顿发作，郦生才知道情况有变。他连忙解释说："相国，我是直接从汉王那里动身的，怎么会和韩信串通好来欺瞒齐国呢？韩信那边必然是有所误会，且待我修书一封，保证他获书以后，一定全面退兵。"

田横冷笑一声，让他立即修书。

郦食其的确有急智，在这种情况下，他居然还能将一封书信写得洋洋洒洒、文采斐然。他在信中劝韩信说：您最初只是普通士卒，是汉王不顾军中上下一片的反对之声，为您筑坛拜将，又因为对您才能的欣赏，加上深厚的信任，才让您率军独当一面，攻城拔地，无坚不摧，从将军升为大将，从大将升为相国，这虽然是您的本事，却也和汉王的赏识分不开。而我郦食其虽然并不懂军事指挥，却能够用外交手段让齐国归顺，协力抗击楚国，这不是要比依靠将士们的浴血奋战更好吗？何况，我来规劝齐国，奉的是汉王的命令，您执意用兵，就不怕汉王怪罪下来？即使不害怕，相国您的举动，无疑要将我置于死地，那么以后哪个读书人还敢追随您？

韩信读完这封书信以后面露难色，他不得不承认，郦食其的话有些道理，一时之间，韩信感到拿不定主意。

蒯通接过书信，看完以后，却摇摇头说："相国，您戎马生涯，叱咤风云，怎么能被这样的辩士愚弄？"

韩信不解，说："请教先生我何处被愚弄了？"

蒯通说："事情明摆在这里，相国没有看透而已。汉王派遣郦食其到齐国，也并没有告诉您，郦食其给将军写信，汉王也并不知道。如果您继续进军，齐国人必定会处死郦食其，那么，汉王哪里有证据处罚您？相反，如果相国您现在心软，从齐国退兵，郦食其得以活命，将来就能到汉王那里搬弄是非，恐怕到时候就容不得相国您辩驳了。"

刹那间，韩信眼前浮现起那天清晨，从帐幕中走出看见刘邦手持兵符站在阳光下得意的样子，心肠一硬，说："就听郦先生所言！"于是大军继续向齐国内地进军。

这样的进军既是齐国终结的号角，也是郦食其个人生命的丧钟。田广、田横原本以为韩信会老老实实地因为刘邦的名义而退兵，没想到，等来的是一波接一波的攻势，以及一批接一批的败兵。于是他们不再费唇舌，先将郦食其投入沸水活活烹杀，然后退往齐国纵深地带。田广逃到高密（今山东高密西南），田横逃到博阳（今山东泰安东南）。这样，韩信几乎不费力气就占领了齐国国都临淄，然后立即让曹参和灌婴分兵追击。

田广感到再拖下去自己小命不保，于是，他只能病急乱投医——派出使臣，向项羽求救。

此时的项羽境遇也并不好，他刚刚在梁地又一次清扫完彭越的部队，也已经接到曹咎、司马欣兵败被杀的消息，所以难以分身来管齐国的这摊子破事。但是，项羽也知道，齐国一旦灭国，韩信将从北向南如同泰山压顶一般进攻楚国。于是，在动身向广武出兵之前，他抽出近十万楚国大军，由大将龙且和亚将周兰率领，前往齐国援救。

龙且一直作为项羽的部将出征，从未做过如此大军团的统帅。对于这次入齐救援，龙且有点盲目自信。据他所知，攻打齐国的汉军队伍不过几万人，人数差距如此悬殊，这就让战争的结果失去了悬念。而且将来项王论功行赏，自己岂不就是齐国理所当然的统治者？

在这样兴奋的情绪下，龙且日夜兼程来到齐国高密，和田广会师一处。

田广原本以为项羽忙于和刘邦对峙，对自己的事情不屑一顾，没想到到来的是龙且这样的大将，更没想到龙且身后还有十万雄师，于是精神大振，撺掇着龙且立刻率兵出击。但是，这个建议被龙且帐下的谋士朱新否定了。

朱新说："楚军远道而来，立足未稳，而齐军是在家乡作战，汉军又未伤害齐国百姓，他们难免顾虑重重。汉军虽然人数不多，但训练有素，如果我军急于进攻，只怕难以取胜。"

龙且脾气暴躁，素来不喜欢别人的反对，他粗暴地说："交战不能取胜，难道要逃跑？"

朱新解释说，目前最好的办法，就是坚守不战，拖死汉军，然后，广泛宣传田广的行踪，激发齐国百姓的抵抗欲，这样，汉军不得安宁，就会自行退却。

然而，龙且根本看不起韩信，同时，在战略上也不愿意接受这样的方针。因为援救齐国，实际上是楚军开辟第二战场的机会。如果能顺利控制齐国，那么，忙于两头的恐怕就不再是项羽，而是刘邦了。

龙且怎么可能愿意放弃这样的立功机会呢？

要当就当真的王

……

龙且是个很简单的男人。说他简单，是因为他的履历表上相当贫乏：自幼和项羽一起长大，亲如手足。

但这样的履历表，就足够让龙且在楚汉战争历史上扮演一个重要的角色。跟随项梁起义之后，龙且每逢战斗都会亲身奋进，得到了楚军上下的一致信任。彭城之战后，项羽专门将楚军中精锐的雇佣兵楼烦骑士部队交给他统领。攻破英布军队乃至屠杀其家族的，也正是这个龙且。

只是，龙且并不满足于自己这个简单的履历表，他希望的是能做楚军中的韩信。因此，他刚到齐国，就宣布楚齐联军有二十万之众，意图在声势上压倒汉军，此时朱新建议偃旗息鼓、固守待援，是无论如何也说服不了他的。

面对如此急于求战的龙且，韩信不敢有丝毫的疏忽。对于韩信来说，他的身后并非黄河，而是人生的悬崖峭壁——原本进攻齐国已经属于违抗汉王命令的行动，而这个罪名是否坐实，就要看是不是能拿下齐国了。攻下齐国，大功一件，谁都不会找他的麻烦，一旦在齐国战败，则万事皆休。

韩信立即调动兵马，和曹参、灌婴的机动部队会合，然后驻扎在潍水西岸。对岸，就是齐楚联军防守的高密城。

沿着潍水岸边徘徊了许久，韩信看见面前滔滔河水向东而去，再看见对岸的齐楚联军营帐森然，一个计划的雏形很快在韩信的脑海中出现。他又加快脚步，溯河而上，走过了三五里，发现河床骤然狭窄起来，河水变得汹涌急下，当地百姓依靠在河上搭建的简易木桥通行，他心中的那个计划便完全成形了。

这天半夜，韩信命令上万名士兵每人扛一个沙袋，秘密来到木桥附近。然后将沙袋扔到汹涌的河水中，这样，上万个沙袋很快形成了一道临时的拦河大坝，原本奔腾不息的河水到黎明时，就成了温顺的小溪。

接下来，韩信在潍水西岸的险要处埋伏好部队，然后蹚过浅浅的河水，亲自率领部分汉军朝东岸的高密城进军。龙且听到报告，喜不自胜，他想到的是自己甚至都不用行动，汉军就来自投罗网了。于是龙且下令，楚军全线出击。

果然，汉军和楚军稍一接触，勉力抵抗后就难以支撑，韩信的帅旗一翻，部队掉头西去。龙且看到形势大好，哪里舍得放汉军退走，于是紧追不舍，好几次前锋骑士眼看着就能追上韩信的帅旗，却被他逃过。就这样，汉军一直退到了潍水西岸，而随后跟来的楚军半渡时，那负责用沙袋拦河的万余名汉军齐声大喊，冲上"大坝"，将沙袋尽数搬掉，潍水顿时汹涌直下，奔腾冲入楚军的队伍中。

正在渡河的楚军毫无防备，片刻之间被大水席卷而去。勉强登上对岸的，则浑身湿透，难以抵挡以逸待劳的汉军，不是被围歼，就是投降被俘。原本心气高傲的龙且此时难以突出重围，最终被灌婴部下所杀，亚将周兰则被韩信军擒获。

听到这个消息，齐王田广和相国田横大惊失色，他们原以为楚军军力强大，再不济也能拖延一段时日，然后坐等天下有变，没想到楚军这么快就被韩信用水淹的计策击溃。于是，他们只好率领余部慌忙从高密城中撤退，飞马奔逃而去。

韩信当然不会放过威胁他夺取齐国的田氏宗族，田广逃到城阳（今山东莒县），被汉军擒获，斩首示众。田横在博阳城听说田广已经死了，便宣布自己成为新的齐王。这个消息让奉命追击他的汉军大将灌婴感到哭笑不得，他对周围的士卒鄙夷地说："齐人真是喜欢割据，本性难改啊！就算只有一个城池，居然也要当王！"

不久后，灌婴击败田横的部队，田横只带了数百人逃亡到梁地，投奔了彭越。

与此同时，曹参、韩信他们在齐国其他地区纵横扫荡，很快就将大股的反抗势力镇压下去，就算偶尔有些许的抵抗，也渐渐销声匿迹。毕竟，汉军和楚军完全不同，他们很少有骚扰百姓、破坏农田的事情发生，而对于此时的齐地老百姓来说，谁来管理齐国并不是最重要的，谁能够带来和平、安宁才是最重要的。

就这样，韩信通过积沙断流的计策，在潍水大战中获得了关键性的胜利，最终凭借自己神武的用兵策略而平定齐鲁大地，共获得了七十多座城池。这下，韩信可以说是心满意足了。从自己击败魏王豹，到北渡黄河，横扫代国、赵国，胁迫燕国投降，最终到拿下三齐之地，队伍越打越多，名气越打越大，辛苦的付出，终于看到了回报。

韩信一方面感慨自己一路走来的艰辛，一方面又多少产生了新的欲望：汉王刘邦曾经说过，愿意将关东之地封赏给能够和他一起打败项羽的人。现在，韩信自己独当一面，连续讨平数个国家，却除了一个"相国"的名义外什么都没获得。刘邦不仅没有兑现诺言，还在途中采取突然袭击的方法，将自己组织起来的队伍拿走，这实在让韩信心中难以平衡。

想到这里，韩信觉得，自己目前组织的队伍，一定要留在齐国，再也不能被汉王带走。同时，他还应该向刘邦邀功请赏，不论是否获得应允，都能在未来日子里带给自己更大的发言权和选择权。

由此，韩信给刘邦写了一封书信。在信中，韩信提出了这样的要求：齐国土地广袤、物产丰饶，相应地，齐国人也向来粗莽而不服约束。正因为如此，齐国反复无常，很难治理。加上齐国的南部和楚国相邻，更是容易受到策反而闹事。因此，齐国最需要的还是有一个王来进行治理。微臣考虑再三，愿意做假齐王（代理齐王），从而稳定好齐国，然后再南下伐楚。

韩信将这封信慎重地封好，也将自己的希望封藏其中，然后派快马送往刘邦所在的广武。

此时，刘邦的箭伤虽然还没有痊愈，但由于担心前线，已经从关中返回，还带来了新的援军和粮草。但纵然这样，他还是在担心随时有可能被楚军攻占的荥阳。为此，他不断派出使节催促韩信从北部战线进攻彭城，化解荥阳战场的压力，却没想到，韩信居然在这个节骨眼上坐地起价，跟自己谈起了买卖！

这将我汉王的位置置于何处？

刘邦这样想着，胸中怒火熊熊燃烧，他"啪"的一声，将韩信的书信打在案几上，整个人站了起来，将韩信的使者吓了一跳。

刘邦盯着使者，怒气冲冲地说："你回去告诉韩信，寡人现在和楚军对峙在这里，情况危急，日日夜夜盼望他过来救援。如今，他不仅不来援救，居然还要一心想当什么假齐王！"

使者愣住了，一时不知道说什么才好。

如果使者就这样回去，或许后世写楚汉纷争的故事还会多上几篇，但这一切都因为刘邦身旁侍立的张良而改变。他看到刘邦站起身来，就知道汉王的老脾气又犯了，等刘邦话音刚落，他便伸脚踩了下刘邦的脚。

刘邦一惊，回头看着张良，眼神疑惑而执拗。

"大王，目前这种情况，你能阻止相国称王吗？倒不如索性封他为王，否则，后果不堪设想。"张良低低地说。

果然，电光石火间，刘邦似乎看到了在自己和项羽之间，韩信完全可以有第三种选择——自立为王。

刘邦感到全身的汗毛张开，喉头冲入一股寒气，毕竟，趁韩信睡觉夺走他兵权的这种勾当，也只能做一次……

于是，刘邦慢慢坐了下来，营帐中的烛光下，他脸部的肌肉一点点松弛，终于绽放成了阳光般的温煦。对着还在不知所措的使者，刘邦说道："你回去告诉韩信，大丈夫男子汉，要当就当个真王，当什么假王嘛，难听！"

刘邦说完这句话后，看了张良一眼。张良心领神会，立刻起草给韩信的册封令。

第二天，张良就带上了刻好的印绶，加上汉王亲自签署的册封令，正式奔赴临淄，将韩信封为齐王。

养虎遗患不能干

......

汉四年（公元前 203 年），楚汉正式议和，双方各自开始罢战归兵的准备。

听说太公和吕王后回来了，汉军许多部将、谋士纷纷前去探望。大家都知道，既然议和已成，短期内不会再开启战事，那么，趁此机会和刘邦的家人拉好关系，大概也能为日后在汉王面前的排名带来好处。

一时之间，去后营探望的人络绎不绝，有的奉送礼物，有的送上仆佣，有的献来美酒食物，简直让太公不堪其扰。

不过，张良却不在前去探望的人群之中，他有更重要的事情要做。

连续三天，张良都在不同将领的军营中来回踱步，四处走动，汉军将士们知道张先生有这样的习惯，也不以为意。有时候，张良会停步，和老兵们围坐下来交谈，有时候他会沉默无语地看着士兵们喂饱马匹、修整弓弦……

第四天，张良来到了刘邦的营帐中。

当卫兵掀开帐幕，张良看到陈平也在刘邦身边，他不由得心中一动：难道陈平也想到了？不容多想，刘邦开口问道："张先生，这几天一直未看到您……"

"是的。"张良施礼后说道，"这几天，我在观察我军的士气。据我来看，汉军士兵们对议和好像并没有表现出多少高兴的神色，更没有人欢呼雀跃。想来是因为他们大都和楚军有或多或少的怨仇吧。"

张良这么说并非没有道理，汉军将士有的来自三秦，和楚军自然有不共戴天的国恨家仇，也有的来自关外，其家乡也都受到过楚军的骚扰，因此自然希望能够击败楚军、一雪前耻。更重要的在于汉军曾经在彭城大败，不少老兵的战友都死于楚军的骑兵铁蹄下。

而最重要的是，汉军长期坚守在荥阳、成皋、广武一线，从未主动出击，士气中的锐气从未丧失，将士们都有着一股满身力气无处发泄的感觉。

现在，张良将这一点直接指出，让刘邦在讶异之余，不觉回味起来，并连连点头说道："先生说得是。不过，将士们虽有战意，但议和已成，天下瞩目，疆界也划定了，太公和王后也回来了。难道我们还能再……"

张良紧走一步，双眼坚定而自信地望着这个一直相伴的君主，似乎从来没有真正认识他。直到刘邦开始报之以同样的眼光，张良才说道："汉王，如果我说和项王议和只是一个计策，您会怎样想？"

"这……"刘邦往后退了一步，略带颓然地坐倒在席上。他必须要找到一个位置，支撑自己听到这个消息之后因为惊讶而发软的身体。

始终没有说话的陈平，此时也附和说："汉王不必吃惊，张先生所说也是微臣心中所想的。我军现在已经握有关中土地，兼有燕国、代国、赵国和齐国，可以说，天下三分之二已经在汉王您的脚下了。反观楚军，已经兵老食尽，毫无战意，正准备仓皇东归。我军如果现在进攻，正好能出其不意，掩其不备，将其击溃。"

张良看看陈平，感到这个谋士相当不简单，心中暗暗想到，将来平定天下后，他必然是治理国家的重要人物。

但刘邦的思维似乎依然是乱七八糟的，他看看张良，再看看陈平，又看看张良，然后略带不解地问道："可是，议和书墨迹未干，我们就此背约，天下人会怎样看我呢？"

张良说："汉王，您身为王者，当胸怀天下，不能以寻常的世间道德来看待自己啊。兵法云，兵者，诡道也。因此，能，要表现为不能，用，要表现为不用，明明距离很近，要表现得很远，明明距离很远，要表现得很近。"

"嗯，这个我也听说过，叫兵不厌诈吧。"刘邦好像听懂了。

张良继续说："的确，如果我们现在进攻楚军，就能做到出其不意、攻其不备，这是符合兵法的，也是谋取天下必须走的道路。何况，汉王您如果趁此机会追击，天下人并不会耻笑，反而会称赞您深谋远虑而果断坚毅；相反，如果汉王您就此罢兵东归，天下人才会非议您为了自家的安全，就放弃了雄心和谋略，置天下的安危于不顾，成为当今的宋襄公。"

刘邦原本并不读书，但自从成了汉王以后，在手下谋士的建议下，也多多少少读了些历史，或者听谋士们讲过这些事情。他当然知道，宋襄公是春秋前期的宋国国君，在本国颇有作为，任用贤臣，宋国大治。当齐桓公死去后，宋襄公想要称霸诸侯，就发兵攻打郑国，和楚军主力决战于泓水。但是，这位宋襄公在作战之前，还要大讲仁义，说楚国渡河没有渡完，列阵也没有列好，不可发动冲击。结果，宋军大败，丧权辱国，连百姓们都对襄公骂不绝口。

其实，宋襄公的做法也并没有错，因为春秋以前的战争，确实要双方列阵完毕再开始攻击。但问题是，那时的楚国首先就不是什么讲仁义的对手，之前的一次诸侯会盟中，楚国居然将士兵扮成文臣参加和平谈判，并绑架了宋襄公，后来迫于舆论才将他释放。对于这样的对手，宋襄公还要讲仁义，宋国后来的灭亡命运也就可以想见了。

这样的画面在刘邦脑海中一一闪过，不由得他不紧张，尤其是想到项羽当年凭借在江东发展的八千子弟兵就能纵横天下，如果纵虎归山，项羽重新崛起的时间恐怕比自己想象得还要快。

趁刘邦愣神的工夫，陈平接过话茬继续说道："汉王，想成大事就不能被小节束缚，之前您曾经在阵前历数项羽的十大罪，现在忽然议和，岂不是放过了罪人？"

"陈先生说得正是。"张良决定继续烧一把火，他补充说道，"自从东周以后，诸侯混战，长达数百年。暴秦建立之后又欺压天下，以至于兵灾祸患不断。现在如果放过项王，让他重新休息，那么迟早会再次出现战乱。到时候，恐怕汉军将士会因为汉王现在的心软而心寒，加上和平日久、缺乏战意，而被楚军击破。那样的话，就是养虎遗患，恐怕悔之晚矣！"

说到此处，营帐外忽然走进一群人，刘邦定睛一看，原来是随何、陆贾等一帮谋士，他们身后是樊哙、王陵、周勃这些武将。原来他们早已约定好前来听取汉王对全军下一步的命令，在帐外听到张良的建议后，就忍不住闯入帐中跪倒一排齐齐说道："汉王，张先生之谋确实是高瞻远瞩、忠义之言。我等追随汉王您多年，为的就是能够看到天下一统，海内得以安定，诸侯能够臣服，百姓得到治理。请汉王明断！"

刘邦知道，众望所归是不可违抗的，否则，不要说楚国的项王，恐怕自己汉王的位置也会因此摇动。更何况，刘邦的野心原本也并非仅仅限于当一个汉王，他又何尝不想登九五之尊、开万世基业呢？

想到这里，刘邦闭上眼睛，摇了摇手说道："罢了！既然你们都这样说，寡人就做一次毁约的小人好了！只是，既然和约已毁，就请诸位尽心用力，鼓舞汉军努力向前，方才能够战胜楚军，安定天下！"

迎接他的是响亮的呼喝声："是！"

而此时张良想到的是，既然定下了追击的策略，就应该进入具体的战略部署阶段了。他看看陈平，发现陈平也同样陷入了思考中。的确，汉军此时并非集中在荥阳一线，刘邦始终只是将自己作为诱饵在荥阳和项羽对敌，而大将曹参、灌婴则在齐国和韩信准备向南进军，卢绾、刘贾在配合彭越断绝楚军粮道，其他将领如傅宽、丁复、陈武、靳歙、郦商他们，则或者守卫关中、巩洛地区，或者在成皋、广武、敖仓这些军事要地据守。

这样，刘邦面临的问题就是，究竟能调用多少部队去追击退去的楚霸王项羽。

张良知道，陈平也在思考这个问题，而且这个问题如果不加以解决，势必会导致毁约之后汉军的战略陷入被动。更深层次的问题是，追击项羽是既定的目标，但项羽究竟会向哪里退去呢？

张良把这个问题提了出来。

如果在一个月前，这个问题根本就不是问题，谁都知道，项羽将彭城根据地看得格外重要，之前数次从荥阳前线掉头回去，都是为了援救彭城。或许，刘邦那一次对彭城的突袭，给项羽留下太大的刺激了。

但这时候，项羽真的会回彭城吗？

早在签订和议之前，齐王韩信因为顺利地得到了自己想要的王位，就派遣出了大将灌婴去鲁北攻打楚军，结果将楚将公杲的部队全灭。之后，灌婴又挥军南下，继续击败了薛郡郡守的部队，然后攻下了傅阳，进军僮城，拿下了虑和、徐城一带。此后，他渡过了淮河，将淮南城池全部收入囊中，到达广陵。

当然，项羽也并非完全没有防备，他派出了项声、薛公和郯公渡过淮河抢夺已经被汉军控制的城池。因此，灌婴重新渡河北上，击败项声和郯公，阵斩薛公，收复下邳。接着，重新南下，在平阳击败了楚军的骑兵部队。

在这种情况下，汉军要做的不仅是追击项羽，更要知道如何在追击的同时，给项羽撤退的道路上设好一个又一个"陷阱"。

裂土封王是梦想

……

趁着刘邦同意了追击楚军的方案，张良将自己的计划和盘托出——不仅要追击项羽，更要让楚军的归途充满杀机。

张良是如此建议的：樊哙率领一支部队向胡陵（今山东省鱼台县）进攻，从而打开攻略楚地的大门；然后刘贾带领部队，南下联系英布，围攻寿春，吸引楚军。另外，派出使节，劝诱对楚早就怀有异心的楚军大司马周殷背叛。而刘邦则率领主力，在张良和陈平的协同下追击项羽。

考虑到灌婴的威胁，张良判断，项羽不可能直线向彭城撤退，他很有可能假道南方绕行返回彭城，以图收复淮水下游流域的城邑。

对于这些建议，刘邦照单全收，同时他深深明白了一点，和荥阳防守时自己担任"诱饵"一样，在追击楚军时，自己也是个"诱饵"。只要自己率领部队追击，那么，项羽就有极大的可能只看到刘邦部队，而忽略了四面布置下的那些陷阱。

果然，刘邦毁弃和约的消息一传到楚军，项羽就愤怒了！

贵族出身的项羽，对于自己被迫在没有战胜的和约书上签字怀有深深的悔意和难堪，作为一个追求自我完美的人，他难以容忍自己被刘邦所约束，而作为一个追求天下霸权的人，他又不愿意面对平分天下的事实。因此，在准备东归的路上，项羽的情绪已经跌到了谷底。但让他没想到的是，在这样的伤口上，刘邦居然还敢于冒天下之大不韪来撒把盐，做出毁约的事情。

是可忍，孰不可忍！

于是，楚军在向南的道路上停了下来，准备给追击的汉军当头一击。

与此同时，刘邦以樊哙为先锋攻打下楚军南归通道上的重要城池阳夏（今河南省周口市），俘虏了楚国周将军部一共四千多人。但问题是，楚军回军向阳夏进攻，再次摆出了对决的姿态。

历史在这个瞬间给刘邦开了个玩笑，将他吓唬得不轻。原本刘邦以为，自己一旦行动，韩信、彭越他们就会迅速追随，并夹击楚军，但现在他发现，追击楚军的只有自己的部队，而在阳夏这里，汉军无险可守，情况比起荥阳时似乎反而对楚军有利了。

没有其他办法，刘邦只好继续不断发书信给韩信和彭越，催促他们出兵合围，而自己则硬着头皮带领汉军出击。

楚汉两军终于在阳夏东南的固陵（今河南省太康南）再次相遇。

这次相遇对于楚军来说是致命的，但表面上看来，楚军却取得了战场上的大胜。始终穷追不舍的汉军并没有做好准备迎接楚军的冲击，在固陵的平原地形上，汉军被楚军骑兵撕扯得七零八落，无所依托和掩护，刘邦再一次品尝到了失败的苦涩，于是他重新整顿汉军队形，然后不用任何人提醒，重新深挖壕沟、建筑高墙，又和项羽玩起了对峙防守的拿手好戏。

看见刘邦军重新停滞下来，项伯立刻赶去见项羽，他诚恳地说道："项王，目前彭城受到威胁，而刘邦紧追不舍，他的意思正是要吸引住您的注意力，把我军主力拖死在这里。您不可不察啊！"

项羽轻蔑地笑笑，说："刘邦这个狗东西，以为假意议和、骗走他的家人，就能打败我了？真是痴心妄想。依我看，韩信不会那么快就进攻我楚地，彭越更是个跳梁小丑，早就被我吓唬得不敢出击了。我军在荥阳没有拿下刘邦，正好在固陵立下这样的奇功！”

其实，项羽如果保持必要的理智，就能看到情况远远没有这么乐观，但在这样的节骨眼上，他再次犯错了。

而这也正是张良建议刘邦用汉王的身份去做诱饵的高明之处。现在，原本应该急速撤退的楚军，再次由于项羽的贪功而停了下来。

但刘邦并没有因为这样的情况而舒心，他摸着箭伤，眉头纠结地坐在席上，向张良和陈平大发牢骚：“韩信当了齐王，彭越之前我也封了他做魏相国，怎么还是迟迟不肯出兵，他们到底在做什么？”

陈平也不太明白，他疑惑地问道：“不知道他们何以敢抗命不遵呢？”

刘邦没好气地说：“讲来讲去，还不是那一套话。彭越说，梁地到现在还没有平定，楚军经常骚扰他们，每天都要忙着应付，难以同我会师。韩信又说，已经派了灌婴出击，如果自己亲率大军出动，恐怕齐人会趁机聚乱……”

“这些都是借口啊。”陈平若有所思。

“是啊，但问题是，他们到底要什么？总不能我这个汉王给他们来做吧！”刘邦愤愤地举起酒杯喝了一口。虽然喜好杯中之物，但在前线喝酒，还是刘邦最近才开始的。看来，他已经着实烦恼了。

张良等君臣两个人的对话结束，淡淡地说道：“汉王，依微臣的看法，齐王不会来，魏相也不会来，恐怕九江王也会开始观望了。”

“嗯？这是为什么？”刘邦听出张良的话中有话，不解地问道，“难道是寡人有什么没有做到？”

“然也。”张良颔首微笑。

陈平也一时糊涂了，素来要钱给钱、要兵给兵、要位子给位子、要帽子给帽子的汉王，还有什么没做到的？

张良并不解释，伸手在营帐的地上摸了一把，然后将之洒下，在透过帐幕的一缕阳光下，刘邦和陈平清楚地看到无数尘土飘散于空气中。

陈平顿时明白，说了声"哦"，脸上流露出对张良的崇敬之意。刘邦还处于糊涂中，但看见陈平的表情，便连忙向张良作揖说道："先生一直是我的老师，就请明示。"

张良连忙还礼说道："汉王，其实问题也不难，就在于一个字：土。"

"愿闻其详。"刘邦真的像学生那样，腰杆笔直。

张良也同样谨慎而认真地分析说："齐王、魏相之所以会迟迟拖延会师，并非因为楚军的强大，实际上，项王麾下现在的部队最多不过十万，而我军如果和韩信、彭越部队会师，将会达到三十多万，实力对比悬殊。同样，他们也并非不急于推翻项王，如此霸道残暴的项王，恐怕天下人都想推翻。"

说着，张良话锋一转，走到刘邦身后的地图边。刘邦和陈平的视线也随之转动，三人的眼神不约而同地看向齐国在地图上清晰的范围。

张良继续说道："当初，韩信想成为齐王是自己提出的，而不是大王主动封赏。所以，这个封赏的成色，原本就低了一点儿。更何况，封他做齐王之后，汉王您可是一直没有明确他管辖的封疆国界啊！"

刘邦讪讪地笑了起来，说："张先生，您也知道，不是寡人刻薄寡恩，的确是战事密集，我对付项羽尚且吃力，又哪里来时间考虑韩信的齐国呢？"

张良点头表示理解，然后又说道："只是，韩信并没有考虑您的难处，而是心怀疑虑，他不知道在破楚之后，自己会有怎样的地位和封赏，又怎么可能出兵呢？"

刘邦沉默不语，陷入了思考。

"汉王，您不妨再想想彭越。一直以来，他平定梁地，劳苦功高，屡次袭扰楚军粮道，给项羽带来很大麻烦，数次逼迫楚军从荥阳前线回军，就这一点也可以说理应为王。但是，汉王您也同样迟迟没有做出决定。何况，当初是因为魏王豹为王，彭越才屈居魏国国相，而现在魏王豹已死，彭越正是应该为王的。"

刘邦沉不住气了，他抬头说："张先生，您说得没错，这的确是寡人有失远虑，才有目前的难处。就此请说出您的看法，以帮助我军早日破楚，安定天下吧！"

"这也不难，"张良看看刘邦，再看看陈平，眼神里闪烁着常人难以企及的智慧，"大王若果然答应灭楚国之后，能和他们同享天下，就可以做到逼迫他们尽快出兵。以良的愚见，不妨将睢阳（今河南省商丘南）到谷城（今山东省东阿南）的土地封给彭越，并正式封他为魏王；将陈（今河南淮阳）以东的土地，一直到齐国的东海之滨，全都封赏给韩信，以便帮助他坐牢齐王的位子。更何况，韩信的家乡原本就在楚国同齐国交界的地区，将这里封赏给他，能让他更为满意。这样，他们一旦得到了封赏，就会前来同我军合兵破楚了。"

陈平暗自叫好，刘邦也恍然大悟，说道："好，就按张先生说的办！"

"汉王且慢，"张良补充说，"良还有一件事想要上告大王。"

刘邦连忙催促说："张先生不必拘束，只要是能够对破楚有益的事情，您但讲无妨。"

张良说道："合兵一处后，希望汉王能将指挥权交给齐王。"

刘邦并不问原因——实际上他自己也知道原因——就满口答应了下来。很快，封赏土地的王命就传递到了齐国和梁国。而此时，并不知情的项羽仍然将军队停留在陈下（今河南淮阳县），似乎在等待更好的机会一举歼灭刘邦。

就在这样的相争空隙中，齐王韩信的大军出动了！

垓下楚歌终响起

......

韩信一直等待着刘邦实质性的封赏，但他并不着急，因为他虽然没有采纳蒯通的那个建议，但从蒯通的分析中，他知道这样的事实：刘邦会比他更着急。

所以，韩信在等待刘邦把价码提高，只要满足他的心理价位，他就会二话不说地将军队开赴战场。毕竟，帮助仁义的汉王，消灭残暴的楚国，同时获得属于自己的王国，这是一件无论从利益上还是名誉上都有充分收获的事情。

因此，当韩信确定刘邦给予他整个齐国的土地后，整个齐军的战争机器按照预定的方针迅速地转动起来。

韩信当然了解要整备好大后方的重要性，因此，他将曹参留在都城临淄，负责管理齐国并平定那些还没有归顺的势力，然后亲自带领将军孔熙、费将军陈贺，以灌婴的骑兵部队为先锋迅速南下。

此后，彭城很快就传来消息，说灌婴已经降服了彭城，楚国柱国项佗被俘，彭城周围的各城如留、薛、沛、鄼、萧、相等县全部归于灌婴之手，而讽刺的是，曾经被汉军擒获过的亚将周兰，又一次被灌婴擒获。

与此同时，梁王彭越的部队也迅速向南穿插，力图再次上演断绝楚军退路的好戏。

刘邦看见情况逆转的速度比自己想象的要快许多，不禁高兴得眉飞色舞。他立刻催动汉军发起反击，并和韩信军队同时夹击楚军。

错过了最好撤退机会的项羽，开始品尝自己在战略层面优柔寡断所酿成的苦果。他带领部队迅速向垓下撤退，但此时再迅速的反应，都无法抵得上一开始的缓慢。在灌婴强势骑兵的突袭下，楚军损失了楼烦雇佣军的将领两人，八名骑兵将领被活捉，上万的楚军或死或伤。

此时的楚军，军心已经开始动摇，进攻、退却、进攻、再退却……如此漫无目的的折腾中，再精锐的部队也必然涣散。

当楚军整体向垓下退却之后，汉军和齐军在颐乡（今河南鹿邑县南）会师了。

会师的场面是盛大的，不仅有着成功的喜悦，更充满了期待的实现和燃起的希望。之所以如此说，是刘邦千盼万盼的韩信终于到来，他的期待成了现实，而击破楚军的希望终于像一轮朝日升起前的霞光那样，浮现在遥远的天边。因此，刘邦特意将汉军大小将领和谋士们集聚在大帐中，众人开怀畅饮一番，也正是在这次宴会上，刘邦宣布，齐军和汉军合二为一，由韩信来负责统领。众将欣然领命，大家也都知道，防守过人的刘邦，恐怕最擅长的是躲在深沟高垒后面抵挡楚军（虽然这也非常厉害），但说起野战攻击，的确还要依靠韩信的指挥调度。于是，在宴会之后，大家迅速回到各自部队，马上各自布置下一步的追击事宜。

整个汉军都知道，放走项羽，跟放走一只中箭受伤的猛虎相比，恐怕前者更为危险。

英布在南方的消息传来了，他成功策反了楚国大司马周殷，对方答应叛楚投汉，并带领所部占领了六县（今安徽省六安），而英布也率领九江部队，同刘贾等汉将举兵北进。与此同时，彭越的部队也终于和汉军会合了。

这样，韩信手下的大军共有三十万之众，楚汉战争中的实力天平，第一次如此明显地倾向了刘邦。

汉军尾随项羽向南方，直到垓下（今安徽省灵璧县东南）。在这里，九万楚军停止了前进，他们在项羽的指挥下原地驻防，准备和汉军展开决战。既然决战迟早到来，与其将汉军带入楚国国境，不如就在腹地外加以解决，这大概就是项羽所抱有的想法。

决战前的气氛是凝重的，韩信高坐大帐中，面沉如水，即使是拜将以来未尝败绩的他，也知道下面的这一仗将是决定自己人生走向的一仗。刘邦坐在他的身边，尽力按捺住忐忑的心情，观察着帐下诸将的表情，似乎想从中找到胜利的迹象。张良和陈平分左右站立在刘邦身后，虽然对韩信有充分的信心，但也对战事的偶然性感到些许的不可预期。

韩信说话了："垓下一战，将是破楚关键，诸将请分外向前，方可不辜负天下希望！"

"是！"迎接他的是整齐的呼喝声。

"孔熙将军，你带领所部负责左翼攻击。费将军陈贺，你带领所部负责右翼攻击！"韩信开始点将。

两名将军得令而去。

"灌婴、樊哙！"

"末将在！"樊哙急不可待地从队列中大踏步走上前来，听说要攻打项羽，他激动得几乎要睡不着觉了。鸿门宴上吃过的生猪蹄味道，似乎还在口中泛着血腥，这让樊哙更需要找到释放的机会。

"就请二位跟随我居中突破。"韩信很欣赏这两位将军的高昂战意。他侧过脸，欠身向刘邦微微致意，"就请汉王在我军阵后负责坐镇指挥。"

刘邦连连称是，他已经决计将所有战事交付给韩信，所以必然言听计从。

韩信转过脸继续下令："周勃、柴将军等人，请你们做汉王的后卫负责保护，并择时待机出击！"

"是！"

垓下并非一座具体的城市，而是紧靠今天沱河（古名洨水）的区域，它以今天的安徽省灵璧县韦集镇垓下村作为中心，铺陈开楚汉决战的舞台。

历史的机缘，选择了垓下这块并不大的地理区域作为一段战争史的结束，对于垓下来说，这是悲剧，亦是史诗。此处的山河，每一寸都忠实地旁观和记录了这出残酷戏剧的最高潮一幕，并在千百年后，依然用时常暴露于地表的残剑和箭镞无言地向今人讲述与追忆。

战事很快就打响了。

楚汉两军接触之后，楚军被逼入绝境的愤怒很快占据了上风，将士们怀着求生的欲望和入骨的愤怒，奋力向前斩杀，人人唯恐落后。须臾间，楚军的骑兵就突入汉军阵营，鲜血顿时染红大片的泥土……

纵然是征讨过大半中原的韩信，也没有见过这样疯狂的战斗力，他开始带领所部徐徐后退。毕竟是久经沙场的韩信部队，即使后退，也依然保持着顽强的抵抗意志和完整阵型。

就这样，楚军开始慢慢步入自己的死亡陷阱。

正当楚军迷醉于最后的厮杀时，汉军左翼的孔熙和右翼的陈贺部队开始迂回进攻，他们各自从左右向后包抄，以人数的绝对优势，如一只口袋将楚军整个包括其中。

等到楚军战斗力开始有所下降时，汉军的反击开始了。

韩信首先挥军返回，展开逆冲击，一直忍耐着后退的灌婴、樊哙，如同两只挣脱锁链的猛兽，幻化成汉军将士眼中的杀神，奋不顾身地带头冲出阵线。霎时间，回头冲击的汉军如逆势的巨涛，狠狠拍打进攻速度已经有所减慢的楚军。

楚军确实疲惫了，他们在荥阳一线付出的精力太多，而连日的粮食供应不足，也让原本精锐的骑士们缺乏必要的耐力，甚至连马匹的冲击距离也维持不了最高峰时期的骇人长度。

就这样，楚军逐渐无法抵挡，开始节节败退。最终，走投无路的项羽拔刀自刎，曾经气吞山河的西楚霸王死在乌江侧畔，年仅三十一岁。

第八章

看透时局的低调留侯

表面无事，其实危机四伏

……

公元前202年，刘邦成了大汉帝国的第一任皇帝。由于他死后的庙号是高祖，因此，将来的人们会把他称为汉高祖。而此时，他来到天下的中心洛阳，追尊自己的亡母为昭灵夫人、父亲为太上皇。王后吕雉成为母仪天下的皇后，王子刘盈则成为皇太子。

对于积极上疏劝进的七位主要诸侯，刘邦宣布：

原衡山王吴芮，曾经率领百越的部族协助讨伐暴秦，建立功绩，却被项羽夺走封地。因此，现在改封为长沙王，都城在临湘；

原粤王无诸，被暴秦抢走领地、断绝古代粤国的香火，列祖列宗无法获得祭祀，而后来无诸虽然响应灭秦，却依然被项羽弃之不理，因此封为闽粤王，都城设立在闽中；

韩王信、淮南王英布、燕王臧荼、赵王张敖和楚王韩信，封国和都城依旧不变。

除了以上封国之外，全天下其他地区仍然作为郡县设置，各自设立官吏守土治理，如同秦国的旧有制度。

另外，刘邦还想到，过去的齐相田横，因为韩信伐齐而走投无路投奔了彭越，之前彭越受封，田横担心被捕，便带领部属五百多人逃到了东海的岛上，此时不妨一起招抚，以防止日后作乱。于是，刘邦专门派出使者，到田横那里好言相劝，劝他来到洛阳向自己朝贺，然后接受封赏。而另一位使者，则被派往关中，接太上皇、吕后、太子、丞相萧何他们前来。当然，刘邦没有忘记让人去家乡，将年轻时娶过的外妇曹氏以及在逃命路上娶的外室戚氏一起接到洛阳，以便共享富贵。

忙乱了好一阵日子，时间已经到了当年的六月份。四个多月来，刘邦从登基开始，到家国大事初定，感觉如同做梦一般。似乎昨日被楚军追击得狼狈不堪的日子还在眼前，一醒来，自己却已经是天下共推的帝皇。因此，刚刚适应了角色的刘邦，感觉内心有着一番豪情需要抒发，需要记录。

于是，六月底，在洛阳南宫，刘邦举行了一次内部的宴会。

说内部，是因为参加宴会的并没有什么普通官吏和外地诸侯，而是刘邦从起兵到获胜这七年来紧紧追随他左右的亲信。他们或者曾经是刘邦当年的伙伴，或者又是在反秦起义中的战友，更有樊哙这种动辄会用"大哥"相称的往日兄弟。因此，刘邦也并不愿意太过讲究，还特地请太公、吕后和皇子入席，以表示对参加宴会者的隆恩。

果然，虽然刘邦已经是以"朕"自称的皇帝了，但参加宴会的人因为和他太过熟悉，气氛依然相当融洽热烈。只见樊哙倒酒、周勃舞剑、随何吟诗、陆贾高歌，宛如回到汉军营帐之中。在这样的气氛下，张良也频频举杯，脸上很快出现了一抹酡红的颜色。

酒过数巡，刘邦忽然放下酒杯，直起身子，席间很快因此而安静下来。

刘邦略带三分醉意地说道："各位，今天在座的，有人是朕的同乡好友，也有人是朕起兵路上结识的豪杰英雄。现在，多亏各位能够鼎力相助，朕从小小的亭长，被大家推上了帝位。不过，朕想问大家一件事情，朕起兵时，只有数十人，也没有显赫家世，而项羽能征惯战，有八千子弟兵，为什么最后赢得天下的却是朕？为什么项羽却落得在乌江自刎的结局？"

听到刘邦的这个问题，有的人张口结舌，有的人不知所措，张良看着他们的表情，觉得很有意思。

没想到，最先回答的是酒意已经上涌的王陵。他站起身来，先是向刘邦深深施礼，然后向同席的诸位将领点点头算是致意，便滔滔不绝地说："古语说，公生明，偏生暗。我皇帝陛下并不将天下看成私有，而是每打下一座城池就赏给有功的部下，这样，臣子们当然效力。而项羽嫉贤妒能，觉得天下是私有的，因此战胜了不奖赏有功者，获得土地也不分享，所以即使手下兵多将广，也人人都有异心。就算天下曾经听从他，最后也丢掉了。"

刘邦点点头，觉得说得不错，示意王陵坐下。张良却暗暗在心中叹了一声：果然是武人出身的王陵，如果在前一年这样想，或许没错，但汉王已经是皇帝了，还会希望听到这种分享天下不以为私的宏论吗？

果然，刘邦似乎很欣赏这样的说法，但等王陵坐下，他便摇了摇头说道："各位只知其一，不知其二啊。自古代以来，人才是获得天下最重要的，获得人才就能昌盛，失去人才就会败亡。而人才之中的人才，就是胜败的关键。使用正确就能获得天下，使用不当就会社稷败亡。比如，运筹帷幄之中，决胜千里之外，朕不如张良；安定后方、巡抚百姓、供应粮草、保证后援，朕不如萧何；而统率千军万马，攻城略地，朕不如韩信。这三个人，都是人中之英，但朕能够放心地任用他们，所以才能取得天下。再看项羽，他只有一个范增却不能信任，被朕打败，还不是理所当然的事情？"

说完以后，刘邦高举酒碗，示意大家尽情畅饮，然后"咕咚"一声喝下一大口，视线有意无意地扫过张良的面庞。

张良表面上谦逊地俯下身子，表示不敢接受刘邦如此的称赞，耳中传来了身边其他同僚们啧啧的羡慕声。等刘邦的视线扫到别处，张良的内心"咯噔"一下，暗叫不好，脸上的表情也瞬间变化了。张良知道自己在汉军中的重要性，但他没有想到，在刘邦的心中，自己是和韩信相同级别的人物，那么，这些年来自己如此低调，岂不是白费了吗？自己从没有争名夺利的行为，在刘邦眼中又是怎样的一种姿态？对韩信，刘邦因为忌惮其兵力而采用突袭夺兵权的方法，如果哪天他忌惮我，又会怎样对付呢？

想到这些，张良感到心中顿时空空荡荡的，口中的酒香消失，泛出一股酸苦的味道。

虽然如此，张良还是表面上从容平淡地结束了这次宴会。几天后，另一个消息传到洛阳：奉命觐见的田横，在路途上忽然自刎了！

原来，刘邦对使者下了这样的死命令：田横只要带领自己的五百死士从海岛上下来，奉自己为皇帝，就可以封王，最差也是侯；但如果不来，就发兵荡平海岛，不留一人。

田横听到这个消息后，不忍心下属和自己一起死去，于是决定带上两名侍从，和刘邦派来的使节去洛阳。他们离开小岛，坐船回到岸边，然后改换车辆驶向洛阳。日夜兼程之下，洛阳很快就要到了，田横郑重其事地告诉使者说，自己打算在觐见皇帝之前沐浴更衣，以示尊重。

使者当然不能反对这样的提议，便在洛阳附近的馆驿住下。夜里，田横告诉侍从说："想当初，我和汉王地位相同，如今，他成了天下至尊，而我却没有容身之处，还要去恭敬地跪拜他。这是何等耻辱！再说，我听说郦食其的弟弟郦商，还在汉军中为将，虽然刘邦不许他报复，但我和他相处，又怎能不惭愧？其实，刘邦大概也只是想看看我的长相，明天就能到洛阳了，你们今天不妨割下我的头颅，速速送去，他还能看得清楚。"

说完，田横便拔剑自刎。两名侍从果然按照他的命令，和使者一起将头颅送到刘邦面前。

听到这个消息，张良也是吃惊不小，他虽然对田氏家族在政治上的表现没有任何好感，却也没有想到这个家族居然在最后关头还有如此的骨气，能够用壮烈的自裁来结束从战国时期就延续下来的齐国王室血脉。于是，他主动对刘邦说："过去，成汤建立商朝，将夏桀流放到了南巢；武王建立周朝，将纣王的儿子武庚封为殷侯，还修葺了纣王叔父比干的坟墓。这样看来，所有圣明的君主都应该有超脱的度量啊。当初，天下大乱，诸侯们各自考虑自身的利益，对陛下您有所反抗，也是情理之中的。现在天下已经平定了，陛下可以厚葬田横，以此广布恩德。"

刘邦欣然同意，毕竟，对于曾经在战场相对的项羽他都可以做到的事情，没有理由不施舍给田横。但不久更为惊人的消息传来：葬礼结束后，两个被封为都尉的侍从在田横墓旁双双自刎。而海岛上的五百死士听说这个消息，也全都自杀了。

定都长安，愿天下长安

田横和他的部卒们并没有抵抗，但也不愿意接受招抚，全部自杀身亡，这给正沉浸于称帝兴奋中的刘邦兜头浇上了一盆冷水——天下，并非仅仅战胜一个项羽就能赢得的；人心，更不是仅仅称帝就能收服的。

刘邦辗转反侧，想了许久，最终，他决定要从自己开始，营建一个稳固的帝国，不仅是疆土上的广袤，更要有人心的坚定凝聚。而这样的工作，第一步就是要将帝国的都城认真修建加固，以便给天下人以万世不易的感受。

此时刘邦所居住的洛阳，正是他心目中的帝都。

洛阳位于今日河南西部的洛水盆地中，南有伊阙（今洛阳龙门），背靠北邙山，东面是虎牢关，西面是函谷关。这样四周都是群山环绕的地形，气候温和而雨水适中，因此天然成为山水相宜、物产丰富的好地方。因此，周朝建立时，周公长期在这里控制东方的诸侯，而周平王迁都更是让这里成为东周的都城。历代的经营修缮，加上秦始皇初年洛阳十万户侯吕不韦的经营，让这个昔日天下之中的国度显得更加繁华、大气。

因此，刘邦内心很希望在洛阳建立都城，这样，就可以真正实现居于天下之中的想法。但这个想法很快被来自齐国的娄敬击垮了。

和后来的许多皇帝不同，刘邦非常喜欢听那些普通草根的想法，比如从建议武关出兵的袁生，到提出尊重儒学的叔孙通，都是名不见经传的平民百姓。而这一次，士卒出身的娄敬带给刘邦一个崭新的建议。

娄敬是奉命去陇西戍守边疆的，他的部队路过洛阳，听说皇上要大兴土木，修建都城，便大胆地以事关皇都的名义求见。没想到，刘邦真的召见了他。

娄敬问道："皇上修建洛阳城，是不是想超过周朝那样的盛况？"

刘邦面无表情地说："说得对。"

娄敬说："可是，陛下您得到天下和周朝是不同的。周朝是源于武王伐纣之后，定都关中，而辅佐周成王的周公才开始营建当时的洛邑。然而，到周朝后来衰微的时候，诸侯纷争，谁也没有因为洛阳居于天下就去朝拜周天子，而周天子也没有力量去制约他们。这样看来，有德之君主在这里，能够镇抚天下，而无德君主在这里，很可能会导致国家灭亡。"

"住口！"刘邦怒气冲冲地说，"难道朕会是无德之君吗？"

娄敬连忙解释道："陛下用义军讨伐无道，恩德四方，天下推为圣主。然而，陛下就一定保证后世万代都能做到陛下这样吗？"

刘邦面容凝固了，的确，即使是他，也说不清子子孙孙的事情。

娄敬继续说道："武王建立周朝前，已经有了稳固根基，因此建都是水到渠成的事情。而陛下您和项王大战荥阳，战役十余次，百姓死伤无数，天下才初定，这种情况下，您建都洛阳，还要营建宫室，这和周公的成康之治比起来，不大合适啊！"

怒气从刘邦脸上消失了，他随和地问道："那你觉得应该怎样？"

娄敬不慌不忙地说："和洛阳比起来，关中就不同了。陛下，您起兵于关中，应该知道那里地形险要，土地肥沃，进可以攻，退可以守。如果陛下在那里建都，统御全国，无疑等于扼守住了天下的咽喉啊！"

刘邦一时没了主意，陷入犹豫中。理智上，他必须承认娄敬说得有道理，但感情上，看着洛阳华美的宫殿，再想到被项羽破坏殆尽的咸阳城，就觉得难以接受。看到刘邦的犹豫，周围的将领们都议论起来，他们大多是关东人士，一想到要去关中定都，难免远离家乡，就气不打一处来。有人壮着胆子说："周朝建都洛阳，有四百多年的历史，而秦朝建都关中，二世就完了。可见，这个什么娄敬简直是胡说。"

一句话如同在水面上扔下了石块，更多的声音响了起来。

"陛下，您登基之时，就已经打算建都洛阳了啊！"

"是啊陛下，这里可是天下的中心！"

更多的声音则是附和："陛下，您要三思……"伴随着声音，文武百官们纷纷跪倒，当然，大都是关东人士。

"陛下，臣以为，娄敬所说很有道理。"喧哗过后，宫殿中响起一个自信的声音。那些跪拜着的文臣们有人偷眼一看，原来说话的正是张良。刚才，他一直静静听着娄敬的分析，而大臣们纷纷"进谏"时，又冷眼旁观所有人的言行。此时，张良决定发言了。

"按照微臣的愚见，娄敬说得很有道理。洛阳居于天下中心不错，然而，其中心地区狭小，方圆不过数百里，而且四面都可能受敌，并非真正的用武之地，更不能用来防守。但是，关中之地就不同了，东有崤山、函谷关，西有陇山，这些地方都是洛阳周围的山脉所不能比拟的。另外，关中的南部可以获取巴蜀的富饶资源，北部则是接近胡地的广阔牧场，关中平原又有沃野千里。这样的地形三面险要，都利于防守，只需要利用东面来控制诸侯就可以了。当诸侯安定的时候，陛下和子孙可以通过水路，运输天下粮食供应都城；万一东方有变，又能够利用大河，顺流而下，输送军队和辎重。这样的地形，正是古人所谓的王者之城啊！"

张良结束了自己近于演说一般的陈奏后，其他人都张口结舌，不知怎样应答。娄敬则感到欣喜异常，脸上散发出被信任和尊重的喜悦光芒。

刘邦目睹这一切，忽然明白了自己应有的选择，他立身而起说："好了，不需要再争论了，朕已经做出了决定，为了让我大汉国运昌隆，就定都关中。叔孙通，立刻传旨意，昭告天下！"

这下，群臣寂静，没人再敢说话了。

刘邦也的确是建都心切。决定建都的这一天，他立刻传令准备完毕就摆驾西行。数天后，大队人马就沿着渭水回到了关中。人们走到一处山水环绕的地方，这里原野舒缓、风景秀丽，士兵们都不由放慢了脚步。刘邦来了兴趣，撩开车驾的帷幕，探头问道："这里是何处？"

听到皇帝发问，伴行的宦人连忙毕恭毕敬地回答说："回禀皇上，这里快到咸阳。此处是秦长安君的封地，因此便叫作长安。"

"嗯，长安，长安，这是个好名字。"刘邦回味着，突然叫道，"停车。"

宦人连忙将命令传递出去，大队人马收拢了脚步。刘邦下了车，走上高地，再观看此处时，发现远处有一片高地，宛若龙脉，横卧在渭水南岸，其地势平坦，视野开阔，真正有皇家的气派。

"就是这里了！"刘邦慨然说道。

就这样，大汉帝国以长安为都城，修建新的宫殿，"长安"之名从此开始闻名世间。在历史的长河上，有更多的朝代在长安建都，并终于在唐代成为世界闻名的大都市、国际经济文化中心。

当然，此时的刘邦眼中，长安更像他为自己的子孙后代所发现的一处宝地。因此，他也没忘记赏赐最先提出的人。他告诉群臣说："娄敬是最早建议朕在关中建都的，娄敬，朕就赐你叫作刘敬吧。"不仅如此，刘邦还下旨任命刘敬为郎中，封号奉春君。

对此，张良还觉得要感谢刘邦，正是这样的封赏，让群臣忽视了自己对定都长安的力主态度。张良就是这样的性格，虽然在定都的事情上力排众议，有着突出的贡献，但事情一过，他马上就放到脑后了，更不喜欢别人提起。在张良看来，政治更像一场游戏，自己所要做的，就是用正确的态度、方法去玩好它，让更多的人受益，至于自己是否要在其中受益，那其实并不重要了。

自请留侯不争权

······

然而，张良这种淡定自若的姿态，并没有得到刘邦的多少理解。定都长安之后，刘邦随即就想到了张良的事情。他也知道，这世上无论谁可能威胁到自己的皇位，张良都绝无可能，这不仅仅是因为张良身体素质远不及那些武将们，更是因为七八年来的相处，让他了解张良的那种淡泊、低调是发自内在的，是绝非虚伪矫饰能表现出来和坚持下去的。

因此，张良越是希望大家忘记他的功劳，刘邦越是想要表现出来。

只有这样，才能让众人更加推崇我的恩德——这就是身为皇帝的刘邦此时所坚持的想法。

不久，刘邦让人将正在家中休养的张良请到宫中。因为多年征战，加上刚到关中，水土不服，张良略微抱恙，但是精神气度仍然从容镇定。

刘邦问了几句张良的身体情况，然后话题一转，说："子房，今日只有你我君臣在此。你不妨坦率地告诉朕，究竟愿意不愿意接受齐国的采邑？"

张良明白，刘邦提到的齐国采邑，正是他在洛阳时就表露出的意图：在齐国选择三万户的采邑，封赏给张良。

张良听到刘邦旧话重提，连忙施礼说道："陛下，臣之所以辅佐您讨伐暴秦、战胜项羽，并非为了封赏，而是为了帮助您匡扶天下，安定百姓。"

刘邦点点头，说："先生的想法我自然知道，您一向将富贵看作浮云，并不追求王侯的显赫，比起某些人来说，追求和境界要高尚许多啊！"

张良不禁愣了一愣，此前，他从未听过刘邦说出这样含沙射影的话来。但为什么在定都长安之后数月内，皇帝陛下就会用这种语气跟自己谈论天下大事了呢？难道，地位的上升和权力的改变，真的会如此轻易地改变一个人？

想到这里，张良连忙将自己拉回来，他嘲笑自己怎么连这样的判断力都没有了：陛下这样的人，永远需要有强大的对手来激发他的智慧、毅力，如果没有这种对手，他就会寂寞无聊，被人轻视。明白这一点，他更会在称帝之后找到对手，不仅为自己，更为子孙的将来。

如此看来，如果再一味推辞，恐怕刘邦很可能要走向思维的极端——怀疑。或者说，推辞的这张弓弦，已经拉到位了。

就在这一瞬间，张良做出了个决定，他要自己选择采邑。

张良对刘邦说："陛下，臣想选择一块地方。"

刘邦哈哈一笑，心想，张良啊，果然，人都是有欲望的，你也只是想在外人面前保持自己清心寡欲的高洁形象嘛。于是刘邦便满怀笑意地问道："子房，不管想要哪里，但说无妨。"

张良说："臣想要在留城获得万户的采邑，就足够了。"

"留城，留城……"刘邦觉得这个地名相当耳熟，但一时之间想不到究竟位于何处。毕竟，这些年来他从江淮入关，再入汉中，出函谷，征战反复于中原，最终定天下于齐楚，走过太多的城池了。

张良见状，便说道："正是当年臣有幸遇到您的地方啊！"

"啊！"刘邦一声轻叹，马上明白了张良所说的地方。那儿正是自己在沛县活动过的范围，正是在那里，张良率领的小部队和自己的小部队相遇。

想到这里，过去一幕幕的时光记忆如电光石火般浮现在刘邦的眼前。自从登基即位、分封诸侯、定都关中，他从未有这样的机会真正怀念一下过去。而此刻怀念的这短短一瞬，也已经让刘邦足够动容。

但是，刘邦还是很快回到当下，然后向张良提出了个很现实的问题："子房，你和萧何、韩信功劳并驾齐驱。他们俩一个帮助朕治理万民，一个管理天下的东南，你却只要区区的一个留城，难道不觉得委屈吗？"

"回陛下，良曾经是亡国之臣，流落天涯，如今能领万户侯，在留城采邑，已经是足够的福分，并不希望得到更多。"张良缓缓说道。

刘邦点头称赞，的确，这样的臣子，在整个大汉由上到下的政权体系中是很少见的。

不仅如此，刘邦还会很快听到来自北方的坏消息，那远比文武百官们关心功名利禄要严重得多。

制造坏消息的，正是燕王臧荼。

臧荼原本是项羽所分封的燕王，后来，他趁乱杀掉了原来的燕王、后来的辽东王韩广，将整个燕地归为己有。不料，韩信灭亡了魏国、代国和赵国后，将大军陈兵于边境，使得臧荼不知所措，最终只好宣布跟从汉王。时至今日，臧荼已经不再是独立的燕王，而是刘邦的臣子了。这让臧荼日夜感到窝火，每天都大发牢骚，宣扬要造反的舆论。

刘邦听说之后愤怒不已，他一直对田横的事情耿耿于怀，想不到臧荼居然还扬言造反，于是立即宣布自己要亲自征讨燕王。

汉五年（公元前202年）七月，刘邦将长安的事情托付给萧何，自己带领太尉卢绾整顿汉军，立即出发奔赴燕国。臧荼原本想的是趁天下初定，自己割据一方或许能继续过以前的燕王瘾。没想到仅仅一个月后，刘邦就亲自带领大军打到了城下，而燕国的将士百姓无不对无端挑起战乱的臧荼感到痛恨。外无援兵，内无支持，臧荼被汉军生擒，斩首示众。

为了平定燕地，刘邦将太尉卢绾留下来担任燕王。这卢绾原本就是刘邦幼时的朋友，又出生于同年同月同日，从沛县时就开始追随刘邦，因此深受刘邦的信任。

消息传到长安，正在家休养的张良深感欣慰。其实，自从刘邦登上皇位，张良便知道他最担心的是这些异姓王，而张良的担心也正在此处。只不过，刘邦是为自己和子孙的皇位担心，张良则担心异姓为王，迟早会成为天下战火的导火索。希望臧荼的命运，能成为其他诸侯王的教训吧。张良在病中如此想着。

然而，世事难料，刘邦还兵不久，又传来颍川侯利几叛乱的消息。这个利几原来是项羽的部将，后来投降了刘邦，被封为侯。他的造反原因说来相当奇特，只因为刘邦回到都城，想要拉拢人心，召见所有在册的侯，利几便起了疑心，觉得刘邦要收拾自己（其实刘邦对这种小角色完全没有忌惮），就匆匆造反了。结果，半年后，利几也被汉军剿灭，兵败身亡。

或许，燕王臧荼和颍川侯利几的造反与死亡都是偶然的事件，而臧荼和利几都曾经是项羽的人，因此，这样的事件连续出现，让刘邦将偶然看成了必然。他想到，除了异姓王之外，自己有必要封赏那些辛苦跟随自己的人。

就这样，汉六年（公元前201年）元月，新的一轮封赏开始了。

刘邦论功行赏，将萧何定为首功，封他为酂侯，获得最多的采邑。而张良则因为自己的想法，同样获得了留侯的封地。也正因为如此，曹参为平阳侯、夏侯婴为汝阴侯、周勃为绛侯、樊哙为舞阳侯，连灌婴他们都凭借军功获得了很大的采邑，而张良也仅仅是淡然一笑，不以为意。

其实，张良之所以拒绝三万户的封赏，并不仅仅是因为自己淡泊名利，更是因为他希望朝廷上下同僚能够停止对封赏和排座次的过多追逐。

其实，在萧何排名的问题上，已经有很多武将表示出了很大的不满。这些当年在战场上搏命奋战的将军，很难在情感和思维上接受与一个"舞文弄墨"的书生获得同样的采邑，最后还是刘邦用"你们如同猎狗而萧何如同猎人"的比喻硬是压服了他们。而在排名第一的问题上，又幸亏是关内侯鄂千秋的仗义执言，萧何才获得了可以佩剑穿鞋入殿、不必跪拜皇帝朝拜的特权。

张良倒没有觉得萧何获得如此的封赏有任何不公，但是，他也深知自己既不是刘邦的同乡好友，也不是武将集团的成员，更不必冒险去追求钱财、土地那些身外之物。但是，能够做到这种境界的人确实很少，很快，刘邦就发现情况有点儿不对。

那天，刘邦坐车出巡，来到宫外的沙丘旁，发现自己熟悉的一些将领正三三两两地聚集在一起谈论着什么。此时正好阳光明媚，看他们说得起劲，刘邦也觉得好笑，便顺口问正好随车出巡的张良道："子房，你看这些家伙们在做什么？"

张良看看那里，说得很轻："陛下还不知道？他们在打算造反。"

这句话再轻巧，在刘邦耳中也如同奔雷。他大吃一惊，问道："天下才刚刚太平，他们干吗要造反呢？"

一手铁血，一手怀柔

......

张良问道："陛下，跟随您打天下的将领共有多少？"

刘邦愣了一下，他还真没想到这样具体的问题，便信口说道："怎么说，前前后后也有上百个吧。"

"那么，您封赏了多少人呢？"

张良的这个问题有点明知故问了，除了异姓王，刘邦封赏过的，不过二十余人而已，且无不是他的亲信。

刘邦面露难色，没有说话，张良等了一等便继续说道："这些人当时离开故乡家小，无非是想帮助您夺得天下后图个封赏，光宗耀祖、富贵荣华。现在，您只封赏了自己亲朋好友的那二十多人，而诛杀的、贬斥的，又都是那些怨恨过的人。现在，这些人都担心自己被陛下忘了，得不到封赏，又害怕以前的过失被您想起来，会找借口被杀掉。所以才聚集一处，商量造反啊！"

张良说得虽然有点儿夸张，但说的话足够唤起了刘邦的注意。于是，刘邦请教地问道："依子房所见，该如何是好？"

张良胸有成竹地问道："陛下平时公开最讨厌的是谁？"

"当然是雍齿！"刘邦脱口说道，"这个家伙，从一起兵的时候就背叛过我，差点儿害我兵败身亡。后来，项梁将军借兵，我才重新壮大，雍齿又无耻地前来投奔。不少人当时就劝我杀了他，我是觉得那时候需要用人，才没有杀他，结果一直拖到现在，为这，樊哙就跟我急过好几次啊！"

张良高兴地说："陛下，这就好了，只要您赶紧封赏雍齿，将领们就会平静了。"

刘邦心领神会，很快宣布雍齿为什邡侯。消息传出，大小将领们奔走相告说，雍齿都能当上侯，我们不用担心了。果然，刘邦后来按照张良的建议，陆续封侯上百，很快平息了这场可大可小的政治风波。

虽然近在咫尺的风波平息了，但刘邦对远在楚国的风波更加关注了。

很快，刘邦就听到传言，说项羽的大将钟离昧如今在韩信面前，如果他们联手造反，又是楚王，又是同样的钟离昧，情况就实在太棘手了。

鉴于张良在雍齿封侯之后连续抱病，刘邦无人可问，便找到了陈平。刘邦需要这个年轻谋士出一条计策来扳倒韩信，毕竟，用"我怀疑你想造反"的理由拿下楚王，实在太不像话。

陈平思考了下，反问刘邦："有人告发楚王，楚王知道吗？"

"他不知道。"刘邦说。

"陛下觉得自己的军队可以胜过楚王的军队吗？"

"难以超过。"刘邦即使当了皇帝，还是在张良和陈平面前保持实事求是的习惯。

"那么，"陈平断定地说道，"这种情况下，您如果公开讨伐楚王，不是在逼迫他举兵反抗吗？"

刘邦连忙请教，陈平便俯首献上了一条妙计。

不久之后，张良接到通知，说刘邦近来心情不大好，想要去南方巡游，目的地是云梦大泽（今洞庭湖），诸侯王将在陈地（今河南淮阳）相会。

张良和萧何他们一同来到长安城外，恭送刘邦。看到陈平的车辆紧随着刘邦所坐的车辆，张良苦笑了一下。他当然知道刘邦此行的意图，但除了用称病来躲过刘邦的"请教"之外，自己还能说什么呢？这样的立功机会，还是让给满怀仕途进取心的陈平吧。

果然，不久之后，张良听到从陈地传来的消息：钟离昧感受到韩信的怀疑，自刎身亡，临死前对韩信留下"下一个就是你"的预言；韩信带着钟离昧的人头前去陈地会面，被刘邦当场拿下，然后戴上刑具，置于副车，锁拿回长安。

张良还听说，韩信在车上无可奈何地对刘邦说："狡兔死，走狗烹；高鸟尽，良弓藏；敌国破，谋臣亡。现在天下太平，我岂不是要到死的时候了吗？"而刘邦听了这话，大约心中也是泛起了一阵波澜，半天后才回答说："并非朕无情，是有人告发你谋反啊！"

在这样的传言中，刘邦带着"擒获"的韩信回到了都城，此时朝野一致的舆论是韩信恐怕性命不保，张良却独独没有这样看。

因此，在文武百官们纷纷前去皇宫祝贺皇帝平定了"谋反"的韩信之时，张良虽然身在其中，却并没有说什么"立斩韩信"的话语。

相反，等到大臣们一个个表态之后，张良则上前说道："陛下，您建都关中长安，又擒获了韩信，这是天下安定的吉兆啊。三秦地区，形势险要，便于用兵。天下可以媲美的，也只有东海畔的齐国。如今您坐拥这样的土地，即使其他诸侯敢于像韩信这样谋叛，也必然是被您所击败擒获。臣斗胆进谏，今后非陛下的亲族子弟，千万不要封赏在这两块土地上！"

众人听后，无不愕然。几乎所有的人都知道，张良并不是擅长吹牛拍马的人，更不会公开说出这样立场鲜明的话。但这一次，他为何要言之凿凿地替皇帝陛下担忧呢？但这样的愕然仅仅维持了几秒，就被众人神速的反应所掩盖了——大殿内响起一迭声的"当封刘氏为王"的响应声。

不料，这番话在刘邦耳中听来却是另一番滋味。

刘邦当然知道三秦地理的重要、齐地的物产丰饶，但无论什么时候和他提起这两块土地的回忆，总是无法让他绕开韩信。因此，在这个时间段用这样的方式说到秦地和齐地，张良几乎是在提醒刘邦应该注意的事情了：天下尚且有其他的诸侯王，千万不要过于急躁，更何况，杀掉韩信，您将背负上滥杀功臣的骂名！

只不过，这样的提醒，只有刘邦能听懂而已。

就这样，刘邦很快做出了自己的决定。他再一次宣布召集文武百官时，下达了对韩信的诏书，宣布韩信不再担任楚王，而是贬为淮阴侯。而原来的楚国分为荆、楚两国，以淮水为界，将军刘贾封为荆王，皇弟刘交担任楚王，皇子刘肥担任齐王。

对于这诏书的其他部分，没有多少人感到诧异，但只有一点人们没有想到：韩信不仅没有死，还从一个囚徒翻身成了淮阴侯。

不过，刘邦需要的就是这样的效果。只有这样，才能告诉全天下，我刘邦是多么宽宏大量的君主，也能告诉韩信：瞧，这么多人都建议我杀掉你，但我还是感激你的，我可以前一天捆上你，也可以后一天让你重新成侯。

韩信当然知道刘邦对他的忌惮，因此他唯有苦笑。在这苦笑背后，有着愈来愈强烈的不公平感，也有着些许因为当初拒绝蒯通而产生的悔意。

为了表示对韩信的"恩赏"，刘邦让韩信住在京城，当然，其他许多将官也同样如此。汉初的侯并不就任，只是领取采邑的食禄而已。但刘邦对韩信的"亲近"要更多一层，那就是经常找韩信聊天，了解他的思想动态。

但韩信并不喜欢这样的聊天，他现在看到刘邦，甚至多多少少感到有些恶心。

一次酒宴中，刘邦请韩信评价过去汉军中的将领。对这样的问题，韩信乐于参与，便无拘无束地侃侃而谈。刘邦听完后，不断点头，说：

"你对诸将的评价相当客观公正，令人钦佩。不过，你还是忘记点评朕了啊。依你看，朕带兵的能力大概在多少程度？"

韩信带了一点酒意，不假思考地说："陛下带兵，最多十万。"

刘邦冷笑了一下，说："那么，淮阴侯你呢？"

韩信仰起脸，看着宫殿外飘过的雪花说："韩信带兵，多多益善。"

刘邦哈哈地乐了，心里却很不是滋味。他不得不承认韩信说的是事实，但态度过于傲慢，于是便故意反诘说："既然如此，你为什么会被我生擒？"

韩信坦率地说道："陛下您不善于带兵，但善于领导将领，这就是我被捉到的原因啊。更何况，陛下您能有今天的地位，乃是天意，不是人力的关系。"

刘邦听了这话，心里像打翻了调料罐，什么滋味都有。而在这样的沉默下，更大的沟壑正在君臣两人之间形成。

保太子就是保大局

......

汉七年（公元前 200 年），刘邦开始对韩王信动手，他以北边防御匈奴为由，命令韩王信迁都到晋阳（今太原南）。但韩王信说，晋阳离边塞太远，谈不上防御，要么干脆迁都到马邑（今山西朔县）。刘邦不好收回自己的话，便答应了。没想到，韩王信靠近边塞的目的是为了联合匈奴，进攻太原，这让刘邦再次大怒，率领步骑兵三十二万，出长安北攻匈奴。起初，韩王信的势力被迅速摧毁，但在继续北进的路上，汉军中了匈奴的埋伏，被包围于白登（今大同东北）七天七夜没有消息。当时，整个长安城知道这个消息的不过数人，只有张良安慰大家，说匈奴不可能敢如何，更何况军中还有陈平在。不久，陈平真的派人用重金贿赂了匈奴冒顿单于的皇后，保护刘邦平安脱险。

刘邦在白登之围中再一次品尝到了重兵围困的压力，但这一次，给他带来了更大的冲击力。作为一个年过半百的人，他很自然地在回到长安后开始考虑起接班人的问题来。

按照传统，皇帝确立太子，应该比普通王侯选择继承人更加严肃、更加慎重。而通常情况下，应该把王后所生的长子立为太子（尽管以后的历史将许多次推翻这一点）。

刘邦有八个儿子，最大的是齐王刘肥，他是刘邦在沛县时的外室曹氏所生，不可能有机会成为太子；次子刘盈，因为是刘邦明媒正娶的妻子吕雉所生，因此，在刘邦登基为皇的时候，顺理成章地成了太子。

但是，经历过白登之围的刘邦，在心理上发生了微妙的变化。他听说，匈奴之所以强大，是因为匈奴老单于有一个年轻勇武的儿子冒顿，这个冒顿甚至设计杀死了原来的老单于，然后带领匈奴愈发强大。刘邦想到，如果自己挑选的继承人不够勇武刚毅，又怎样抵挡这种凶残暴烈的对手？更何况，刘盈就是这样的孩子，他性情柔弱，凡事都喜欢找母后帮忙，刘邦对此相当恼火，甚至不顾吕雉的感受，公开告诉群臣说："这个孩子，一点儿不像我。"

相比起来，刘邦在彭城大败的人生转折点认识的戚姬，却为他带来了一个很好的儿子，刘邦为他起了个小名，叫如意。或许正是这个名字的缘故，刘邦越来越觉得如意真的很如意。他常常亲热地将如意抱起来，仔细端详，不时亲吻说："这个孩子，真是像我啊！"

所以，当如意逐渐长大时，刘邦态度开始动摇了。

其实，刘邦喜欢如意，更多的原因还是因为喜欢他的母亲戚姬。无论是从出身、容貌还是从性格上来说，吕雉终究是乡间的女性，无法比得过青春美貌、知书达理的戚姬。因此，当刘邦为皇帝后，不仅在宫中，就是典礼、出巡、平叛，也经常将后者带在身边。而戚姬也自然趁着自己占上风，百般奉承，曲意迎合，不知道吹了多少遍让如意成为太子的枕头风。

在心思简单的戚姬看来，倘若如意成为太子，自己便算得上逆袭成功，今后就是母仪天下的皇太后了。因此，她的枕头风吹得越来越多，让刘邦心思活动起来。但刘邦并没有什么理由将原太子刘盈废掉，于是只好对戚姬好言劝慰，让她等待时机。

没多久，刘如意还真的等来了个机会。此前，他已经被封为了代王，因为年龄小而不能就封，刘邦安排了夏阳侯陈豨做代国国相来掌管国事、抵抗匈奴。汉九年（公元前 198 年），有人报告，说赵王张敖打算反叛，于是，刘邦照例将张敖贬为宣平侯，并打算改封刘如意为赵王。

这个消息让戚姬大吃一惊，她吓得泪流满面，向刘邦跪倒，苦苦哀求说："当年幸亏得到您的恩宠，贱妾母子才有今日，但您将如意外放为王，恐怕将来他会受到压制和危险，我母子命运难料啊！"

刘邦连忙温存相劝，但劝来劝去，他自己都动了心。事实上，谁又比刘邦更清楚皇帝是如何看待这些诸侯王的呢？假若自己百年之后，刘盈真的要动手杀掉如意，那不是断了自己的一支血脉？

就这样，到了第二天早朝，刘邦下定决心，提出了要废掉太子刘盈、立如意为太子的事情。

消息传出，群臣大哗，几乎每个人都有话要说。文臣们说，立长不立幼，这是古代的礼法，社稷的根本。武将们说，太子没什么过失，这样就废了他的位置，太不公平了。但刘邦死死板着脸，说什么也不松口，最后，他还被御史大夫周昌给弄得笑了起来。

这周昌也是沛县人，乃是在荥阳殉难将领周苛的弟弟，他素来口吃、不善言谈，但偏偏性格直爽、敢说敢做。此时，他跪倒在刘邦面前，愤怒地大声说道："臣……臣不擅辩论，但臣……臣……期期……知道不可如此，陛下要是一定废……废除太子，臣……臣……期期……不敢奉命。"其他的话倒也好懂，但口吃的周昌所说的"期期"究竟是什么意思，谁都不明白，看着他涨红的脸，刘邦不由得被气笑了。

就这样，刘邦发现，自己对付群臣要比对付戚姬难多了，于是答应日后再议。转过头，他告诉美人，可以先让如意去赵国就封，就让那个性格耿直的周昌做赵相监护，他必定会诚心诚意地加以辅佐保护。戚姬红着眼答应了。

表面上，这件事情风波平息，毫无声响了。但背地里，这件事情才刚刚开始。所有人都没有看到吕后的态度，但实际上，她已经忍无可忍了。

吕后想得很简单，我原本是正宫皇后，你抢走了宠爱，这也就不说了，刘邦原本就是好色之徒。但如果你想来抢走我盈儿的皇位，这岂不是天大的冒犯？虽然如此，吕后身为妇人，一时也不知如何是好。

此时，有人偷偷建议说："留侯张良素来足智多谋，而且深得皇上的信任，您怎么不让他出出主意？"

吕后顿时想通了，连忙让他的兄长吕释之去登门拜见张良。

张良之所以久病不上朝，一方面是确实在养身体，另一方面他也害怕陷入这些事情之中。张良明白，在政治的风浪中，很少有真正的对错，只有明确的胜负，而自己能做的则是避开胜负，不问对错。但是，吕释之的突然到来，还是让张良料想不到。

吕释之倒也不愿隐讳，他知道在张良面前还是坦率点儿好："先生，您不仅是陛下的谋臣，还同陛下算是亦师亦友啊。既然您协助陛下建立了皇朝，也应该能够协助陛下，将这样的天下稳定下去啊！"

张良摆摆手说："吕侯，您也知道，我素来体弱多病，朝中的事情，我不便插嘴啊！"

吕释之说："您应该知道，陛下想要废掉太子，事发突然，在大臣们的劝谏下，才总算同意暂停。但是，陛下废掉太子的主意并没有变。现在，如果陛下突然固执己见，违背传统而废掉太子，天下是必然要大乱的啊。只有您留侯才有这个本事去改变陛下的主意，您肩负天下安危，如何能不管呢？"

张良继续推脱，说道："您对我的看重是过誉了啊。以前，陛下想要打败项羽、争夺天下，因此经常处在危险之中，因此，他才会听我的话。现在，天下已经安定，陛下不论立谁当太子，都是他的家事。就算我曾经能让陛下言听计从，又有何用呢？"

吕释之看到张良语气中有所缓和，便继续说道："不瞒您说，我今天，不是受到皇后的邀请，而是受到群臣的托付前来的。为了我大汉江山，请您无论如何也要想个办法出来。"

说完，吕释之居然真的长跪不起。

张良慌忙扶起他，想了想，也觉得天下安定时不应该莫名其妙地更换太子，引起国家动荡。

正是张良这一想，才想出来汉室此后的数百年稳固江山。

第九章

道法自然的一代谋圣

韩信的下场

......

　　张良扶起吕释之，对他说："废立的事情，皇上肯定早就有了想法，而不完全是外界的影响。因此，我们也不能用强加的言辞来改变皇帝的主意。"

　　"那，我们应该怎样做呢？"

　　"良有一计，吕侯不妨试一试。陛下登基之后，素来豁达大度，除了少数罪大恶极的人，其他人才是无不招揽的。但是，陛下也知道，目前有四位天下闻名的贤良老人，至今隐居在深山中，不愿出来做大汉臣子。这四位老人被称作商山四皓，一直是陛下想要邀请出山的对象。我听陛下说，他也曾派人几次去请，但他们就是不愿出山，理由是嫌陛下待人有时候傲慢无礼。现在，不妨让太子给老人写上措辞谦恭的书信，再送些表示尊重的厚礼，派出舒适安稳的车马、能言善辩的辩士，诚心诚意地邀请他们出山，我想，他们会来的。"

　　吕释之听得呆了，同样在长安，还是皇亲国戚，他却从没听说过什么商山四皓。于是他眨巴眨巴眼睛说："请来以后呢？太子该怎么做？还请您多多赐教。"

　　张良说："请来之后，也就不难了。太子应该恭敬地请他们做自己的门客，等到机会合适时，就邀请他们一同上朝。这样，机会多了，陛下就知道他们四位贤人已经成了太子的门客。这样，太子的地位或许就能巩固了。"

吕释之明白过来，合掌称善。张良则侧过脸去，好像自己刚才什么也没说。

几天后，四辆华美的马车稳稳地驶出了长安城，直奔商山而去。这正是吕后按照张良的计策，邀请商山四皓的车辆。

半个月后，这四辆马车重新又稳稳地回到了长安城，商山四皓果然如期而至。

此时，太子刘盈年岁不大，并不知道四位老人究竟是怎样的来头，只是依照母亲的安排，将他们奉为师长一样尊重，处处请教，事事礼让。刘盈虽不算天纵英明，但性格和善柔弱，待人善良诚实，让四位老人觉得是一位值得辅佐的仁慈君主，便从此安心皇宫中尽心教育辅佐。但只有一点，所有知道事情的人，都被吕后下达了封口密令——敢让前朝陛下知道事情的，满门抄斩。

其实，刘邦此时真没有心思关注废立太子的事情，因为和如意有关的新问题又出现了。

一开始，刘邦任命陈豨做代相，是希望他能够管理好代国，巩固北方的边境，这样，不管是当下还是未来都能有所保障。但没想到，陈豨并不是能够守卫边疆的可托重臣，而是追求虚名的公子哥。当他来到代国后，一心想的不是怎样发展经济、治国安民，而是模仿起古代信陵君的样子，广收天下门客，发展自己的智囊团。

对此，张良也颇有耳闻，据说某次陈豨回家探亲，经过赵国，人们发现随行的车子有上千辆之多，而跟随的门客们把整个邯郸城的馆舍都住满了。

如果仅仅是这样，刘邦还不会对陈豨起疑心，但问题是，陈豨反过来先怀疑起刘邦来。

汉十年（公元前197年）七月，太上皇去世，天下诸侯都纷纷上奏章表示哀悼，也有人来到京城参加葬礼吊唁。此时，刘邦正想看看陈豨的情况，便下命令召他回京。没想到，陈豨在门客的怂恿下，不仅不去京城，反而趁机起兵反叛，自立代王，占领了赵国、代国等地。

消息传来，刘邦的怒气无法平息，决定亲自问罪讨伐。面对臣下的劝谏，刘邦豪情满怀地说道："我之所以要亲自出征，不是因为没有将领，而是因为天下统一不久，朕真要亲自平叛，才能让反叛者感到恐惧！"

于是，汉军大队正式出发东行。临行前，刘邦还特地派侍卫请教了张良的意见，张良告诉近侍说，自己身体情况不佳，无法跟随，就在长安等待皇上的得胜归来。

出发前，刘邦下发诏书说，凡是代国、赵国官吏百姓，只要没有参加叛乱的，全部赦免。只有为首的陈豨和王黄，绝对不能赦免。

当大军驻扎进赵都邯郸时，刘邦找来了赵国国相周昌，说道："赵地有没有壮士，能够当朕的开路将领？"

周昌得意地说："有四个。"

面对奉命令前来的四个壮士，刘邦不满地撇了撇嘴，说："这些人简直是饭桶，怎么能够做将军？"言下之意，是为将者并非孔武有力就可以了，更需要充分的智慧和经验。过了一会儿，刘邦又说，"罢了，还是让你们当将军吧，全部都封赏为千户侯！"

这四个人先是被骂成饭桶，内心的希望骤然破灭，忽然又听到皇上说要对他们大为封赏重用，感觉喜出望外，连忙不住地磕头谢恩，表示自己上刀山下火海也要努力杀敌。等那四人退下后，有随从进谏说："许多跟随陛下多年的功臣，还没有受到封赏，陛下为何要封赏这些没有功劳的人？"

刘邦不屑地哼了声，说道："你们哪里会懂？邯郸以北，全都是叛军的地盘，我用得着吝惜那里的四千户吗？更何况，封赏了这四个人，赵国的将士受到鼓舞刺激，会更加奋勇杀敌啊！"

说完，刘邦懒得理随从，转过身问周昌："陈豨用哪些人为将？"

周昌连忙回答："除了王黄，还有曼丘臣，听说他们以前都是商人。"

"既然如此，这些人招来的士卒估计也都是喜欢钱的货色。就传朕的旨意：我用千金，购买这三个人的首级。"

为了尽快进军，刘邦在邯郸分兵，大胆以钳形攻势进剿。其中一路攻打曲逆（今河北顺平东南），一路攻打聊城（今山东西南），一路从太原插入代地心腹，而刘邦则亲自率领部队进攻东垣（今河北正定）。

在这四路攻击之下，代军受到猛击，不断收缩。先是守卫曲逆的代军将领侯敞被汉军斩首，然后守卫聊城的张春被击败，而太尉周勃也按照刘邦的旨意，从太原出发包围了马邑。讽刺的是，偏偏刘邦自己受到了相当大的阻力。

负责守卫东垣的将领叫作赵利，这家伙精通守卫的兵法，固守城池，让汉军连续进攻了一个多月。即使是刘邦亲自督师，也会发现叛军在城头上叫骂不已，而汉军却难以攻击。加上梁王彭越的部队不听从旨意调遣，迟迟不肯前来支援，更让刘邦气不打一处来。这样又过了一个月，直到曲逆、聊城方面的汉军前来会合，才终于将东垣拿下。这一次，刘邦少有地下令：将叛将赵利和曾经在城上叫骂汉军的士兵统统斩首示众，那些没有骂过的士兵，也要接受墨刑的惩罚。

就这样，陈豨的叛军终于全部溃灭了，王黄、曼丘臣全部被生擒。为了防止再次发生叛乱，刘邦就让儿子刘恒做了代王。

汉十二年（公元前195年），陈豨逃到灵丘（山西省东北部）投奔了匈奴人，被舞阳侯樊哙所部斩杀。

趁刘邦不在长安时，吕后开始对儿子的潜在敌人下手了。

当然，此时首先下手的目标并不是如意，而是先要将刘邦忌惮的人一一除去。

吕后如此判断形势后，就将矛头指向韩信。

韩信被吕后选作第一个目标，并非偶然。在陈豨以前被任命为巨鹿郡守的时候，韩信就曾经和他密谋过反叛的事情，甚至还留下"我在京城做内应"的约定。陈豨叛变之后，韩信称病不追随刘邦出兵，反而暗中联系陈豨，并布置家臣，打算夜里传诏书赦免官府中服役的罪犯、奴隶，发动他们去偷袭吕后、皇太子。

可惜，韩信工于军事，但对政变并不擅长。他的一位家臣由于得罪韩信，而被囚禁起来打算事成之后杀掉，结果家臣的弟弟向吕后上书，告发了韩信的计划。这个计划让吕后又惊又愁，惊恐的是自己差一点儿成了政变的目标，而愁的是如何处置韩信。想来想去，她还是找来了萧何商量。

一番密谋之后，萧何让人放出风声，说陈豨已经被皇帝陛下擒获了，所有的文臣武将们都需要前去朝贺。当消息传到韩信的侯府中时，他半信半疑，称身体抱恙，不愿进宫向吕后朝贺。于是，萧何专门来到了淮阴侯府邸，面见韩信，认真地说道："就算有病，淮阴侯也要强打起精神，去祝贺一下吧。"

萧何是保举韩信的恩人，曾经在月下冒着叛变的恶名去追回韩信，并极力向刘邦推荐他担任大将。萧何前来提出的建议，韩信不好意思加以拒绝，更何况，他也不相信吕后会在刘邦回来之前就杀掉他。

然而，韩信判断错误了。他进宫之后，吕后命令武士将他捆起来，推到长乐宫的钟室处斩。韩信在临死前的那一刻，后悔地哀叹说："我后悔啊，没有采纳蒯通的建议，以至于现在被妇女和小孩所欺骗，这难道不是天意吗？"

随着这样的哀叹，韩信三族皆诛，而此刻那个当年将他亲手请上拜将台的刘邦，正在遥远的寒冷北方征讨着叛军，当年在月下纵马狂追他的萧何，正忙于调查谁是蒯通、蒯通在哪里，而更多的文臣武将，则对韩信的死去感到庆幸——谁也不知道，韩信活下去还会牵连到谁。

在经历了一番混乱的长安城中，夜色慢慢笼罩了留侯府邸那不大的庭院。书房中，张良让仆人端走了烛台，自己坐在黑暗中，进入冥想引导的修炼时刻。

今夜的张良来似乎格外烦躁，气息无论如何也调匀不了。于是他睁开眼睛，看到窗外一轮明月孤寂地看着大地。这轮月，不正是那时韩信出奔的月色吗？不正是垓下响彻楚歌的月色吗？而曾经叱咤风云的汉相国、齐王、楚王、淮阴侯，又哪里去寻找踪迹？

"韩信啊，你永远想要执君主之手，其实就在自己的位置上坐等，不也很好吗？"

许久之后，张良叹息了一声，重新闭上了眼睛。

用哪一张脸谱面对自己

......

没几天，大军就回到了长安。

听完萧何的汇报，又去后宫看了吕后和戚夫人全都安然无恙，刘邦才露出了复杂的笑容。而这样的笑容，让刘邦自己都觉得离当初的汉王越来越远了。他瞪着铜镜，似乎不认识自己的相貌，并不抬眼地问吕后："韩信死之前，有没有说什么话？"

吕后说："有。他说，恨的是自己没有采用蒯通的计策。"

"什么？"刘邦站起身来，衣袖扫过铜镜。他本以为，韩信临死前能做出些许忏悔，这样，自己能以此为由，责骂一番吕后和萧何，甚至象征性地治他们擅杀大臣的罪名。没想到，这个韩信还真是存心和自己斗到死的！

刘邦压抑住怒火，找来萧何，说："蒯通在哪里？"

萧何很快让卫兵押上了蒯通，他早就按照吕后的意思将人搜捕到，随时等候着刘邦。

刘邦气势汹汹地问道："是你教唆淮阴侯造反的？"

"是的，"蒯通平静地回答道，"我原本想要指点他造反，但那个小子不愿意听我的话，结果落到了今天的悲惨下场。"

刘邦扬起了手，一口冒着热气的大锅在庭院中早已经搭建好了，里面翻腾着滚开的热水。

"把蒯通扔到锅里面去！"刘邦命令着。

"皇上，我因为这个就被烹杀，实在是冤枉啊！"蒯通跪倒磕头说道。

刘邦问："你还冤枉？你教唆韩信造反，是大罪，有何冤枉？"

蒯通回答说："当初，暴秦法度败坏，天下大乱，英雄豪杰不问出处全都能逐鹿中原，贤士们各自投奔心目中的主人效力，这并不奇怪啊。古代的盗跖是著名的大盗，他豢养的狗，就算看到帝尧也会狂吠，这不是因为帝尧是坏人，而是因为帝尧并不是狗的主人啊。想当初，臣下只知道韩信，不知道陛下的恩德，因此鼓动韩信造反，这又有何罪可言呢？更何况，天下豪杰在那时，都有称帝的想法，而陛下也只是第一个做到了，难道陛下就打算把当时的所有豪杰和所有贤士全都杀光吗？"

蒯通淡然自若地说完这些话，然后摆出一副要怎么样都悉听尊便的态度，刘邦听了以后，脸上的表情慢慢缓和下来，终于重新露出了原来的和善，他摆摆手说："算了，算了，我赦免你了，你可以走啦！"

虽然赦免了蒯通，但刘邦必须摆出另一副严肃凛然的表情，去对待另一位蒯通口中的豪杰。

他就是彭越，可恶的彭越，在陛下剿灭陈豨时按兵不动的彭越。

其实，彭越在听说刘邦大胜而还之后，就越发感到自己按兵不动的不妥。他几次三番都想亲自去长安向当今皇上谢罪，但都被部将们劝阻了。部将们认为，彭越既然在刘邦调兵时托病不去前线，那么现在受到了责备再去长安，必然会像韩信那样被活捉，还不如干脆造反。

彭越犹豫了，造反，他没有这样的底气，就这样拖下去，他也不知道如何是好，便动用了拿手好戏——装病。

然而，彭越犯下了和韩信一样的错误。梁国的太仆因为犯错，让彭越很生气，打算杀掉他，结果太仆一口气跑到长安，直接向刘邦密告彭越要谋反。这让刘邦既怒且喜,怒的是这些异姓王果然没一个好东西,喜的是终于有了借口来对付彭越了。

还没等彭越查出来自己的太仆逃亡到了哪里,刘邦就来到紧靠梁国的洛阳,然后派禁卫军以迅雷不及掩耳之势,持圣旨到梁国,将彭越逮捕,并押往洛阳。这样,彭越的诸侯王生涯也算到了头。

刘邦原先的意思,是觉得彭越原本就没有韩信那么大的影响力,现在既然从诸侯王变成了囚犯,还怎样造反?于是,当手下的官吏将有关谋反的"罪证"搜集齐备之后,刘邦大度地决定赦免彭越,将他从王废为平民百姓,并让他流放到蜀地青衣县。

彭越千恩万谢,离开洛阳,向西走到了郑县,正好碰上吕后从长安而来去洛阳和刘邦见面。于是彭越哭泣着对吕后说,自己并没有打算造反,现在只希望能够回到自己的老家昌邑,因为那里毕竟更适合自己生活。

看着彭越这样的英武大汉在自己面前哭泣不已,吕后的脸上流露出一股同情的神色,她和蔼地叫人扶起彭越,并安排他和家人坐上车,带他们一起去洛阳面见刘邦。

然而,彭越不可能想到,这一次的拉关系,就好像拉动了自己脖子上的绞索一般。吕后刚到洛阳,马上就去见刘邦说:"彭越是勇敢豪壮的人,如今要把他流放到蜀地,这可是给自己留下祸患啊,还不如杀了他。所以,我才带着他一起回来了。"

刘邦默认了。于是,吕后就安排彭越的门客再次告发他阴谋造反,接着,廷尉王恬"依法"提交报告,请求诛灭彭越家族。刘邦批准之后,彭越的头颅被砍下来挂在洛阳城头,而尸体被乱刀剁成了肉酱,整个家族被予以诛灭,新的梁王则由刘邦的儿子刘恢来担任。

彭越被杀，比起之前的臧荼、陈豨、韩信而言，更加让人同情。因为毕竟之前的那些造反诸侯，或多或少都有实际的行动，而彭越的罪名却是相当空泛的谋乱。刘邦也知道这一点，于是他特意下令，凡是敢因彭越之死而哭泣哀悼的人，一律格杀勿论。

这条禁令很快就被人打破了，打破的是梁国大夫栾布。

栾布原来就是梁地人，在平民时就曾经和彭越交往。后来，栾布担任了燕王臧荼手下的将领，因为臧荼叛乱，最终被刘邦生擒。多亏彭越向刘邦求情，才救回了栾布，并让他担任了梁国大夫。

这时候的栾布刚刚从齐国出使回来，听说彭越下狱，便日夜兼程地赶到洛阳。没想到，站到洛阳高大城门下的时候，他发现昔日尊敬友好的梁王此时只剩下高挂在城头的首级，不由得悲从心来，放声大哭，一边哭，一边还向城头上的首级述说自己去齐国出使的经过，就好像梁王依然是彭越一般。

看到这样的情况，城头巡视的甲士们不敢怠慢，立刻整队冲下城去，将栾布拖拖拉拉地绑着扔到刘邦面前。

刘邦没想到禁令还真的有人打破，于是张口大骂说："彭越犯下了滔天大罪，朕已经将他斩首了，不准任何人祭拜他为他收尸。没想到你胆子这么大，不仅哭祭，还要继续将他当成梁王，难道你也打算要造反吗？来人，将这个狂傲的家伙烹杀！"

左右的卫士抬起了栾布，就向大锅前走去，栾布挣扎着回头说道："希望皇上能让我说一句话再死啊！"

刘邦喝止了那些卫士，让他们放下栾布，然后依旧气势汹汹地说："你要说什么？"

栾布说："当年，皇上你曾经被困在彭城，后来又和项羽对峙在荥阳、成皋一带，虽然您多次战败，但项王之所以不能继续西进，正是因为彭王占据梁地和汉军联合，然后不断与楚国对抗的缘故啊。那时候，只要彭王他反戈一击和楚国联合，汉就会失败，反过来，楚国就会失败。如果说到垓下之战，如果没有彭王的参与，项羽也不会灭亡。"

说到这些，刘邦的脸上开始流露出不自然的表情，虽然他知道彭越的选择也是出于其自身利益考虑，但栾布所说的事情是确定无疑的。

栾布继续说道："现在，天下已经太平，彭王接受了您的封赏符节，想要将自己的这个封国世世代代传下去。然而，陛下仅仅是因为梁国没有及时出兵、彭王因为生病而不能前来，就产生了怀疑，认定他是想要谋反。谋反事情本身的细节还没有完全侦查清楚，就因为那些细小的过失而将全家族诛灭，这样，我会担心有功的大臣们都会人人自危啊。现在，彭王反正已经死了，我这样活下去也不如死了，就请您烹杀我吧。"

说完，栾布快步走到大锅旁边，打算往里面跳。

刘邦连忙伸手叫道："给我拦住他！"

卫士们应声而动，重新将栾布拖回刘邦面前。看着栾布，刘邦也愣了，杀了他，于事无补，不杀他，又着实难堪。正在两难之际，忽然想到张良曾经告诉他的一句话："喜则赏，怒则杀，怨乃起，令乃废。"也就是说，如果君主都按照个人的情绪喜好来赏赐或者杀人，那么，臣子百姓们的怨恨就会不断发生，而原有的法令也就形同作废了。

想到这里，刘邦决定下令释放面前这个大胆说出事实的栾布，并因为他的忠义正直还将他任命为都尉。这位栾布似乎运气真的不错，他后来又担任了燕国国相，直到汉景帝中元五年（公元前145年）时才去世。

当然，那时候的刘邦，已经凭借在庙堂祭祀时的画像，而被大汉帝国的子民永远怀念铭记了。他再也不需要面对复杂的人性和诡谲的丛林法则，再也不需要玩那些"我不相信你是相信我相信你的"政治博弈游戏，再也不需要忽而戴上释放栾布时的仁慈面具，忽而又戴上禁止哀悼彭越时的凶残面具。

总之，只有到死后，刘邦才会真正了无牵挂，作为他的一代雄主而存在，只拥有一个最简单的脸谱。而在此之前，他必须不断自如而娴熟地在种种面具之间转换，为了他的基业，也为了他的帝国。

花甲之年再出征

张良一天天地老去，到了汉十一年（公元前196年），他已经整整55岁了。

而这一年，刘邦也已经61岁了。

在那个时代，60岁的老人已经算是相当高龄了。但和张良不同，刘邦没办法颐养天年、修身养性，他不仅要不断地在面具之间更换角色，还要一次又一次地跨上自己的征途，去面对那些曾经凶悍的"猎狗"。当然，刘邦同时也看到，留下来的"猎狗"已经屈指可数。

而其中最厉害的，当属淮南王英布。

刘邦在刚刚逮捕韩信的时候，英布就有了疑心，对刘邦的动向警惕起来。随着梁王彭越的被杀,他愈发确定刘邦下一个对付的就是自己,既然无路可逃,那么不妨先发制人。

英布真的造反了,他精心准备以后,在淮南发动了全面的叛乱。

在造反之前,英布告诉自己的将领们:"皇上已经老了,厌恶行军打仗,他不会御驾亲征的。而如果派遣将领,我们只担心淮阴侯、彭王,他们现在都死了,我们还怕谁?"

果然,英布起初的兵锋难以阻挡,荆王刘贾战败,出逃而死,英布军兼并了荆军,继续渡过了淮河攻打楚军。楚王刘交自以为聪明,用人不当,结果被英布打得狼狈不堪、连连后退,整个江淮地区都陷入了战火之中。

在这段时间内,刘邦也没有闲下来。汝阴侯滕公推荐来一位薛公,成了刘邦平定英布的战略策划人。

这个薛公并不简单,他原本是楚国的令尹,因为韩信被废而成了滕公的门客。面对刘邦,他侃侃而谈:"英布造反,有上、中、下三大策略。如果他采用上策,太行山以东地区就无法归皇上了;如果采用中策,那么胜负难料;如果采用下策,皇上就可以高枕无忧了。"

刘邦很好奇这样的议论,自从张良退隐以后,他很少听到如此令人精神振作的议论了。因此,刘邦很自然地预感到接下来的议论更加精彩。

果然,面对刘邦质询的眼光,薛公说道:"英布如果用上策,就是向东进攻吴国,向西夺取楚国,向北吞并齐鲁,然后用一纸檄文号召燕国和赵国各自守卫其领土,那么,山东之地就不是陛下的了;如果他在获得楚国和吴国以后,选择吞并韩国和魏国,获得敖仓的粮食并封锁成皋要道,那么,胜负难料;但是,如果在占领楚国和吴国之后,他向西夺取下蔡，然后将粮食、辎重和财宝搬到越地，自己再跑到长沙为王，那么，皇上就可放心，我大汉安然无恙了。"

刘邦想了想，觉得薛公说得很有道理，便继续问道："英布会选择哪种策略呢？"

"下策。"薛公断然地说道，"一定是下策。英布原来只是刑徒，自己却能够奋力做到王，都是为了追求富贵的动力才让他这样的啊。因此，他不会顾及天下百姓，也无法为其子孙后代所考虑，只会选择用下策。"

刘邦鼓掌称善。

果然，英布的军队随后正是采用了薛公所说的下策。刘邦松了一口气，但随后又紧张起来：英布随时都有可能改变主意，如果不趁现在的机会讨伐，等他醒悟过来就麻烦了。

然而，岁月是不肯帮助刘邦的。在这个节骨眼上，他居然一下病倒了。即使如此，他还是将自己信任的重臣叫到病床前问："淮南王造反，该怎么办？"

大家互相对看一眼，然后说道："当然是杀了他！"

刘邦无奈地将头靠在枕上，缓了一会儿才说："我当然知道要杀了他，但是，让谁来负责统帅大军前往讨伐击败英布呢？"

众人沉默无语。谁都知道，能打败英布的大将，只有韩信和彭越，但他们全都被皇上杀了！

当然，这样的话谁也没胆子说出口。就算有，也没办法去用残酷的事实伤害病榻上的六旬老人。看起来，只有请皇上御驾亲征最为合适，但问题是，皇上确实有病，而且还病得不轻，这样的情况下，能不能再带病出征呢？

文臣们默然无语，是因为的确想不到办法。几个武将也不愿开口说话，因为谁也不敢成为在皇帝眼中积极索要兵权的人，否则，造反的罪名时刻就会安到头上来。

刘邦看到情况如此，便口气缓和了一点儿，说道："太子刘盈，年龄也不小了，总该历练历练，就让他挂帅试试？"

其实，刘邦是想用这样的"提议"，换来群臣们的阻挠，然后再顺理成章地从他们的建议中物色将领。但没想到的是，群臣们一律表示支持，坚决同意太子刘盈带兵上战场！

刘邦情绪矛盾地闭上了眼睛，再次靠回枕头，懒得再说下去了。如果身体情况好一点儿，他发誓自己一定会生擒英布，但现在的确需要其他人统兵，而柔弱的太子，能够胜任吗？还没等到刘邦考虑好，宫中就沸腾起来，吕后很快就通过自己布置的眼线，知道刘邦打算让刘盈去对付英布的想法。

这下，吕后不答应了。她当然知道，英布和什么戚姬完全不同，英布如果想要皇子的命，可是真的有可能做到的。于是，吕后也愁容满面地来到了刘邦病榻前。

"皇上，"吕后有意抬起脸，让刘邦看见自己面庞上的泪痕，"英布，可是天下的名将啊，项羽当年都没能擒获他，足见他深明用兵之道。陛下您如果真的让太子作为统帅，恐怕只会让叛军的气焰更加嚣张。您现在虽然暂且身体抱恙，但只要准备一辆舒适的车子，您高卧于其中，即使如此也不会有将领不听从吧？为了大汉的基业，也为了陛下您的妻子、儿女，您就请再辛苦一趟吧！"

毕竟是多少年相濡以沫的发妻，或许谈不上恩爱，但刘邦想到即使在楚军阵营中那样的日子，吕雉也从未想过背叛他，不禁悲从中来。

于是他奋力坐起，长叹说道："老子就知道这些小子都没有用！那么，老子就自己再去拼一趟命吧！"

张良听说皇上又要再次率军出发，便拄着手杖，走出家门，来到了长安城外的灞上。刘邦看见张良，内心感到既惊讶又欣喜，但看到张良鬓边的白发，又感叹时光的不留情。

其实，在张良眼中，刘邦也苍老了不少，和当年那个时而意气风发、时而仓皇逃命的汉王比起来，现在的刘邦多了一份雍容大气，渐渐失去的却是那时候咄咄逼人的生命力。

张良对刘邦说："微臣本来想跟随陛下前往，只是一直在生病，没办法如愿跟随。楚人作战彪悍勇猛，还希望陛下您千万要小心。另外，太子陛下虽然没有能跟从出征，但还是可以作为将军来监护关中、节制诸军的。"

刘邦听了张良的话，一下高兴起来，他觉得，毕竟张良是不同于群臣的，只有他懂自己的心意：如果再继续由自己这么出征下去，皇子刘盈在军队中就一点威信也无法建立，到时候，就算把异姓诸王铲除完了，还有不同的侯、不同的将，谁又能保证他们不产生异心？而张良的建议，实际上帮助刘邦解决了问题。

刘邦立刻说道："好，朕就听先生的。叔孙通现在做了太子太傅，就请张先生留下来，做盈儿的太子少傅！有了您二位的辅佐和教育，朕就能放心去征讨英布了。"

张良接受了这个任务，在百官人群的最前端，他静静地拄着手杖，看着皇上的大军逐渐远去，前往南方。

万事不可强求

......

刘邦出兵之后，汉军很快在蕲春（今湖北蕲春西）和英布遭遇。在正式展开会战前，刘邦让人推出车子，来到高处观看了英布的排阵。

当御辇的窗户卷帘由卫士一点点拉开后，刘邦探出脑袋，看了两眼山下。在那里，英布的部队阵营森然，旗帜招展，一列列骑兵顺着山脚舒展开，如同大雁一样紧密地朝向同一个目标。

刘邦眼前模糊了一下，好像回到了荥阳城头。那时候，城墙下的楚军阵型，几乎和此时一模一样。刘邦不由得一阵厌恶，这种厌恶是发自内心的，也是来自生理的——他再也不想过荥阳那时的逃亡生活了。毕竟，他已经六十多岁了。

皇帝陛下决定派出使节和英布谈谈。

使节的口气看起来是在怒斥，但实际上是在和英布商量条件："陛下将你封为淮南王，待你并不算薄，你却恩将仇报，公然叛乱！皇上的旨意已经下了，只要你愿意重新归顺，那么就能对你既往不咎，让你继续担任淮南王。如果执迷不悟的话，那你只有死路一条了。"

英布摸摸胡须，狞笑起来，表情让人不寒而栗："刘邦还真仁义啊？我又不是没看见，立下大功的韩信、和我一样攻击项王的彭越，虽然也都是一国之王，不是转眼间就成了他的刀下之鬼吗？这样看来，就算做了一国之王也没什么意思，到头还是要被皇帝杀了。就请禀告你们皇帝，我英布不打算上当了，为了自己的性命，我立志造反，一定要当上皇帝。"

使者无法，只好狼狈地回到汉军，偏偏病卧在车中的刘邦还非要听他的亲自汇报。听到英布的志向，刘邦气得浑身发抖，喘息着说道："不要再跟这个逆贼徒费口舌了。全军听我的命令，各自率领部队，全力围剿叛军，活捉英布者，重赏！"

汉军立即采取机动策略包围了英布军。

在迂回过程中，刘邦在车辆中不断发出指令，频频调动军队大范围追击。不幸的是，一支流矢飞进车中，又一次射中了刘邦。

消息很快被压制住了，最好的大夫被请到了车内为刘邦紧急包扎，所幸抢救及时，刘邦还能继续指挥。好在，英布的军队虽然精锐，但毕竟在人数和士气上都不是汉军的对手，加上害怕陷入包围，淮南军被迫渡过淮水向南撤退，途中又被汉军伏击，接连失利。英布看势头不好，就拿出当年逃脱项羽的办法，丢下队伍，慌乱中只带了上百人逃往江南。

就在此时，长沙王吴臣派出使节，告诉英布说："大王您现在处境危险，我王也觉得同样危险，希望请您来共同商量一下如何逃亡的大事。"

英布和第一代长沙王吴芮关系不错，虽然知道长沙国兵微将寡、缺少实力，但想到如果能补充一下实力总是好的，便欣然同意。没想到，他应邀来到鄱阳时，就被长沙王预先部署的部队突袭，被杀死在了民宅之中。

刘邦接到长沙王的报告，算是松了一口气，他奖赏了长沙王，并将儿子刘长封为淮南王。但刘邦很快发现了这样的事实：自己开国之初所封赏的异姓诸侯，现在只剩下微不足道的长沙王，以及经过更换的北方燕王卢绾了。

这时候的刘邦，心情是复杂矛盾的。他忽然想到，既然来到楚地，距离家乡沛地已经很近了，自从起兵以来，从未回去看看，何不趁这样的机会，回去看看故乡父老？于是，他传出圣旨，要求大军当即驻扎，然后轻车简从，绕道沛县停留数日。

沛县的百姓听说皇上要回到家乡，无不欣喜异常。刘邦也自然是赏赐有加，挨家挨户发放钱财粮米，还专门在沛县的行宫中设置酒宴，邀请父老乡亲们每日畅饮。为了好好感受气氛，刘邦让人挑选了一百二十名少年，唱着当地的歌谣助兴。这些孩子们活泼可爱，乡音初成，如黄莺出谷，甚为好听，刘邦的心情也渐渐好了起来，似乎连身上的箭伤也不再疼痛了。

趁着酒意，刘邦让左右取来筑（古代用竹尺敲击的弦乐器），一边演奏节拍，一边唱起歌来：

大风起兮云飞扬，

威加海内兮归故乡，

安得猛士兮守四方！

一曲歌罢，儿童们应声而唱，让刘邦忘却了烦恼，腾身而起，回旋舞蹈。舞罢曲停，刘邦看看四周空空荡荡，除了那些毕恭毕敬的侍卫，就是自己小时候混迹乡里的乡亲，当年那些共同叱咤风云的兄弟们已经曲终人散，不可抑制的悲哀终于冲破心头的堤防。

刘邦流下两行热泪，对故乡父老说："朕虽然以关中作为都城，长住京城，然而，今后千秋万岁的时间总是有的。我的魂魄没有一天不怀念这里。朕，从做沛公开始，就托故乡父老的福，才能讨伐残暴不义的人，最终取得天下。以后，沛县就是朕的汤沐邑（皇帝的直属采邑），世代百姓，不需要服徭役了！"

百姓们听完，自然激动不已，"万岁"之声连绵不绝，又纷纷向刘邦祝酒。

　　就这样，沛县百姓们倾城而出，哭着挽留刘邦，希望他能够多住几天。于是刘邦又在城外搭建起临时的帐篷，饮宴三天，最后将整个丰邑百姓的徭役也免除了。

　　但是，欢乐的时间总是短暂的，刘邦终于还是起驾回到了长安。

　　刘邦怎么也没想到，和前几次亲征不同，这一次，刚回到函谷关，告状的人就来了。刘邦内心甚为不解，因为前几次出征，他将内政交给萧何，萧何处理得无所不当，为什么这次有上千人告状？

　　侍卫们念出状文，刘邦明白过来，原来全都是告发萧何的，说他用极低的价格去强行买长安城附近农民的田地。

　　刘邦虽然喜欢骂人，但通常骂的都是粗人。他不愿意骂萧何这样的少年故交，于是他告诉萧何，你自己去和老百姓解释吧。

　　萧何当然无法解释，这是因为，他原本并没有想去霸占田地，完全是不得已为之的。

　　一开始，刘邦在外带兵，经常会派人了解长安城的情况，尤其要打听萧何的情况。汇报者说的都是萧何的好话，说他勤政爱民、对官员公平、对百姓仁慈。刘邦听了，没说什么，却有门客跑去和萧何说："丞相，您的危险就快要来了！现在皇上在外带兵，最不放心的就是京城，您治理关中已经有十几年了，现在还在安抚百姓，这样皇上会担心您借助关中的民望做出什么不轨之事，那样，您一旦闭关自守，不就将皇上推到了前进不能、后退不得的地步？"

　　萧何明白过来，自己做一辈子好事不难，难就难在一次坏事都没做过。虽然口头上叹息一声说"我怎能去真的做贪官污吏呢"，但实际上，还真的开始动手保护自己了。

这也正是刘邦接到诉状的原因。

此时，萧何面对刘邦的命令，淡定自若地请求说："皇上，百姓之所以这样上告，是因为他们的土地不够，我建议您就将皇家猎场上林苑开放吧。这样，农民们能种植土地，还能喂养上林苑的走兽，才能让您好好打猎啊。"

刘邦冷笑一声说："你倒会做好人，自己收了商人贿赂征地，还想让我把上林苑开放出来？"

就这样，萧何被刘邦投入了大狱，等待处罚。

好在，萧何的命运毕竟要比韩信好，在这危险时刻，刘邦最信任的王卫尉站出来为他说话了。这位王卫尉负责刘邦在皇宫中的一切警卫事宜，刘邦有时候也会找他谈心。在萧何被投入牢房后，王卫尉一反常态主动找到了刘邦问："皇上，萧丞相究竟犯了什么大罪？"

刘邦没好气地说："他的罪太多了。首先，收受贿赂，强征民宅，这能不治罪吗？其次，我听说，秦始皇的丞相李斯，有功都推给皇上，有过失都自己扛着，你再看看他，有了好处自己拿，还让我去讨好老百姓，我当然要治罪。"

王卫尉小心翼翼地回答说："陛下，恐怕情况不对啊。您看，当年我军和项羽作战，战事最危险的时候，您一个人在荥阳前线，根本无法顾及关内，整个大后方都交给萧丞相，那时候，他要是有企图，整个关中都没有了。现在，他反而收受起商人的贿赂了，可能吗？再说，我知道的李斯也不是什么好相国，不然的话，秦国为什么会二世而亡呢？"

刘邦听完身边最熟悉的人说完这番话，突然明白过来：一直以来，他想到的都是关注这些人的行动结果，但他们为什么要这样做呢？自己从没想过，就以萧何为例，从自己认识他开始，他就不是个贪官，为什么会做出今天的事情？难道，是故意做给朕看，让朕对他放心？

刘邦不敢往下想，但思绪不可抑制地延续下去，他想到张良从自己登基以后就身体开始不好，已经不好了六七年了，没什么变化，又想到英布要是想做皇帝，为什么当初还要帮助自己……

想到这里，刘邦头开始隐隐作痛，他觉得自己虽然贵为天子，但不懂的事情真的很多。

放出了萧何，刘邦给他官复原职，算是默认了他的贡献，也保证了他的安全。但从此之后，萧何对国事越来越不过问，经常保持沉默，他甚至偷偷对手下说，像张良那样，什么都不管，才是对的，自己醒悟得太迟了。

张良知道了这句话，沉默了半晌，告诉家人说："我哪里是不管，我知道不可强求的事情，就不会去做啊！"

太子羽翼已丰满

……

对于汉帝国来说，此时最坏的消息，莫过于刘邦的箭伤并没有大好，反而越发沉重起来。

吕后非常紧张，命令最好的医生给皇上诊脉，医生摸了一会儿，抬起头挤出一丝笑容说："皇上有福运保佑，您的这点儿小病，再吃几服药就应该能好的。"

刘邦听完，坐起身来指着他破口大骂说："你是什么庸医，只会一派胡说！朕是以布衣平民的身份，提一把三尺剑取得的天下，这能是什么运气？乃是天命啊。朕的命，在于天，如果不到归天的时候，朕不用你治病也能好。否则，就算你是神医扁鹊，也没什么用！"

医生吓得跪伏着哆嗦，什么也不敢说，还是吕后下旨，赏赐给他五十斤金，让他不许多说，然后让他离开了。

到了这个时候，纵然是英雄如刘邦的帝王，也需要考虑后继者的问题了。

偏偏这个时候，戚姬又不安分起来。她经常以侍奉为名，日夜守护刘邦。刘邦病重时，她便端汤煮药，昼夜不离刘邦的病榻，而刘邦情况若好一点儿，她便常常露出愁容，哀求皇上能够再考虑一下太子的事情。

刘邦之后做出的选择并不奇怪，既然曾经的兄弟不可信，而曾经的兄弟们也不相信自己，那垂暮之年的刘邦就将所有的信任都投射到自己最喜欢的年轻女人身上。

更何况，通过韩信、彭越的死，乃至自己拖着病体的出征，刘邦看出来了，吕雉这个人并不只是普通乡间妇女那样简单。多年的战乱奔波和孤寂苦守，已经让她心如铁石，为了保护她的孩子和她自己，什么事情都可以做出来。这样的女人，自己活着的时候还不易控制，一旦自己死了，那柔弱可人的戚姬和如意，岂不是会被她整死？

刘邦深信，自己能夺得了天下，也就能保得住娇妻弱子，他决定在死前最后拼一次。这么多年来，什么关口都闯过去了，他不相信闯不过这一关。

废立太子的消息再一次传播出去，很快就被张良知道了。

张良当然了解刘邦作为一个男人的苦心，毕竟，刘邦虽然好色，但从未像对戚姬那样认真地爱过某个女子，如果连这样的爱都因为去世而无法保存，那他的皇帝当着还有意思吗？

但张良更了解刘邦身上的责任：自从登基那一刻开始，他就首先是汉朝的第一任皇帝，而不是什么普通男人，更不是应该保护女人的男人。

"太子少傅张良求见。"

内侍这样向病床上的刘邦禀报时，刘邦眼中燃起了许久不见的光亮，他很久没有见过跟随自己多年的下属们了。

张良很快来到病榻前，向刘邦问安，刘邦很高兴地赐座，君臣两人一如当年在营帐中议事那样坦率地聊起来。很快，张良有意识地将话题转到这些天太子在学业上的长进上。然而，刘邦始终面无表情，一言不发，直到张良说完，他才猛地睁开眼睛骂道："太子学业进步有什么用，英布只是一国的叛乱，还需要让我这个老头带兵出征，要他有何用？朕决定将他废掉！"

张良连忙劝解说："陛下息怒，废立太子，可是皇朝的大事情。陛下现在身体欠安，还是先复原再说吧。"

"子房，你不必安慰我。"刘邦对张良的态度还是温和的，"朕的身体，朕自己最清楚，所以以考虑再三，一定要为社稷着想，废掉太子！"

张良连忙站起来深深施礼说："臣只是前来给陛下问安，太子的事情是皇上的家事，臣不敢多过问，就请皇上圣体康复再做定夺。"

刘邦这才没有继续说下去。

张良离开皇宫后，直接去找同他一起辅佐太子的太傅叔孙通，将皇上确定要更换太子的消息告诉了他。叔孙通自告奋勇地去劝谏皇上，作为太子太傅，他更不希望看到太子被废，因为一旦如意成为太子，首先对付的就是他和张良。

叔孙通也用请安的名义去拜见刘邦，他侃侃而谈地说道："陛下，您是为了汉家的社稷，才决定要废掉太子的。臣为了汉家的社稷，也要说几句。"

"你讲就是了。"刘邦的情绪在病中忽高忽低，此时正是懒洋洋的时刻。

"从前，晋献公宠爱骊姬，所以废掉了太子申生，改立她的儿子，造成了晋国几十年的内乱分裂，被全天下人所耻笑；近代，秦始皇因为不早点将长子扶苏立为太子，让赵高拿到权柄，并将幼子胡亥立为皇帝，结果造成天下大乱。这都是皇上您知道的。现在，太子仁慈而贤良，又是陛下的嫡长子，臣冒死罪说一句，天下人都能看得出，您想要更换太子是因为宠爱戚姬的原因。但是，皇后也曾经和陛下共患难，您也不能对她弃之不顾啊！"

刘邦沉默无语，仿佛陷入长时间的回忆中，不知道的人，恐怕以为他睡着了。

叔孙通不愿放过机会，继续说道："皇上，戚姬享受恩宠不是一两年了，她如果真的敬爱陛下，就应该努力尊重礼法，帮助皇上成为圣明君主。可不能像古代的妹喜、妲己和晋国的骊姬一样，给天下带来动荡啊。事情是明明白白的，如果随便更换太子，就是在拿天下基业开玩笑，天下一定会陷入战火。如果皇上您决定要一意孤行的话，就请先将微臣杀死好了。微臣不希望听到全天下人对陛下您的声讨，更不想看到大汉的基业毁于一旦啊！"

叔孙通早已跪倒在地上，老泪纵横。刘邦看了看他，也觉得其态可怜，便说："太傅，你起来吧，朕只是先说说，还不是要真的更换啊。"

叔孙通如挣扎于沙漠中的行人听说前面有绿洲，高兴地爬起身来，连连向刘邦道喜，刘邦不耐烦听他的那些繁文缛节，挥挥手，意思是立即走吧。然后自己翻了个身，面对墙壁合上眼睛。

叔孙通高兴地找到张良，分享这个喜讯，张良说："太傅，你还是不太了解皇上啊，他只要有一点希望，更换太子的心就不会死掉。"

"那怎么办？"

张良苦笑着说："这么多年来，我一直为皇上出谋划策，想不到现在终于要对他用一次计了。"

几天后，刘邦身体好了一点儿，心情不错，便下令在后宫摆酒，邀请了几名老臣前来。吕后听说以后，也建议让太子刘盈作陪，刘邦勉强同意了。哪知道太子步入后宫的时候，并非单身而来，还带上了四位白发老者，他们衣冠伟岸、身形高大，举手投足都流露出一股自然而然的贤者气度。

刘邦看到这四位老者，眼神就顿住了，他立即问太子说："你带来的四名老人，朕怎么不认识？"

这四老还没有等刘盈回话，就先来拜见刘邦，然后报出姓名。刘邦听完，惊得丢下了筷子："原来你们就是鼎鼎大名的商山四皓！朕久闻大名，一直派人去请，为何一直不愿意出来为官，辅佐我大汉呢？"

四老说："陛下，不敢相瞒，只是因为陛下您待人经常轻慢，动辄就打骂侮辱，臣等年老，不愿如此，所以不敢辅佐。近年来听说太子仁慈孝顺，恭敬爱人，天下有识之士，无不仰慕敬佩，愿意为太子效命。臣等这才远道而来，侍奉太子。"

刘邦愣住了，他从未想到太子会有如此高的声望，于是只能谨慎地考虑着说道："四公能够辅佐我皇子，是我大汉之福气啊，就请四位尽心教诲，帮助我儿。"说着，他亲自扶起四老，一一敬酒，宣布酒宴结束。

酒宴散去，太子在四老的簇拥下离去。刘邦看着他们的背影，对身边的戚姬沉痛地说道："我本来想改立如意为太子，只是太子有了这四位老人的辅佐，说明他声望甚至都超过了我。看来羽翼丰满，已经动不了了。"

戚姬看到刚才刘邦的表情，心里已经知道事情再难挽回，此时听到刘邦亲口说出来，只能泪如雨下，毫无办法。

刘邦劝慰说："你不要太难过了，人生是听从命运安排的，得过且过吧。不如你现在再为我跳一次楚舞，我再为你唱一支楚歌吧，互相解解忧愁。"

戚姬知道，这一次的歌舞，应该就是自己和刘邦之间的生离死别了。于是她勉强起步，挥舞起长袖舞蹈，泪水顺着精致的面孔流进嘴角，竟像毫无知觉一样。刘邦看到自己心爱的女人如此痛苦，自己却爱莫能助，再想到这皇帝一路当来，虽然享福不少，但更多的是戎马峥嵘、打打杀杀，兄弟和朋友的背叛和猜疑，远远比起自己看到的忠心要少。只希望自己的太子刘盈，能真的成长起来做一个太平天子吧。想到这里，他不愿再想，便开口唱道：

鸿鹄高飞，一举千里。

羽翼已就，横绝四海。

横绝四海，当可奈何？

虽有缯缴，尚安所施？

此后，刘邦再也没有提起过任何关于太子的事情。

留侯归去，流传不散

......

汉十二年（公元前 195 年）三月，最终击倒刘邦的消息传来：好友燕王卢绾怀疑刘邦要趁宣召的机会逮捕他，便提前宣布造反。

此时的刘邦已经没有力气起床了，只能在病榻上宣布让樊哙当将军，率兵向北攻打燕国。

或许是再也无法面对人生中太多的猜疑和背叛，也因为忧愁如意和戚姬的命运，刘邦顽强的身体迅速地垮下去。四月，他在长乐宫向吕后交代了相国的后继人选问题，之后溘然长逝，享年 62 岁。

讽刺的是，在去世之前，刘邦还在怀疑去平定燕地的樊哙，担心其军权为吕后所用，专门派出了陈平和周勃前去接替。樊哙足够幸运，他还没有被押解到京城时，刘邦已经去世，他也自然安全无虞。

太子刘盈继承了帝位，成为汉孝惠帝，而吕雉终于顺理成章地成为皇太后。上台伊始，吕后就残忍地杀死了刘如意，然后将戚姬的手足砍断，眼睛挖去，用火熏聋耳朵，再将她毒哑，丢在猪圈里，称为"人彘"。刘盈知道这件事情，却只能流泪叹息，从此不问政事，靠饮酒度日。

张良这时候已经很久没有出门了，他早已开始修炼其"辟谷"的气功，用断绝食物来调理内气。吕后考虑了很久，觉得国家政务还是要请张良主持，便让人屡次劝说他，不用对自己那么苛刻，好歹还是要吃些东西。张良表面上也答应了，但不久之后，当吕后正式派人邀请张良出山，到得府中时，只看到了张良的儿子张不疑。他说，父亲出外之后，便没有回来了。

吕后知道，张良不愿意再过问政事，就算将他找回来，恐怕也没有益处，于是便只能作罢，从此把持朝政，俨然成为中国封建时代太后垂帘听政的开启者。

据说，当年张良曾经跟随刘邦路过济北，真的发现谷城山下有太公所言的那块黄石，张良惊喜万分，将石头带回，看作珍宝一样，日夜供奉。当他出外云游后，家人发现，那块石头也就此不见了。

又有人说，张良离开长安后，先是到了南山（今秦岭）南的深山中跟随赤松子（传说中的得道者）修炼，今天的陕西省留坝县庙台子镇西，还有张良庙存世。后来，他又到了今天的河南兰考附近白云山修炼，并于惠帝六年（公元前189年）在这里仙逝。

一代谋圣，最终以仙人般的面目，模糊并消失在历史的风烟中。他以灭秦为故国留给自己的责任，奋斗过，失败过，取得过辉煌胜利；把建汉当成开创盛世的阶梯，努力过，成就过，带来了天下和平；将政治看作不可深入的泥潭，逃避过，挣扎过，终于全身而退。

无论在当时还是后世，张良为天下、为自己所做到的这三件事，真正能实现者，很少很少。

张良出家后，儿子张不疑由朝廷抚养成人，继承了留侯爵位。到了汉孝文帝五年（公元前175年），张不疑被卷入政治风浪中，犯下死罪，花重金才保住性命，被发配去充当了城门小吏。至此，张家在大汉朝廷中的封国也就此解除。但谋圣的故事，将永远在历史文化中悠久流传，经万世而不朽。

（全书完）